Simona Lo Iacono

DER ALBATROS

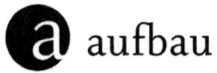 aufbau

Simona Lo Iacono

DER ALBATROS

Roman

Aus dem Italienischen
von Verena von Koskull

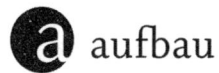 aufbau

Die Originalausgabe unter dem Titel
L'Albatro
erschien 2019 bei Neri Pozza, Vicenza.

Die Zitate übernahmen wir aus folgenden Quellen:

Giuseppe Tomasi di Lampedusa, Der Leopard. Neu übersetzt
von Burkhart Kroeber. Piper Verlag, München 2019

Leonardo Sciascia, Jedem das Seine.
Ein sizilianischer Kriminalroman. Aus dem Italienischen von
Arianna Giachi. Wagenbach Verlag, Berlin 2008

Virginia Woolf, Orlando. Neu übersetzt von Melanie Walz.
Insel Verlag, Berlin 2012

William Shakespeare, Hamlet. Prinz vom Dänemark.
Übersetzt von August Wilhelm von Schlegel;
www.projekt-gutenberg.org

Die Arbeit der Übersetzerin am vorliegenden Text
wurde vom Deutschen Übersetzerfonds gefördert.

MIX
Papier aus verantwor-
tungsvollen Quellen
FSC® C083411

ISBN 978-3-351-03829-8

Aufbau ist eine Marke der Aufbau Verlag GmbH & Co. KG

Auf der Kehrseite der Worte liegt der Schlüssel zur Wahrheit.

Leonardo Sciascia

Für meinen Sohn Nanni, Fürst von Salina

Klinik Villa Angela,
Lungotevere delle Armi 21, Rom
13. Juni 1957

Der Morgen graut. Er greift über die Dächer der Stadt, streckt die Arme nach mir aus. Ich sehe Flussbiegungen, die in der Hitze dunsten, Himmelssplitter.

Es ist ein glutheißer Sommer, der kein Ende zu nehmen scheint.

Oder vielleicht bin ich es, der ihn nicht ganz erleben wird.

Ich bin Ende Mai auf Verwendung meines behandelnden Arztes hierhergekommen. Noch nie ging es mir so schlecht. Als er die Röntgenbilder besah, hat er geschwiegen.

Dann hat er gesagt: »Fürst, Ihr müsst Euch behandeln lassen.«

Und offenbar scheint es für einen Sizilianer keine bessere Behandlung zu geben, als nach Rom zu kommen.

Am 1. Juni wurde ich in die Klinik in der Via di Trasone 61 eingeliefert.

Dann hat man mich hierher verlegt, in die Villa Angela am Lungotevere delle Armi.

Es ist ein Jugendstilbau in einem Viertel schmucker Gründerzeitvillen. Hie und da bannen ihre schmalen, aufrechten Fassaden den Blick.

Es ist ein Ort der Erinnerungen.

In diesem Viertel fand die Weltausstellung statt, um den fünfzigsten Jahrestag der Vereinigung Italiens zu feiern. Nicht weit von hier kampierte 1906 Buffalo Bill mit seinem Zirkus. Die Darbietung hieß Buffalo Bill's Wild West Show, *und Antonno hätte nichts dafür übriggehabt.*

Er hätte um Sitting Bull und Black Elk geweint.

Sein Herz schlug eher für die Verfolgten denn für die Verfolger. Eher für die Nostalgiker denn für die Draufgänger.

In seiner vermeintlichen Arglosigkeit ist er von allen stets der Klarsichtigste gewesen.

Was dächte er wohl, sähe er mich jetzt hier im Bett, mit dem Tropf, dessen träges Ticken die Zeit dosiert. Alle zwei Sekunden ein Tropfen. Sie zählen die Stunden präziser als die gewohnte Taschenuhr, die ich noch immer über dem Bauch trage und sogar am Pyjama befestige.

Bestimmt würde er sagen, ich sei nicht krank, sondern gesund. Und dass dies kein Krankenhausaufenthalt sei, sondern eine Sommerfrische. Vielleicht würde er die Pantoffeln sogar für Spazierschuhe und die Kobalttherapie für ein Sonnenbad halten.

Selbst meine literarischen Sorgen nähme er leicht. Er würde nicht voll banger Ungeduld auf die Antwort der Verlage warten.

Er verstünde die Zeit des Wartens nicht als Übergang, sondern als Dauerzustand.

Ich weiß noch, wie er zu sagen pflegte: »Man schreibt nicht, um zu leben, principuzzu. *Sondern um das Sterben zu lernen.«*

ƐRSTER ƮEIL
VON RECHTS AUF LINKS GEWENDET

Souvent, pour s'amuser, les hommes d'équipage
Prennent des albatros, vastes oiseaux des mers,
Qui suivent, indolents compagnons de voyage,
Le navire glissant sur les gouffres amers.

Charles Baudelaire

1.

Unsere erste Begegnung war nicht der Rede wert. Irgendwann standen wir einander gegenüber, wortlos, einfach so. Ich in meinem englischen Anzug aus blauem Gabardine, den Kniehosen, der seidenbordierten Weste. Er in einem viel zu weiten aufgekrempelten Hemd. Er trug Sommerschuhe und Winterstrümpfe und einen Strohhut mit einem Loch in der Spitze.

Niemand sagte mir, wer er sei.

Er war ein Mischmasch aus Jahreszeiten, zu großen oder zu kleinen Kleidergrößen, baumelnden Knöpfen und geborgten Äußerlichkeiten.

Ich wunderte mich über diesen komischen Knirps, so ein Wirrkopf war mir noch nie begegnet. Sagte man ihm, »komm in den Schatten«, blieb er in der Sonne stehen, er verjagte die Fliegen, wenn sie längst fort waren, und um ihm seinen Namen zu entlocken, musste ich nur aufhören, ihn danach zu fragen.

Bei Antonno war alles verkehrt herum, und als ich ihm erklärte, wer ich sei – Giuseppe Tomasi di Lampedusa –, schnappte er nur die letzten Silben auf, verwechselte sie mit Meduse, zog sich schnurstracks bis auf die Unterhosen aus und lachte bei der Vorstellung, es ginge ans Meer.

Sofort war mir klar, dass wir einige Zeit miteinander verbringen würden. Auch diesmal erklärte mir niemand den Grund.

Ich fand es ganz selbstverständlich, ihn mit in mein Zimmer zu nehmen, damit er sich umsehen und mit allem vertraut machen konnte.

Noch wusste ich nicht, dass das nicht nötig war.

Antonno brauchte weder Bezugspunkte noch Gewissheiten, von denen er ausgehen und an denen er sich festhalten konnte. Während der ganzen Zeit, die wir in meinem Zimmer verbrachten, hatte er nur Augen für die Schuhe. »Paarweise unter dem Bett«, sagte er immer wieder. Weiter nichts.

Anders als erwartet, verblüffte mein Zimmer ihn nicht. Er hatte keinen Blick für das Schaukelpferd, auf das ich so stolz war. Auch nicht für die Flinte oder die aufgereihten Zinnsoldaten in ihren Stoffuniformen. In den Spielzimmern im Hause Lampedusa gab es mittelalterliche Burgen; sizilianische Karren mit Schellen und Quasten; dampfbetriebene Spielzeugeisenbahnen; ein Fahrrad von 1818 aus dem Besitz meines Urgroßvaters, das in der Familie »mechanisches Pferd« genannt wurde und in Deutschland unter dem Namen »Laufmaschine« patentiert worden war.

Selbst passendere Kleidung zu haben, ließ ihn gleichgültig.

Nachdem er mir erlaubt hatte, ihm ein Hemd und ein Paar Mokassins in der richtigen Größe überzustreifen, zog er sich wieder aus, drehte alles auf links und schlüpfte verkehrt herum hinein.

So schlenzte er durch die Gegend. Mit baumelnden Ärmeln, die Arme durch den Halsausschnitt geschoben.

Wenn er durch die Flure ging, schlenkerten die Hosenträger wie ein Schwanz hinter ihm her.

Dann waren wir allein. Der Abend senkte sich herab. In der Ferne drängte mein Vater meine Mutter, ihre Toilette zu beenden.

»Beeil dich, Bice, die Florios schätzen Zu-spät-Kommer nicht.«

Sie lachte aus gurrender Kehle, puderte sich kokett.

»Ich war nie eine Zu-spät-Kommerin«, versetzte sie spitz.

»Nur eine Frau, die gern auf sich warten lässt.«

Doch Antonno überhörte die geschäftigen Vorbereitungen, die Kindermädchen, die emsig die Betten zurechtmachten, die Köchinnen, die den Zimt in die Milch rührten.

Ganz versunken schnitzte er mit der Klinge eines Klappmessers an einem Stück Holz herum.

»Was machst du da?«, fragte ich neugierig.

»Wolferchen«, versetzte er und meinte kleine Wölfe.

»Das sind Schafe«, sagte ich, als er fertig war, verblüfft ob der Vollkommenheit seiner Schnitzerei.

Antonnos Schafe hatten zausige Wolle, Ziegenhufe und täuschend echt aussehende Ohren.

»Nein, Wolferchen«, beharrte er.

Und es war unmöglich, ihm klarzumachen, dass er gerade eine ganze Schafherde schnitzte.

Am nächsten Morgen wachten wir zusammen auf.

Antonno hatte eine seltsame Art zu erwachen. Unvermittelt und übergangslos. Sobald er die Augen aufschlug, sagte er nicht: Ich bin wach. Sondern: Ich bin eingeschlafen.

Und ich sollte lernen, dass er, ehe er zu Bett ging, keine gute Nacht, sondern einen guten Tag wünschte.

Der Palazzo schlug ihn in seinen Bann, vor allem das Frühstück, das vom Läuten einer Glocke angekündigt wurde. Seit Generationen erklang in diesem Haus zu jedem Tagesereignis eine Glocke. Drei Schläge vor dem Zubettgehen. Einer für den Angelus. Sieben bei Sterbefällen und zehn bei Geburten. Ein schnelles Klingeln für das Frühstück, danach das Kreuzzeichen und der Gruß an die Muttergottes.

Das Geräusch belustigte ihn. Wie von der Tarantel gestochen fuhr er hoch und fing an zu tanzen.

13

Wenn ich ihm sagte: »Hör auf damit, Antonno ...«, antwortete er, ohne stillzuhalten: »Ich rühre mich nicht«.

Dann lachte er mit offenem Mund, und ich konnte sehen, dass ihm zwei Schneidezähne fehlten. Dass ein paar Backenzähne schwarz vor Fäule waren.

Doch schien diesem versehrten, von Atem, Sprache und Speichel durchzogenen Lachen eine ungreifbare, verzweifelte Stille innezuwohnen, die sich mit unserer Fröhlichkeit rieb.

Er fing an, die Dinge zu erkunden, an ihnen zu riechen, noch ehe er sie befühlte, als würde sich die Welt über den Geruchssinn kühner offenbaren. Er streifte die Vorhänge, die gebauchten schmiedeeisernen Balkongitter, das Kristall, das Silber, die Ebenholztische. Das Haus in der Via Lampedusa strotzte vor wundersamen Gegenständen: Mohrenköpfe, Bücherschränke aus Wurzelholz. Keramik in den Farben der Sonne.

Antonno schnupperte daran, dann berührte er die Dinge mit der Fingerspitze. Ihre Erhabenheit war ihm eine unerträgliche Qual. Ihm waren kleine Orte lieber, Nussschalen. Darin, so sagte er, hätten riesige Kinder Platz.

Doch mir war das Haus eine Welt der Wunder, unerforschtes Land. Ich durchstreifte es von oben bis unten, flitzte zwischen den Loggien, den von Jasmin überbordenden Höfen und den Treppenaufgängen umher, die in das von meinen Onkeln bewohnte obere Stockwerk führten.

Die beiden waren die unverheirateten Brüder meines Vaters. Großvater Pepè, der Vater meines Vaters, der einen anderen Flügel des Palazzos bewohnte, pflegte zu sagen, sie seien waschechte Lebemänner, ihr Lachen würde selbst den Tod überdauern.

Mit dem Vorgefühl dieses Lachens im Herzen erklomm ich die Stufen, unter den Blicken der geschnitzten Putten, die mich von droben leiteten und meinen Weg mit Salz- und Honigzungen leckten.

Mutter pflegte zu sagen, die Onkel glichen den Dioskuren, den Zwillingen aus der griechischen Mythologie. Die zwei hingen so sehr aneinander, dass, als Kastor starb, Pollux ihm nachfolgen wollte, obwohl er die Gabe der Unsterblichkeit besaß.

Verunsichert hörte Antonno zu.

Zwillinge waren für ihn nur das helle Sternenpaar am Himmelszelt. Und der Pollex war der Daumen, der erste Finger an jeder Hand, an dem man lutschen konnte, wenn man sich fürchtete. Doch mit dem Tod kannte er sich aus.

Der Tod, sagte er zu mir, beginne mit der heiligen Taufe.

Ich erklärte ihm, dass die Taufe den Anfang und nicht das Ende feiere, die Freude, nicht die Trauer. Die Taufen der Lampedusas waren nachgerade heilig. Sie wurden in der Hauskapelle gefeiert, unter dem wachsamen Blick Unserer Lieben Frau von der immerwährenden Hilfe und in Gegenwart des Erzbischofs. Zu diesen Gelegenheiten kleideten sich die Salons in Granatapfellaub und Nachtblumen. Die Rokokowandspiegel vervielfachten ihre prallen, von den Tränen der Neugeborenen durchströmten Fibern.

Doch Antonio blieb ungerührt, lächelte über seinen Schnitzfiguren und wurde wieder ernst: In seinem Kopf waren Anfang und Ende verdreht.

Wenn er ein Buch durchblätterte, fing er bei der letzten Seite an, wenn er vorwärts wollte, ging er rückwärts, er zählte verkehrt herum und empfand mit Nullen unendliches Mitleid.

Es gelang mir nie, ihn umzustimmen: In all der Zeit, die wir zusammen verbrachten, war es schlicht unmöglich, ihn die Woche am Montag beginnen zu lassen oder ihm auszureden, dass man sterbend geboren wurde.

Für meine Erziehung war meine Mutter zuständig. Mutter sprach Französisch und sagte *merci* statt danke, *monsieur* statt mein Herr oder *grand-mère* statt Großmama. Abends vor dem Zubettgehen las sie aus Salgaris Romanen vor und erwähnte exotische Tiere, die man hierzulande nie gesehen hatte.

Auch Antonno hörte zu und schnitzte verdrossen vor sich hin. Die märchenhafte Welt der Bücher schien ihm von einer Katastrophe zu künden.

Er litt wegen der Elefanten, denn er fürchtete, jemand hätte ihnen die Nase lang gezogen. Wegen der Giraffen, die dem Tod durch den Strang besonders ausgeliefert schienen. Wegen der Schlangen, die dazu verdammt waren, zusammengerollt in einem Korb zu sterben, sobald jemand vergaß, die Flöte zu spielen.

Es war unmöglich, ihm klarzumachen, dass die Natur jedem Tier seine Form zugedacht hatte. Er glaubte, die Tiere hätten sich ein Schicksal gesucht, das mit den Qualen, die sie erleiden mussten, vereinbar war. Geschickt schnitzte er sie nach und gab der Giraffe einen normalen Hals zurück; dem Elefanten eine kurze Nase; der Schlange die ihr gebührende Lebenskraft.

Wenn er ein französisches Wort aufschnappte, wiederholte er es ebenso sanft wie meine Mutter, die er kaum anzusprechen wagte, denn eine Mutter sei wie ein Geheimnis, sagte er. Ein Geheimnis, das man, sobald man es aussprach, entweihe.

So vergingen die Tage, und allmählich fügte sich Antonno in den Rhythmus des großen Hauses in der Via Lampedusa ein, das nur einen Steinwurf von den lärmenden Vierteln Palermos, den elenden, malariaverseuchten Gassen und Freiluftkloaken entfernt lag.

Es erhob sich gleich hinter der Präfektur gegenüber dem Palazzo Branciforte. Hier, im Haus mit der Nummer siebzehn, war ich am 23. Dezember 1896 geboren worden.

Dort gedachte ich auch zu sterben.

Bis wenige Monate vor seiner Zerstörung im Zweiten Weltkrieg schlief ich in dem Zimmer, in dem ich auf die Welt gekommen war, nur wenige Meter neben der Stelle, an der mein Geburtsbett gestanden hatte.

Die Amme hatte mich schweißnass und schwarz vor Sauerstoffmangel herausgezogen. Voller Rührung, da ich ein Junge war, hatte sie mich in Mutters Arme gelegt.

Sie hatte gesagt: »*Nasciu, nasciu*, der Herzog von Palma ist geboren, seine Exzellenz der Fürst von Lampedusa! Seid gesegnet, *principuzzu*.«

Die Dienerschaft hatte alles stehen und liegen lassen; der Lobpreis wurde gesprochen; eine arabische Stimme aus dem nahe gelegenen Kalsa-Viertel stimmte ein Klagelied an, das von Inseln, fremden Menschen und dem Meer erzählte.

An ebendieser Stelle stand nun Antonnos Bett.

Die Nacht war unsere Zeit. Im schützenden Dunkel erzählte ich ihm von den versteckten Kammern des Palazzos; den Fluren, in denen Mutter mich den Reifen treiben ließ; den Wänden, von denen sich die Silhouetten meiner Vorfahren neigten. Riesige Gemälde, deren vergoldete Rahmen ofenfrischen Keksen glichen. Allesamt hießen sie Giulio oder Giuseppe. Seit Jahrhunderten wechselte die Familie zwischen diesen immer gleichen Namen.

Wir lachten. Zum ersten Mal gemeinsam.

Ich fragte: »Antonno, was weißt du über die Lampedusas?«

Er antwortete: »Nix weiß ich über die.«

Tatsächlich wusste Antonno nichts vom ewigen Wechsel der Generationen. Von unter einem einzigen, großen Dach vereinten Familien.

Als ich herausfinden wollte, woher er kam, antwortete er nicht. Er schlüpfte unter den Laken hervor und sprang auf. Blitzschnell ordnete er die Schuhe zu Paaren.

Dann seufzte er: »Geh weg.«

Ich war verdutzt.

Ich fragte: »Aber warum denn, Antonno?«

Erst später ging mir auf, dass er hatte sagen wollen: »Bleib für immer bei mir, Giuseppe Tomasi di Lampedusa.«

Hier in der Klinik beginnt der Tag früh. Zuerst die Visite, um die Temperatur zu messen. Dann ein einfaches Frühstück, Tee, Toastbrot, ein Klacks Marmelade. Schließlich die Toilette, der ich trotz des bescheidenen Badezimmers nachzukommen suche. Ich rasiere mich sorgfältig, spüle die Klinge und betrachte sie prüfend. Ja, ich bin ordentlich rasiert, das Kölnischwasser wird sich leicht auf den Schnurrbart und die eingefallenen Wangen legen.

Das Morgengrauen ist noch trächtig von der Nacht. Seit gestern habe ich ständig wirre Träume von Antonno, ich glaube, er will mir etwas sagen. Ich weiß noch, dass er Träume nie bei ihrem Namen nannte. Er sagte, sie seien die Wirklichkeit. Die Wirklichkeit war für ihn ein Traum.

Ich rede mit niemandem. Am wenigsten mit meiner Frau Licy, die eine brillante Psychologin ist, Schülerin Freuds. Gewiss würde ihr die wahre Bedeutung meiner Traumtätigkeit nicht entgehen. Sie würde darin meine Sorge lesen. Meine Schwermut vielleicht.

Im Schlaf kauert sich die Seele wispernd nieder, ehe sie einnickt. Doch in den Träumen offenbart sie sich.

Deshalb hat Licy mir einen roten Morgenrock geschenkt, der mich bei guter Stimmung halten und das Unglück mit der Farbe des Blutes bekämpfen soll.

So vertreibe man die Traurigkeit, sagt sie mit aufgesetzter Fröhlichkeit. Mit leuchtenden Farben und mit dem Schreiben.

Vorgestern hat sie ein blauledernes Heft und einen Füllfederhalter mit dunkler Tinte mitgebracht.

»Schreib«, hat sie gesagt.

»Den Roman?«, habe ich entgegnet und einige Kapitel des Le-
oparden gemeint, die ich noch überarbeiten und dem Haupt-
teil des Textes hinzufügen möchte.

»Nein«, hat sie energisch erwidert. »Schreib über deine glück-
liche Zeit.«

Also habe ich die erste Seite aufgeschlagen. Sogleich habe ich
an Antonno gedacht. Ich schrieb: »Unsere erste Begegnung war
nicht der Rede wert ...«

Später habe ich Licy gestanden: »Ich habe eine Erzählung
über meine Kindheit begonnen, über diese der Unendlichkeit so
ähnliche Lebensphase, dass sie dem Tod gleicht.«

»Sehr gut«, hat sie auf Deutsch gesagt, der Sprache, die wir
gebrauchen, um die Angst zu kaschieren.

»Vasami«, küss mich, habe ich auf Sizilianisch geantwortet,
der Sprache, die wir wählen, um von Liebe zu sprechen.

Sie ist rot geworden und hat sich das Haar zurechtgerückt,
um ihre Rührung zu überspielen.

Dann hat sie mich geküsst. Um dem Schmerz zu trotzen, hat
sie gemurmelt: »Hör auf, mich Licy zu nennen.«

Tatsächlich lautet der Name meiner Frau Alexandra, und sie
ist eine angeheiratete Cousine.

Ihre Mutter, Alice Wolff, hat 1920 in zweiter Ehe den Bru-
der meines Vaters geheiratet, Onkel Pietro Tomasi della Torretta,
der damals Diplomat in London war.

Im Sitz der italienischen Botschaft am Grosvenor Square sind
wir uns zum ersten Mal begegnet.

Ich war gerade aus Palermo eingetroffen, und der Onkel war
auf dem Weg in den Buckingham Palace, um seine Frau zu ei-
nem Auftritt zu begleiten: Tante Alice war eine berühmte Opern-
sängerin, und ich ahnte nicht, dass sie meine Schwiegermutter
werden sollte.

An jenem Nachmittag war die Tante in Eile, sie durfte die

Königin nicht warten lassen, wollte mich aber auch nicht vernachlässigen.

Deshalb bat sie ihre Tochter Licy, mich zu unterhalten.

Onkel Pietro nickte. »*Amüsiert euch*«, *sagten sie und verschwanden durch die Botschaftstür.*

Ehe ich michs versah, blieb ich mit Licy allein und fürchtete schon, mich tödlich zu langweilen.

Ich hatte andere Pläne.

Ich war in London, um mich vom Trubel der Stadt verschlucken zu lassen, um zu verschwinden, namenlos zu sein. Ich war dort, um nach Warwickshire zu fahren und am Grab des geliebten Shakespeare zu weinen; um den Monet, Degas, van Gogh und Pissarro gewidmeten neuen Flügel der Tate Gallery zu besuchen; um die Luft von Yeats und Edgar Allan Poe zu schnuppern.

Doch Licy überraschte mich.

Sie sprach Italienisch, Deutsch, Französisch, Englisch, Russisch und Lettisch. Sie besaß eine unbändige Leidenschaft für Geschichten und den menschlichen Verstand. An jenem Tag las sie mit mir zahlreiche Verse des Hamlet *im Original und begleitete mich dann nach Whitechapel, in das quirligste Viertel Londons, über das ich im* Tagebuch eines Schriftstellers *von Dostojewski gelesen hatte.*

Sie war unbeschwert und tiefgründig, ruhig und rastlos, fügsam und widerspenstig. Sie hatte nichts von der frivolen Art der Palermerinnen. Sie war schlicht gekleidet und trug dezenten Schmuck. Das einzig Eitle an ihr war der Hut, dem sie einen Schleier gönnte und allenfalls gegen arabisch anmutende Turbane austauschte. Sie sagte, mit ihnen fühle man sich, als trüge man Tausendundeine Nacht *auf dem Kopf.*

Sie interessierte sich für alles, von Musik bis Soziologie. Ihr Vater, Baron Boris von Wolff-Stomersee, war Hofmeister des Zaren Nikolaus gewesen, und sie liebte die russischen Schriftsteller, ihre spirituelle Suche.

Sie sagte, fast alle Russen schrieben, um Gott näherzukommen.

Die Tage vergingen im Flug, mein Aufenthalt endete, Licy kehrte ins lettische Stomersee zu ihrem Mann zurück.

Wir schieden als Freunde und tauschten unsere Adressen aus, um in Briefkontakt zu bleiben.

Es war das Jahr 1925.

Ich sagte ihr sogleich, was ich von Worten hielt. Dass sie, eher noch als dem Offenbaren, dem Überleben dienten.

2.

Zur Sommerfrische ging es nach Santa Margherita di Belice, dem Gut meiner Mutter. Ende Mai, wenn die Hitze zu wüten begann, verließen wir Palermo. Die Hitze Palermos war wie die Stadt. Sie bedrängte einen. Stürmte aus dem Hinterhalt.

Die Vorbereitungen dauerten einen Monat. Die Lampedusas hielten nichts vom Kofferpacken, dann lieber ein richtiger Umzug, und sie nahmen sich Zeit. Sie mussten Wurzeln schlagen, ganz gleich, wohin es ging. Für Zeitweiligkeiten oder Ferienaufenthalte waren sie nicht geschaffen. Sie nahmen ihre ganze Welt mit auf Reisen.

So war es seit Generationen.

Angeblich hatte bereits eine Ururgroßmutter, die als Schwester Maria Lanceata den Schleier nahm, ihren Vater vor jeder Reise mit hundert Korb seiner Lieblingskekse bedacht, damit er sie nicht entbehren musste. Es hieß, sämtliche Vorfahren, angefangen beim Duca Santo, dem ersten Lampedusa, hätten ihre Möbel und Paramente in jedes neue Haus mitgenommen.

Die Lampedusas nahmen nicht nur ihre unhandliche standesgemäße Garderobe mit – Reifröcke, Mieder, aufgeputzte Hüte –, sondern auch die Düfte ihrer Speisen. Die Herbe des Mostes. Die Süße der *cuddrireddri*. Den Klostergesang.

Hätten sie den Sonnenaufgang von Palermo einfangen können, sie hätten es getan.

Sie waren nicht nur eine reiche, sondern vor allem eine

kontemplative Familie. Es gab zu viele klösterliche Ahnen, um für die Einsamkeit nicht empfänglich zu sein. Ohne die Aromen ihrer Heimat fühlten sie sich verloren.

Also schleppten wir die in Palermo verlebten Monate mit nach Santa Margherita. Und wenn wir nach Palermo zurückkehrten, nahmen wir ein Stück Santa Margherita mit. Die beiden Häuser ergänzten sich. Verschmolzen miteinander. Gingen eines im anderen auf. Ebenso die beiden Himmel, die beiden Lebenswelten.

Palermo war der Vater, Santa Margherita die Mutter.

Als Antonno die Dienerschaft beim Packen sah, bekam er einen Schreck, weil er glaubte, wir müssten vor einem Unglück fliehen.

»Koffer packt man, weil es ein Unglück gibt«, sagte er in der Überzeugung, dass man sich für den Rest des Lebens aus seiner Heimat lieber nicht fortbewegte.

Als ich ihm sagte, dass er mit uns mitkommen würde, fesselte er sich ans Bett und scharte seine Schnitztiere um sich. Reglos lag er da, an das Gusseisen gekettet.

»Wir kommen wieder, Antonno«, erklärte ich ihm geduldig.

Antonno wurde still. Verstrickte sich in Mutters Stimme, die durchdringend und geschäftig durch die Zimmer hallte.

Genau wie ich nahm er ihren heiseren Singsang wahr, die offenen Vokale, typisch für eine Sizilianerin aus dem Hause Cutò.

Es war der Sommer des Jahres 1903.

Meine Mutter, Donna Beatrice Mastrogiovanni Tasca, war zweiunddreißig Jahre alt.

Meine Mutter war die Seele der Reise. Lächelnd und erhitzt wedelte sie mit der einen Hand den Fächer vor der Brust und umfasste mit der anderen mein Handgelenk. Sie war glücklich, weil sie nach Hause zurückkehrte; sie war in Santa Margherita aufgewachsen, und diese Rückkehr war wie ein Sprung in die Kindheit.

Jedes Jahr brachen wir in aller Herrgottsfrühe gegen vier Uhr morgens auf. Der Bahnhof war erfüllt vom Schwalk der Lokomotiven, der Behäbigkeit der Waggons. Aufgereiht standen sie im heraufdämmernden Tag, der bereits glutheiß zu werden versprach, und zischten wie eine satte, zufriedene Schlange.

Mutter regte sich über alles auf, überlegte, was sie eingepackt und was sie vergessen hatte, sprach Französisch und ließ die Zunge über die Vokale rollen.

Sizilianisch war die Sprache der Hitzigkeiten, der Ungereimtheiten, der Erbstreitereien. Französisch war die Sprache der Freude. Ihre Mutter Giovanna hatte es ihr beigebracht, die in Paris gelebt und sie gelehrt hatte, von Herzen zu lachen, unbeschwert von jener Todesahnung, die im Gelächter der Sizilianer mitschwang.

Überhaupt, die Sizilianer, wie *peu amusant* – wenig unterhaltsam - sie doch waren, pflegte Mutter mit Salonattitüde zu sagen, womit sie vor allem auf meinen Vater anspielte und sich rühmte, norditalienisches Blut in den Adern zu haben. Ihre Großmutter war eine Mailänder Opernsängerin gewesen, die Großpapa Alessandro, wiewohl bereits Ehemann und Familienvater, um den Verstand gebracht hatte.

Wohl deshalb hatte er ein Faible für Musik, Schicksalswendungen und uneheliche Kinder.

Meine Mutter las die Poètes maudits, deren Verse sie mit Nonchalance übersetzte. Sie nahm nie an etwas Anstoß, selbst wenn sie so tat als ob. Sie zitierte die alten Griechen als Muster an Wahrheit, und deren Gabe, die Götter in den Geschöpfen zu erkennen, ließ sie leichtherzig aufseufzen. Dass Zeus Io in Gestalt eines Stieres geliebt habe, konnte nur eines bedeuten, dass nämlich die Liebe wandelbar war und selbst in einem Tier ein König stecken konnte.

Sie schüttelte ihre Locken, die den Staub von ihren Brauen wedelten. Sie duftete nach Myrte und Johannisbrotbonbons.

Mein Vater rümpfte jedes Mal die Nase, unduldsam gegen sämtliche Sprachen, die nicht Palermisch waren, nahm sie beim Arm und murmelte: »Bice, wir kommen zu spät.«

Sie tat so, als hörte sie ihn nicht, zupfte sich den Hutschleier zurecht und redete weiter Französisch.

Dies war ihre Art, frei zu sein. Sich keinerlei Zwängen zu unterwerfen.

Allerdings widersetzte sie sich niemals offen. Sie hielt sich an die Regeln, die sie für unumstößlich befand. Stattdessen ließ sie ihre Gesten, Kleider und flinken Hände sprechen, die über die Tasten flogen und ihnen Debussy und Ravel entlockten.

Die beste Revolution, sagte sie lachend, sei die der Musik und der Literatur.

Als einige Jahre später die *jupes-culottes* – die Hosenröcke – in der palermischen Mode Einzug hielten, war sie die Erste, die sie trug und damit für Aufsehen und Gerede sorgte.

Davon gänzlich ungerührt, radelte sie in ihren Hosen unverdrossen durch den Parco della Favorita, trat wie ein kleines Mädchen in die Pedale und ließ ihre Klingel schallen.

Binnen einer Woche hatte sie sämtliche schiefen Blicke der Spießbürger und die geballte Missbilligung der Lampedusas auf sich gezogen.

Wir fuhren also zum Bahnhof und bestiegen die Waggons Richtung Trapani. Antonno ging rückwärts, damit ihm die Erinnerung an das Haus, an die Höfe und den Hitzestank der Straßen nicht abhandenkam.

Wir waren vollzählig. Vater, Mutter. Ein Kindermädchen

namens Anna. Der Hund Tom, ein kleiner Mischling, den Onkel Pietro in einem Zirkus aufgegabelt hatte.

In unserem Haus hatte es immer Tiere gegeben. Mein Vater, der sich in endloses Schweigen hüllte, sprach mit den Tieren freiheraus. Tom milderte seine Verstimmungen, er trippelte auf seinen Vorderbeinen und wackelte mit der Rute im Wind.

Mein Vater war häufig finsterer Stimmung. Er war der Spross einer Fürstenfamilie und mit materiellen Sorgen nicht vertraut.

Das Familienvermögen hielt ihn in ständiger Sorge, war es doch im Begriff, sich aufzulösen. Zwar hatte die Mitgift seiner Frau die Kümmernisse ein wenig lindern können, doch das Unbehagen blieb. Er wollte die herrlichen Güter seiner Kindheit nicht veräußern. Allein, er war dazu gezwungen. Der Großvater hatte ihm Erbstreitereien und Schulden hinterlassen, die er nur teilweise zu decken vermochte. Das Geschlecht der Lampedusas war Mangel nicht gewohnt. Man übte sich in Wohltätigkeit und war in der Welt zu Hause. Niemand außer Onkel Pietro arbeitete. Die Stoffe kamen aus Paris. Der Schmuck von florentinischen Goldschiedemeistern. Ständig wurden der Kirche Zuwendungen gemacht. Die Lampedusas waren ein Geschlecht von Heiligen und Seligen. Wir hatten einen Heiligen, Giuseppe Maria Tomasi, Kardinal und Schriftsteller, der für das Priesteramt auf sein Erstgeborenenrecht verzichtet hatte; und eine Selige, Isabella Tomasi, die unter dem Namen Maria Crocifissa gestorben war.

All diese geistlichen und weltlichen Ahnen waren meines Vaters Augenstern. Von droben behielten sie ihn im Blick. Bannten ihn zwischen fleischlichen Lastern und himmlischem Streben. Beides ließ ihn schmachten. Weder dem einen noch dem anderen fühlte er sich gewachsen.

Er war einer der letzten Fürsten Siziliens. Er war mit dem Lauf der Zeit vertraut, mit der Geschichte, die nur die Diener und niemals die Herren ändert. Und er versuchte beharrlich zu überleben. Die häuslichen Traditionen zu bewahren.

Vor allem die Gepflogenheiten Palermos jener Jahre. Die Teilnahme an den Pferderennen im Ippodromo della Favorita. Er lenkte das Viergespann mit Nonchalance. Erntete den stürmischen Beifall der Herren, die sich mit Ferngläsern und schönen Damen auf den Tribünen drängten. Und am Nachmittag ging's in den Club Circolo Bellini, wo er sich zwischen einer Partie Karten und hitzigen oder geruhsamen Unterhaltungen dem Müßiggang hingab.

Er war kein Mann der Einkehr. Und auch kein Mann der Tat. Er pflegte ein ganz eigenes Verhältnis mit der Zeit, das der Muße Langsamkeit und seinen Wünschen Schnelligkeit verordnete. Würdigte er die Uhrzeiger eines Blickes, dann nur, um sich zu versichern, dass sie mit seinen Bedürfnissen und Gemütslagen im Einklang standen.

Auch an diesem Morgen nestelte er an seiner Weste. Zog an der Uhrkette. Er trug eine stets am Gilet befestigte Taschenuhr. Die Zeiger waren aus Gold, und in der Mitte drehte sich ein Wappensymbol mit gekreuzten Schwertern. Der Zug hatte Verspätung. Zudem brach neben der Sonne eine weitere der üblichen Plagen über Palermo herein.

Der Wind.

In jenen Tagen verwirbelten die Winde zu kreiselnden Strudeln. Antonno kannte sie, nannte sie jedoch nie bei ihrem wirklichen Namen. Das ist Petrus, murmelte er, wenn der Nordostwind blies. Das ist Thomas, lächelte er dem westlichen Schirokko entgegen. Und das ist Judas, grollte er wütend, denn es war ein seltener, tückischer Mistral.

Mit dieser Kategorisierung kam er auch an diesem Tag zu

den Waggons, stieg rückwärts ein und grüßte die Fenster anstelle der Fahrgäste.

Kaum nahmen wir Platz, stellte er seine Schuhe gewissenhaft nebeneinander unter den Sitz.

Wir quetschten uns in den Triebwagen, ohne Toiletten und ohne Gang. Es war heiß. Mutter hatte einen kleinen tönernen Nachttopf bei sich, der den Bedürfnissen während der Reise diente und den sie alle vier bis fünf Haltestellen ausleerte, sodass der Urin wie farbiger Regen auf die Gleise tropfte.

Als Vater sich angewidert darüber erregte, antwortete sie: »Der *picciriddu* kann sich schließlich nicht in die Hosen machen.«

Es herrschte ein Gewusel von Menschen und fuchteligen Abschieden.

Viele Frauen bestiegen den Holzklassewaggon. Es waren Dienstmädchen, die zum Arbeiten in die Sommerhäuser fuhren. Aus den Fenstern ermahnten sie ihre Männer: »Und denk dran, drei Ave Maria und drei Gloria.«

Unterdessen kam der Schaffner durch den Zug. Er rief: »Faaahrkarten!«, und Antonno schnappte nach meiner, um sie aus dem Fenster zu werfen.

Dann begann die Lokomotive zu ächzen, sich mit metallischem Stampfen und dem Gestank nach Schmierfett und Kohle in Bewegung zu setzen. Durch den Qualmschleier, der uns umwallte, konnten wir die schwindelerregenden Ährenfelder, die Ebenen von Cinisi und Partanna, die Umrisse des sarazenischen Ölbaums sehen. Die Sonne stach herab und ratterte mit den Schienen um die Wette. Als der Zug am Meer entlangfuhr, erschuf das Licht eine Fata Morgana. Es war, als zögen wir über das Wasser. Als schwömmen wir darüber hin.

Dann verließen wir den Zug. In Trapani stiegen wir mit unseren Koffern aus, die den gesamten Bahnhof in Beschlag nahmen. Da die Gleise uns nicht bis nach Santa Margherita trugen, ging es mit der Kutsche weiter. Mein Vater erklärte uns, nicht ganz Sizilien sei durch Schienen erschlossen.

Ich taumelte vor Müdigkeit. War von oben bis unten mit Staub bedeckt. Sizilien erschien mir wie ein grenzenloser, von einem schienenlosen Allmächtigen bewachter Kontinent, und ich war verloren in diesem von den Gottheiten vergessenen Erdenwinkel.

Geknebelt von der Sonne, zogen wir unter Seinem Blick über Land.

Die Ankunft in Santa Margherita di Belice war ein Fest. Zwölf Stunden nachdem wir Palermo verlassen hatten, wurden wir bei Sonnenuntergang und begleitet von einem Trupp Carabinieri mit Böllerschüssen und Begrüßungsrufen empfangen.

»Die Herren Fürsten sind da!«, riefen die Dorfbewohner. »Die Heiligen sind da.«

Ein Tross von Freunden, Honoratioren und Bauern zerriss die Stille der Reise. Alle eilten herbei, um meine Eltern, die Exzellenzen Giulio Maria Tomasi – Herzog von Palma, Fürst von Lampedusa – und Beatrice Mastrogiovanni Tasca di Cutò zu begrüßen.

Da standen der Bürgermeister in Sonntagsuniform, der Pfarrer, der Weihwasser verspritzte, Scharen von Bauersleuten mit Händen voller Ricotta, eingelegtem Obst und ingwersüßem Likör, die über den Ertrag der Ländereien Rechenschaft ablegen wollten. Die Musikkapelle schmetterte die üblichen Willkommensklänge und rührte die Trommeln in frohgemutem Marschtakt. Die innig geliebten Herren waren zu Hause. Gott segne Euch, Fürst, Exzellenz. Die Madonna der Ruhe beuge sich über Euer Haupt, Donna Beatrice. Willkommen zurück, sagte der Bischof, im Namen des Vaters, des Sohnes und des Heiligen Geistes.

Auf dem unbefestigten Vorplatz vor dem Palazzo wurden Holztische aufgestellt, und unter dem glimmenden Schein der Leuchtkäfer, die man in unserem Nutzgarten, dem Garten der Erinnerungen, gefangen und in Gläser gesteckt hatte, stießen die Bauern acht Tage am Stück miteinander an. Tom drehte unter Beifall Pirouetten. Er bekam sogar einen Spritzer Weihwasser ab.

Antonno war wie benommen. Er begriff nicht, was vor sich ging. Er betrachtete die flimmernden kleinen Insekten, flitzte kopflos umher, Träume, sagte er, geheimnisvolle Träume bevölkern die Welt.

Er sog die Gerüche ein und behauptete, sie mit den Ohren wahrzunehmen.

Am nächsten Morgen war er befremdet von den Frauen, die die Wäsche einsammelten und sie wie einen Turban auf dem Kopf zum Waschbrunnen trugen; von den Milch-, Käse- und Mehllieferanten; den Gut- und Schlechtwetterpropheten, die voraussagten, ob der Monat Sonnenschein oder Regen bringen würde.

Eine ganze Gemeinde ergoss sich in den Palazzo.

Das Haus in Santa Margherita war eine Welt für sich, wie ein ganzes Dorf mit eigenen Bewohnern. Es gab nicht nur Lakaien, Dienstmädchen, Mägde. Sondern auch Büros. Bibliotheken. Ein Theater. Stallknechte, die behandelt wurden, als gehörten sie zur Familie. Kindermädchen, die seit Generationen den Nachwuchs im Hause Cutò umsorgten. Und dazu Schneiderinnen, Köche, Gärtner, für das Haar der Hausherrinnen zuständige Friseurinnen. Eine Druckerei, in der die Einladungen zu gesellschaftlichen Anlässen gedruckt wurden.

An der Spitze stand der Verwalter des Vertrauens, Don Nofrio Rotolo, der die Zeitungsnachrichten auswendig hersagen konnte und eine Schwäche für Statistiken besaß.

Jeden Morgen rief meine Mutter ihn zu sich und ließ sich die Nachrichten vom Festland bringen, und er stellte sich vor sie hin und deklamierte voller Inbrunst sämtliche Überschriften und Zahlen.

»Italien hat heute 33 653 000 Einwohner, Exzellenz. Turin hat 329 691 und Mocchie 2611, Brot kostet 0,45 Pfund pro Kilogramm, Nudeln 0,56, Maismehl 0,25, Weizenmehl 0,43, Fleisch 1,30 Pfund pro Kilogramm.«

Nachdem er seine Zahlen zum Besten gegeben hatte, verbeugte sich Don Nofrio und fragte, was die Exzellenzen zu Mittag zu speisen wünschten, Brokkoli, Drachenkopf, *tumminiata*? Und gebe es dringende Besorgungen zu erledigen? Wolle der *picciriddu* vielleicht einen Ausflug zur Wundertränke machen?

»Jaaa«, rief ich, während Antonno sagte: »Nein, nein«, was bei ihm so viel hieß wie unbedingt, zeigt mir sofort, wo diese Wunder geschehen.

Und Wunder geschahen in Santa Margherita di Belice tatsächlich.

Allen voran das der Wanderschauspieler.

Sie waren zu sechst: Ein Mann mit seiner Frau und den vier Kindern. Es schienen jedoch mindestens doppelt so viele zu sein. Mit den unterschiedlichen Kostümen brachte jeder noch zehn weitere Figuren auf die Bühne.

Als Zuschauer meinte man, eine ganze Theaterkompanie vor sich zu haben.

Vor allem die Kinder konnten groß oder dick, gesund oder krank, engelsgleich oder teuflisch erscheinen. Sie verwendeten Stelzen, falsche Flügel, Strohköpfe und Seidenzungen. Sie zogen mit einem Karren umher, in dem alles Mögliche

Platz hatte: Bühnenbilder, Kostüme, Apparaturen, aus denen Musik erklang. Dazu Zelte, in denen sie die Nacht verbrachten, Kochgelegenheiten, Pritschen, die als Betten dienten, Bücher, die als Tische dienten.

Sie sprangen vom Trittbrett und riefen: »Geschichten aus den Baronien gefällig? Träume gefällig, die Herrschaften?« Antonno und ich waren hingerissen.

Wir hätten alles gegeben, um mit ihnen im Freien zu kampieren, umkost von dem Zelt, das der Prinzipal im Garten der Erinnerungen aufbaute. Die Grillen zirpten, der Mond zerschlug die Nacht. Das Zelt war von Akkordeonklängen, Tellerklappern und Gelächter erfüllt. Die Familie aß am Feuer, grillte Kartoffelspieße über den Flammen.

Kehlig erhob sich der Gesang der einzigen Frau der Truppe.

Für Antonno und mich gab es kein königlicheres Mahl, keine reicher gedeckte Tafel.

Die Kartoffeln müssten wohl einen Hoffnungstrank enthalten, raunte ich Antonno zu. »Hoffnung, Hoffnung«, wiederholte er nickend, ohne zu wissen, dass wir beide die Hoffnung hegten, wie die Wanderschauspieler in eine andere Haut zu schlüpfen. Glücklich zu sein.

Doch in jenem Jahr 1903 fragte ich mich nicht, was das Glück wohl sei, und ebenso wenig kam mir in den Sinn, Antonno danach zu fragen.

Lieber begleitete ich Don Nofrio auf einer Landpartie zu einer Schlucht, in der es ein Echo gab. Dort musste ich nur ein einziges Mal »Glück« rufen, und der Schlund der Erde warf es hundertfach zurück.

»Das ist der Widerhall«, sagte ich zu Antonno.

Und er nickte verwirrt, denn er glaubte, die Erde hätte einen Magen und einen versteckten Mund, der wieder ausspuckte, was er verschlang.

Die Wanderschauspieler holten sich ihr Wasser an der Zaubertränke. Eigentlich war sie kaum mehr als ein Brunnen, doch in sternklaren Nächten flammte sie auf wie ein Feuer. Niemand war je dahintergekommen, was es damit auf sich hatte. Das Wasser fing die Himmelslichter ein, vervielfachte sie und warf sie mit doppelter Leuchtkraft zurück.

Santa Margherita war das Dorf des Wassers. Girolamo III. Filangieri, Fürst von Cutò, Ururgroßvater mütterlicherseits, hatte eine Quelle umgeleitet, die neben der Kirche des Fegefeuers entsprang, und sie durch einen unterirdischen Kanal, der unter den Fundamenten unseres Palazzos entlangführte, an die Oberfläche gebracht.

Don Nofrio behauptete zufrieden, unter unseren Füßen sprudele fließend Wasser. Die Cutòs stänken nicht. Seit jeher hätten sie sich und ihre Sachen waschen können.

Für jene kargen Zeiten war das ein unvergleichlicher Luxus. In ganz Sizilien herrschte Wassermangel. In Palermo mussten wir tagelang auf Wasser warten, und wenn es kam, strömten die Palermer in Scharen zum Palazzo Lampedusa, um ihre Eimer zu füllen. Meine Mutter ließ sie nie dafür bezahlen. Sie spendete es wie eine Schuldigkeit.

Doch in Santa Margherita war das nicht nötig. Das Wasser strömte aus Tränken und Leitungen. Alle konnten nach Herzenslust davon schöpfen.

Und deshalb, sagte Mutter, sollte das diesjährige Theater genau dort aufgebaut werden. Am wundersamen Ort.

Die Nachricht sorgte für Begeisterung.

Die Schauspieler gingen zum Pfarrer und baten ihn um Sitzgelegenheiten, damit das gesamte Dorf teilhaben konnte.

Der Pfarrer stellte die Kniebänke zur Verfügung. Meine Mutter wollte die Gartenbänke beisteuern und bestellte zehn Meter Nesselstoff für den Bühnenvorhang.

Die Familie Cutò war es gewohnt, Künstler zu empfangen.

Seit Jahrhunderten gewährte man Wanderkompanien in Santa Margherita Quartier. Es gab unzählige davon. Sie zogen mit Karren umher, verlangten im Tausch Verpflegung und abgelegte Kleider und spielten alles Mögliche. Tragödien. Komödien. Dazu boten sie einen exklusiven Herrenabend mit schlüpfrigen Texten und augenzwinkernden Zweideutigkeiten.

Das waren die einzigen Gelegenheiten, bei denen Vater sich nicht von Mutter begleiten ließ, derweil Don Nofrio gegen die Liederlichkeiten der neuen Zeit wetterte.

Aufgekratzt verfolgten Antonno und ich den Trubel der Vorbereitungen und versuchten, uns nützlich zu machen.

»Wir brauchen ein Seil«, sagte der Prinzipal.

Und wir fanden ein Seil.

»Wir brauchen Farbe.«

Und wir fanden Farbe.

Schon bald mischten wir uns unter die Theaterleute und fingen an, ihre Gesten und Redeweisen zu imitieren.

Wir wussten, wie man den Vorhang öffnete und schloss. Wir stellten die Beleuchtung ein. Gaben den Einsatz. Wenn Musik gespielt wurde, hoben wir im entscheidenden Moment die Grammophonnadel. Die Noten wurden abgehackt wie Köpfe unterm Henkersbeil. Doch die Schauspieler meinten, das sei der richtige Rhythmus.

Und da es womöglich etwas mit Rhythmus zu tun hatte, fiel mir auf, dass viele der Schauspieler sich genauso benahmen wie Antonno. Sie gingen rückwärts, um vorwärts zu kommen; sie sagten Nein, um Ja zu sagen; sie weinten, statt zu lachen.

Offenbar war verkehrt herum zu denken im Theater völlig normal.

Die Proben sollten den ganzen Sommer dauern. Niemand wusste, was die Kompanie auf die Bühne brächte.

Für gewöhnlich fanden die Aufführungen in unserem Palazzo statt, denn dort gab es ein Theater mit zwei Rängen von jeweils zwölf Logen samt blausamtener Sitze und einer königlichen, von einem Doppeladler mit einem Kreuz auf der stolzen Brust bekrönten Mittelloge.

Jeden Tag inspizierte Don Nofrio das Parkett. Polierte die Ränge mit Mandelöl. Wenn er im Vorhang ein Loch entdeckte, schickte er nach der Schneiderin und Piticchio, einem mageren, zahnlosen Faktotum undefinierbaren Alters, das bei Dingen und Tieren jedes Sperenzchen zu beheben wusste.

Doch in diesem Jahr sollte es eine besondere Vorstellung geben. Und man hatte beschlossen, im Freien zu bleiben und die Proben geheim zu halten.

Antonno und ich waren überwältigt. Die Worte, die wir hie und da aufschnappten, ließen uns an ein Mysterium glauben. Man hörte Verse, Anrufungen um Hilfe und Gnade. Hin und wieder erhob sich das Lamento einer Frau, vielleicht eine Liebesklage. Die Worte waren nicht zu verstehen, aber die Töne hallten über das Land, legten sich auf die vom Staub der Hundstage bedeckten Gerätschaften, die man in der Mittagsglut zurückgelassen hatte.

Zu dieser Stunde suchte man Schutz in den Kellergewölben, wo die Kühle aus den Wänden kroch und sich über Jahre hielt und wo der unterirdische Fluss der Cutò für anhaltend niedrige Temperaturen sorgte. Sie wurden die Schirokko-Zimmer genannt.

Ich bildete mir ein, es wären von einem unsichtbaren Mund gekühlte Kammern, denn Don Nofrio Rotolo pflegte zu sagen, wir würden dieselbe Luft wie vor hundert Jahren atmen. Den Atem unserer Vorfahren.

Antonno war verblüfft. Er wusste, dass man Oliven, Artischocken und Sardellen einlegen konnte. Doch dass sich auch die Kälte der Verstorbenen in Salzlake konservieren ließ, wusste er nicht.

Er kramte nach dem obligatorischen Taschenmesser und hatte im Handumdrehen das Gesicht von Urgroßvater Niccolò geschnitzt, das er in der Ahnengalerie erhascht hatte. Mit wenigen gekonnten Schnitten kam ein perfektes Figürchen heraus.

Antonno bearbeitete das Holz, als würde er Obst oder Kartoffeln schälen. Er schien über das, was er tat, gar nicht nachzudenken.

Und wenn ich neugierig fragte: »Antonno, was machst du da? Was wird das?«, lautete die Antwort stets: »Wolferchen.«

Erst lange Zeit später, nach Jahren und Kriegen und dem marktiefen Bruch alter Ordnungen, begriff ich, dass Antonno nie wusste, was aus dem Holz werden würde.

Es war die Figur, die ihn fand.

Um sie freizulegen, musste man alles Überschüssige beseitigen, den Abfall.

Die Wahrheit schlummerte in den Dingen, und um sie ans Licht zu bringen, genügte es, verkehrt herum vorzugehen.

Klinik Villa Angela,
Lungotevere delle Armi 21, Rom
15. Juni 1957

Mittagsglut. Die Hundshitze tobt, zehrt an den Kräften, stürzt
sich tollwütig auf die wenigen erhobenen Häupter, die noch
nicht vom Schlaf benommen sind.

Zu dieser Stunde und inmitten eines so raubwütigen Som-
mers würde sich in Palermo niemand in den Kopf setzen, die
Nase aus der Tür zu strecken. Doch hier sehe ich Menschen
umherspazieren. Unverdrossene Touristen, die der drücken-
den Schwüle trotzen, Studenten und Soldaten auf Urlaub, die
sich nicht darum scheren, welches Unheil hinter der Hitze
lauert.

Wir sind in Rom, knurre ich unwirsch. Sizilien ist weit.

Ich habe mich nahezu im Dunklen verschanzt, getreu Don
Nofrios Lehre, der sämtliche Lampen löschte, um der Hitze die
Stirn zu bieten. Er war so wild entschlossen, die Glut zu besie-
gen, dass er selbst dem Licht keine Gnade gewährte. Noch im-
mer schreibe ich mit der Stadt zu Füßen und kann nicht ein-
mal eine Zigarette rauchen. Es ist ein zähes Unterfangen. Ich
komme nur schrittweise voran, lasse die Tinte wie einen Bluts-
tropfen von der Spitze des Federhalters rinnen.

Dann beginne ich mit den ersten Zeilen: »Zur Sommerfrische
ging es nach Santa Margherita di Belice, dem Gut meiner Mut-
ter ...«

Die Klinik ist still, die Pfleger haben ihre Runde soeben be-
endet, die Patienten sind weggedämmert. Ich trage den roten
Morgenmantel, lege mir ein Kissen auf den Kopf und wage mich
auf die Flure hinaus. Ich wispere den Satz, der die Schatten he-

raufbeschwört: »Geschichten aus den Baronien gefällig? Träume gefällig, die Herrschaften?«

Doch niemand hört mich. Vielleicht will niemand Geschichten.

Und dennoch ruft mich das Tagebuch von Licy jeden Tag mit mitfühlendem Ernst. »Schreib«, bittet es mich stumm, und wenn die Dinge sich zu einem derart verzweifelten Ruf aufschwingen, kann das nur eines heißen.

Es bleibt nur noch wenig Zeit.

Ich seufze. Die Luft will einfach nicht ersterben. Die Stadt windet sich, zittert unter der dräuenden Sonne. Und doch ist sie so schön.

Das erste Mal habe ich 1911 in Rom gelebt. Ich kam, um das humanistische Gymnasium zu besuchen. Es war eine Flucht. In Palermo grassierte die Cholera. Man konnte nur das Weite suchen.

Meine Familie hegte eine panische Furcht vor der Cholera. Der Urgroßvater väterlicherseits, der Astronom Giulio Fabrizio, war daran gestorben. Er war zu spät nach Florenz geflohen und nahm die in ihm schlummernde Krankheit mit. Er war so überrascht, die Seuche nicht überlistet zu haben, dass er verlangte, mit einer Zange und einem Hammer bestattet zu werden, um sich im Falle eines Scheintods aus dem Sarg befreien zu können.

Man beerdigte ihn mit verbissener Miene und geballten Fäusten, die nicht von ewiger Ruhe, sondern von baldiger Revolte zeugten.

Vielleicht hat ihn deshalb niemand in unserer Familie je für wirklich tot gehalten, sondern für einen zeitweilig Verblichenen, der jederzeit aufwachen und wiederkehren konnte.

Ich besuchte das Ennio-Quirino-Visconti-Gymnasium an der Piazza del Collegio Romano. Wir nahmen Unterkunft im Marini Strand Hotel in der Via del Tritone 17.

Ein weiteres Mal markierte die Nummer siebzehn meinen Weg. Auch in der Via Lampedusa 17 war ich glücklich gewesen.

Morgens ging ich zu Fuß zur Schule und atmete die unbekannte, sinnliche Festlandsluft. Das Wasser des Tibers strauchelte über die Felsen und gurgelte wie kurz vor dem Ersticken. Er war so anders als das trockene Flussbett des Belice.

Der Akzent meiner Klassenkameraden hatte mit dem meinen nichts gemein. Ich versuchte, sie zu imitieren, die Vokale zu schließen und die Melodie im Zaum zu halten, in die meine Stimme fast absichtslos verfiel. Eine Mischung aus arabischem Singsang, gottgegebenem Verdruss und Totenklage: Es war der – störende – Tonfall eines Palermers.

Meine Familie vertrieb sich die Zeit damit, Bekannte zu besuchen und dem Takt der Messzeiten zu folgen. Meine Mutter war noch in Trauer, obschon auf der schwarzen Spitze ihrer Bluse ab und zu eine bunte Blume aufblitzte.

1908 hatte das Erdbeben von Messina ihr die innig geliebte Schwester Lina genommen. Die Trümmer hatten sie mitsamt ihrem Gatten verschlungen und nur meinen Cousin Filippo am Leben gelassen.

Auch in Palermo hatten wir die Erschütterungen gespürt. Es war zwanzig nach fünf, und Großpapas Pendeluhr war stehengeblieben und sollte sich nie mehr in Bewegung setzen.

Gegenstände sprechen viele Sprachen, doch am empfänglichsten sind sie für die Sprache des Todes. Sie wittern sie und sprechen sie unmissverständlich aus, lassen sich von ihr zeichnen und tun sie kund.

Als Kind betrachtete ich die um fünf Uhr zwanzig stehengebliebene Pendeluhr und fragte mich, wieso niemand sie reparieren ließ. Ich wusste nicht, dass zahlreiche Uhrmachemeister versucht hatten, sie wieder in Gang zu bringen, doch war es keinem gelungen.

»Da ist alles in Ordnung, nicht einmal das Uhrwerk ist de-

fekt, principessa«, *hatte der Uhrmacher zu meiner Mutter gesagt.* »Das Pendel hat einfach keine Lust mehr, zu funktionieren.«

Wir blieben nicht lange in Rom. Ich absolvierte nur die ersten zwei Schulmonate. Der Winterregen hatte die Normalität nach Palermo zurückgebracht und die Stadt vom Übel reingewaschen. Die Cholera war ebenso verschwunden, wie sie gekommen war, und viele Mitbürger kehrten in ihre Adelshäuser zurück, stießen die Fenster auf und zogen die weißen Laken von ihrem Biskuitporzellan, den Rokokospiegeln und Konzertflügeln.

Sie ließen die Vorhänge flattern, um unser tückisches Licht einzulassen, das ebenso unmäßig ist wie das Pech.

Von der Gnade und dem Wetter geküsst, kehrten auch wir nach Hause zurück und glaubten, wir hätten dem Tod ein Schnippchen geschlagen.

3.

Die Vorstellung schlug das ganze Dorf in den Bann. Besonders aber Ciccio Neve, der an allen zehn Fingern funkelnde Ringe trug und angeblich mit seiner verrückten Schwester zusammenlebte. Nenè Giaccone, den dicken Grundbesitzer und großen Frauenhelden, der alle zwei Monate nach Palermo ins Hotel Milano neben dem Teatro Politeama zog. Colicchio Terrasa, den uralten, zahnlosen Bauern. Und seinen Sohn Totò, den berühmten Nimmersatt.

Santa Margherita di Belice war wie behext in jenem Sommer.

Es herrschte ein ständiges Kommen und Gehen von Landauern, in denen Verwandte und Freunde anreisten, um den Proben beizuwohnen und meinen Eltern ihre Aufwartung zu machen.

Angelockt von der Heimlichkeit der Vorstellung, nahmen sie die zwölfstündige Reise auf sich und durchquerten die Ebenen von Montevago und das Flussbett des Belice, um zu uns zu stoßen.

Hoch oben im Glockenturm versteckt, sahen Antonno und ich sie kommen. Schon von Ferne konnten wir sie sehen, bedeckt von Staub, Schweiß und Schwermut.

Die Ankunft der Gäste im Dorf war stets ein Fest.

Sie markierte den Beginn der Erntezeit, das Ende des Hungers und der Entbehrung. Die Bildstöcke wurden abgestaubt, Ravioli, Maccheroncini und Capunti geknetet. Die Ziegenmozzarellas aus der Lake gehoben und Taubeneier gefärbt.

Die Schutzheiligen, die arm geborenen und die reich geborenen Toten, angerufen.

Das Haus in Santa Margherita war wie dafür gemacht, die Auswärtigen aufzunehmen.

Während eines von den Bourbonen verhängten Exils hatte mein Urgroßvater Niccolò es zwischen 1820 und 1840 renoviert. Die Familie sollte nie erfahren, aus welchem Grund er nach Santa Margherita verbannt worden war, Mutter tuschelte mit verschmitztem Blick von seltsamen Anstößigkeiten.

Doch einerlei. Es blieb ein Geheimnis. Eine dieser Ungesagtheiten, wie sizilianische Familien sie meisterlich zu wahren wissen.

Die Weltabgeschiedenheit kam dem Palazzo jedoch zugute. Da ihm ein extravertiertes Leben versagt war, verlegte Niccolò sich aufs Innere. Er erhielt den alten Stuck. Ersann Geheimgänge und Zimmer, von denen keines dem anderen glich. Er füllte das Haus mit Gemälden. Mit orientalischen Tapeten. Mit Musikinstrumenten, Klavieren, Geigen und Cellos. Mit goldgeschmückten Bänden der Aufklärungsliteratur. In Santa Margherita las ich Voltaire, Fontenelle, die Satireblätter des Risorgimento, Fabeln sowie eine wunderschöne Ausgabe des *Don Quijote*.

Es war mein Lieblingsbuch. Tatsächlich hatte der armselige Ritter, der die Windmühlen herausforderte, eine gewisse Ähnlichkeit mit Niccolò, der glaubte, den Unbestand mit Schönheit und das Unrecht mit Phantasie bezwingen zu können. Ich sah ihn auf einem lahmen Klepper durch die Salons galoppieren, mit Don Nofrio als seinem unerschütterlichen Knappen an der Seite.

Auch er war ein Träumer, und leider hatte er den eigenen Tod nicht bezwingen können.

Es gab auch eine Neuerung in Santa Margherita di Belice.

Man beschloss, mich zur Schule zu schicken. Besser gesagt, man beschloss, dass die Schule zu uns kommen sollte.

Bis dahin hatte sich Mutter um meine Bildung gekümmert. Sie gurrte Märchen auf Französisch, schilderte mythologische Intrigen und las Geschichten aus dem Alten Testament vor. In meinem Kopf lebten Israels Frauen Rebekka, Rut und Abigail mit den Göttinnen der Mythologie zusammen: Thetis, Phoibe, Leto. Sie unterschieden sich so sehr voneinander, dass ich zu dem Schluss gekommen war, die biblischen Frauen seien altertümlich und die griechischen modern. Doch was das Alte vom Neuen unterschied, wusste ich nicht. Irgendwie erschien mir die fernere Vergangenheit besser, weil sie ihre Toten nicht vergaß.

Doch was waren denn die Toten?

Niemand erklärte es mir.

Auch Sprachen brachte Mutter mir bei. Ich beherrschte Französisch. Sprach bereits ein wenig Deutsch. Doch hatte ich keine Ahnung, wie man meinen Namen schrieb. Ich wusste nicht, dass die Buchstaben des Alphabets eine Reihenfolge besaßen. Dass es im Italienischen fünf Vokale gab.

Für mich gab es so viele, wie Mutter im Französischen oder Sizilianischen verwendete, etwa zwanzig oder vielleicht mehr, denn sie wechselte von Mallarmé-Gedichten übergangslos in breitesten Dialekt, und obschon sie in mir die Vorstellung weckte, Frankreich sei ein sanftes und Sizilien das härteste Land, das Gott je für die Menschen ersonnen hatte, hätte ich keinen davon zu schreiben vermocht.

Antonno wusste nicht einmal, dass man gesprochene Sprache schreiben konnte und dass zwischen Gedanken und geschriebenem Wort eine geheimnisvolle Verbindung bestand. Für ihn ließen sich Worte nur festhalten, indem man sie auswendig lernte oder sich eine Schlinge um das Fußgelenk band, die sich beim Laufen zusammenzog und einen daran erinnerte, dass besagtes Wort existierte.

Ansonsten interessierte er sich weder für die Schriftzeichen in den Zeitungen, die Don Nofrio Rotolo täglich brachte, noch für die Abbildungen in den Büchern oder die Verse im Brevier. Er hielt sie für Zierrat, wie das Dekor der Räume. Gefällige Schnörkel, um dem Schönheitssinn zu schmeicheln.

Doch mit der Schönheit der Worte kannte Antonno sich aus. Mit der sichtbaren ebenso wie mit der verborgenen, mit der Wärme, die sie verströmte wie ein tief im Brustbein loderndes Feuer.

Auch ohne gelesen zu werden, hätten die Worte Bestand, sagte er.

Erst viele Jahre später, während des Krieges, als ich vor den Trümmern des von den Bomben völlig zerstörten Hauses in Palermo stand, erinnerte ich mich wieder daran.

Zwischen den Trümmern und tief im Brustbein, genau wie Antonno gesagt hatte.

Es überlebt der den Dingen gegebene Name.

Die Lehrerin hieß Donna Carmela, sie war nachsichtig und freundlich und in ein schwarzes Schultertuch gehüllt. Sie hatte Jahrgänge von Schülern großgezogen und ihnen Schreiben, Rechnen und den korrekten Umgang mit Betonungen, Dopplungen und dem Apostroph beigebracht. Mir kam sie uralt vor, dabei war sie wohl kaum älter als fünfunddreißig.

Sie machte keinen Unterschied zwischen Bauern und Adligen, wir waren allesamt Neugeborene, die es mit löffelweise Wörtern zu füttern galt. Auch die Wirklichkeit war nur ein didaktisches Hilfsmittel, dessen man sich bei jeder Gelegenheit bedienen konnte. Leiernd wiederholten wir »in, auf, an, neben, zwischen« und legten unsere Hefte auf und unter den Tisch. Entschlossen murmelten wir »er, sie, es, wir, ihr, sie«,

45

als wären es Musiknoten. Und ganz ergriffen betonten wir die einzelnen Silben, wenn wir einen Gegenstand samt seiner Farbe benannten.

In jenem Sommer lernte ich mit Erstaunen, dass sich Vokale und Konsonanten wie durch ein Wunder miteinander verbanden. Der Klang der Diphthonge, die Harmonie der Artikel, das matte Gold der Präpositionen ließen mich erschaudern.

In kaum zwei Monaten beherrschte ich die Grammatik, das Zusammenspiel der Vokale und Konsonanten, die Geheimnisse der auf der drittletzten Silbe betonten Wörter.

Ich lauschte den Worten, die sich in Wind verwandelten, und zischte »schhh ... sch ...« wie Schirokko, Schärpe, schusselig.

Ich sagte zu Antonno: »Wie kann die Stimme all diese Töne erzeugen? Wo kommen sie her?«

Antonno zuckte nur mit den Schultern, las die Wörter rückwärts und sagte das ganze Alphabet fehlerfrei her, angefangen beim Z.

Es interessierte ihn nicht, wo die Wörter herkamen, sondern wo sie hinführten, denn es gab Wörter für Dinge, die waren harmlos. Und Wörter für Menschen, die waren gefährlich.

Ich lachte. Umarmte ihn.

Für mich war die Sprache untrennbar mit jenen duftigen, sorglosen Nachmittagen verbunden, in denen Donna Carmela in den Palazzo kam und uns im blauen Salon unterrichtete. Die Klänge des Himmels und der Sprache hoben die Wirklichkeit hervor, dehnten den Sinn, hielten das Böse fern.

Ganz gleich, wo der Ursprung der Wörter lag, sie waren barmherzig und umzogen die Kindheit mit einem Feuerring, mit einem jener geweihten Gärten, vor denen selbst der greise Moses innehielt.

Don Nofrio Rotolo, Verwalter des Vertrauens, führte Santa Margherita ehrlich und penibel.

Er war gewissenhaft wie ein Heiliger und die Seele des Hauses.

Er trug einen weißen Bart, den er dreimal täglich kämmte. Er kleidete sich wie ein Lakai, um sich selbst daran zu gemahnen, dass er ein getreuer Diener war. Er maß höchstens einen Meter zwanzig.

Seine Frau, die fast zwei Meter groß war und hundert Kilo wog, hob ihn jedes Mal hoch, wenn es nötig war. Und das war im Haus dauernd nötig.

Die schwindelnd hohen Oberlichter bestanden aus zahllosen Fensterchen, die wie Münder, Masken, Putten geformt waren. Die Säle hatten himmelhohe Decken, von denen an Ketten befestigte Kronleuchter aus Muranoglas herabhingen. Das Haus zählte dreihundert Zimmer. Don Nofrio durchkämmte es von oben bis unten und schleppte seine Frau – Paola, genannt Palidda – mit sich herum wie andere eine geschulterte Leiter.

Rosa Zimmer, blaue Zimmer, Toilettenzimmer, Kutschenzimmer. Alte Mädchenspielzimmer, in denen meine Mutter und die Tanten mit winzigen Kochtöpfen gekocht und ihre Porzellanpuppen gefüttert hatten. Es gab auch Vogelhäuser, in denen Papageien und Tauben flatterten. Berberaffenkäfige. Und Becken für die einmal im Monat gelieferten Aale, aus denen sich der Koch nach Bedarf bediente.

Antonno hatte zwei winzige, dürre Aale ins Herz geschlossen, die sich vor Benommenheit kaum rührten. Er massierte sie mit einem Löffel. Fütterte sie. Gab ihnen Namen. Er wusste nicht, dass sie fürs Mittagessen bestimmt waren und sie zu mästen und aus ihrer Verstörung zu reißen ihr Ende beschleunigte.

Eines Morgens waren sie nicht mehr da.

Antonno suchte sie lange, durchkämmte den Grund, die Wasserhöhlen, die mit Moos und goldenen Krebsen geschmückten Steine.

Erst am nächsten Tag ging uns auf, dass sie gekocht worden waren.

Er verlor kein Wort. Kramte in den Taschen nach seinem Klappmesser.

Und machte sich daran, zwei perfekte, glückliche Aale zu schnitzen, deren Augen vor stiller, unsterblicher Freude glänzten.

Dann kam die Regenzeit. Plötzlich bewölkte sich der Himmel, wurde schwarz und senkte sich bleiern herab. Tosende Regengüsse gingen auf das Pflaster, die hohen Mauern, den Garten der Erinnerungen nieder. Anfang Juni war das in Santa Margherita keine Seltenheit.

Die Wanderschauspieler, die es sich im Freien eingerichtet hatten, wurden im Haus untergebracht. Don Nofrio Rotolo ließ ihre Habseligkeiten ins Trockene bringen. Zelte, Klappgerätschaften, Musikinstrumente. Alles wurde vor dem Wasser in Sicherheit gebracht und unter den freskengeschmückten Decken des Jagdzimmers untergestellt. Neben Gemälden von Bracken und Lieblingshunden reihten sich dort die Trophäen meines Großvaters, der ein großer Jäger gewesen war, aneinander. Eingepfercht in großen Kristallvitrinen hockten ein ausgestopfter Hase, eine Schnepfe, eine Stockente, ein Rebhuhn.

Unter jedem Tier war eine Messingplakette mit der Bezeichnung der Beute angebracht. Dazu das Todesdatum und der Name des Schützen. Wie hilflose Zeugen verharrten sie dort in Reih und Glied. Dumpfe Vorboten des Schattenreiches.

Antonno war entsetzt.

Er sah in ihnen die Grausamkeit des Menschen. Er sagte, er könne ihre Angst spüren, ihre kleine, fliehende Seele. Er versuchte, die Vitrinen zu öffnen, um sie zu streicheln.

Doch Don Nofrio verteidigte sie hartnäckig. Wir durften sie nur aus der Ferne betrachten. Er war der Wächter dieser zerfressenen Federn. Dieser herrlichen Relikte. Er hätte niemandem erlaubt, sie zu berühren.

Um sich zu rechtfertigen, erzählte er von ägyptischen Mumien, die man der gleichen Prozedur unterzog und die nur dem Anschein nach tot waren. Tatsächlich ließ die Einbalsamierung sie überdauern. Wenn ihre Zeit gekommen sei, sagte er, würden sie wiedergeboren, seien doch ihre lebenswichtigen Organe kühl in Kanopen verwahrt.

Dann wurde es Abend.

Wir verabschiedeten uns von den Wanderschauspielern und ließen sie ihre Feldbetten aufschlagen und die Decken ausrollen.

Obwohl Don Nofrio richtige Betten hatte herbringen lassen, ließen sie es sich nicht nehmen, wie in einem Feldlager zu schlafen.

Die Lichter verloschen. Stille senkte sich herab. Es schien, als huschten die Jahrhunderte mit trippelnden Füßen über unsere Köpfe hinweg.

Niemand dachte mehr an die ausgestopften Tiere, nur Antonno, der die ganze Nacht aufblieb und darauf wartete, dass sie von den Toten auferstanden.

Es ist Abend, die gefährlichste Stunde rückt näher. Die Stunde
aller Schwermut.

Licy ist soeben gegangen. Ihr Duft nach Zigaretten und La-
vendel hängt noch in der Luft. Sie hat mir einen Essay zur
Durchsicht und einige Notizen zu Freuds Traumtheorie zur
Korrektur dagelassen. »Sieh bitte nach, ob orthographische Feh-
ler drin sind«, hat sie mit ihrem lettischen Akzent gesagt, ob-
wohl sie genau weiß, dass sie nie welche macht.

Sie schreibt auf Italienisch genauso flüssig wie auf Deutsch.

Ich vertiefe mich in ihre klare, gestochene Handschrift, die
sich liest wie eine Partitur. Ich fahre über ihre Vokale, die herr-
lichen Schwünge der Konsonanten. Die analytischen Fähigkei-
ten meiner Frau sind einmalig. Sie hat den Spürsinn einer ech-
ten Seelendetektivin. Dieser Text resümiert ihre brillantesten
Diagnosen, und beim Lesen verstehe ich, weshalb ihre Patien-
ten sie vergöttern.

Sie ist wie dafür geboren, zu durchschauen, was sich im Her-
zen regt, und den Zugangsschlüssel zu finden.

Auch bei mir überlässt sie nichts dem Zufall, und allmählich
kommt mir der Verdacht, dass hinter allem, was sie sich dieser
Tage einfallen lässt, eine tröstende, therapeutische Absicht steckt.
Der rote Morgenmantel, das Tagebuch, ihre Aufzeichnungen
über Träume.

Ja, kein Zweifel. Ganz still und leise will Licy mir helfen, die
Angst zu überwinden und mich zu erinnern.

Vielleicht gar, zu sterben.

Mit einem dankbaren Seufzer stecke ich die Nase in das Heft. Ich schreibe nicht nur, um mich nicht zu verlieren, sondern auch, um mich zu heilen. Voller Male bin ich bis hierher gelangt, voll sengender Schnitte, denen ich kaum beizukommen weiß. Ich nehme mir vor, nicht als Mann über meine Kindheit zu schreiben, sondern als die Mutter, die das Schreiben stets für mich sein sollte: der Leib einer Heiligen, der umfängt und beschirmt. Das Ineinanderfließen zweier Zwillingswelten, der Welt des Schmerzes und der Welt der Liebe. Und ich will den geheimnisvollen Ursprung der Wörter wiederfinden. Sehen, wie sie sich formen, inwiefern sie meine Geschichte in sich tragen. Wie sie ihr auflauern, sie wittern und ausweiden, um sie vor dem Tod zu retten.

Ich muss lächeln. Wörter lassen mich immer an Donna Carmelas Beharrlichkeit denken. Wäre sie an meiner Seite geblieben, hätte ich bestimmt mein Examen gemacht. Ich hätte mir die Bände zum Zivilrecht, die sich auf meinem Schreibtisch stapelten, mit weniger Abscheu einverleibt.

Es war das Jahr 1915, und Italien stürzte dem Krieg entgegen.

Doch in Palermo hatte man andere Sorgen: die Rechtsstreitigkeiten; das gefährlich ins Rutschen geratene Vermögen; das Schritthalten mit einem Gesellschaftsleben, das all seine grausame Agonie offenbarte. Und während ganz Italien zu den Waffen griff, kämpften wir noch damit, alte Erbstreitigkeiten beizulegen und einen Reichtum vor uns herzutragen, den wir nicht besaßen. Tafeln zu schmücken, die in Überfluss schwelgten, weil wir nicht sehen wollten, dass der Verlust der Bescheidenheit der Anfang vom Ende ist.

Für mich malte man sich prestigeträchtige Lebensläufe aus. Ich hatte gerade meinen Abschluss gemacht und bei meiner akademischen Zukunft offenbar kein einziges Wörtchen mitzureden. Präfektur-, Notariats-, Führungskarrieren. »Giuseppuzzu

könnte in die Oberste Deputation für Maß und Gewicht ein-
treten«, sagte mein Vater. »Oder in die General-Intendanz der
königlichen Domänen«, fügte meine Mutter an.

Ich hätte viel lieber Literatur, Geschichte oder Philosophie stu-
diert und vielleicht sogar einen Roman geschrieben. Stimmen
bestürmten mich, Geister, die sich aufzulösen drohten, geballte
Erinnerungen, die es zu entwirren galt. Indem ich sie erzählte?,
überlegte ich ratlos. Nein, zunächst wohl, indem ich las und die
Schöpfung mit Homers blinden Augen durchquerte. Ich musste
erfühlen, ehe ich begriff. Die Formen ertasten. Ich träumte von
einer langen Lehrzeit aus sich offenbarenden Dunkelheiten.

Doch mein Vater wollte davon nichts wissen. Die Familie
stand sowieso schon kurz davor, alles zu verlieren. Großvater Pepès
Erbe belastete uns mit immer größeren juristischen Scherereien.
Die Mittel waren knapp, und wir lebten vom Verkauf der ver-
bliebenen Besitzungen.

Er entschied, es solle Jura sein, und hoffte, ich würde in On-
kel Pietros Fußstapfen treten, eine diplomatische Laufbahn ein-
schlagen und das Schicksal der Familie wenden.

Also schrieb ich mich widerwillig und verspätet ein.

Der Frühling 1915 war bereits weit fortgeschritten, als ich
zum zweiten Mal nach Rom kam und den Hörsaal betrat, in
dem der Professor für römisches Recht die Institutiones Gai *aus-*
wendig herunterdeklinierte.

4.

Eine Woche lang wohnten die Wanderschauspieler im Palazzo. Bei Sonnenaufgang bündelten sie ihre Betten und machten sich zur Wundertränke davon, um dort zu proben.

Antonno und ich standen heimlich auf und schlugen einen Bogen um das große Esszimmer, wo sich die Vorbereitungen für das Frühstück regten. Wir wollten als Erste bei den Proben sein.

Ich konnte die geschäftigen Schritte Don Nofrios hören, der Anweisungen erteilte. Das Klappern der Teller und Tabletts. Das Schnaufen seiner Frau auf den Stufen. Die Rufe der Bauern, die Kräuter und frisches Wild fürs Mittagessen brachten.

Blutgeruch mischte sich mit dem Duft erntefrischen Gemüses. Mit einem Messer wurde den Hasen das Fell abgezogen. Der Topf stand schon brodelnd auf dem Feuer und ließ wilden Sellerie, Fenchel und Kartoffeln an die Oberfläche wirbeln.

Don Nofrio kontrollierte den Gargrad, die Würze der Bouillon, ihren Salzgehalt. Dann brüllte er: »Memèèè!«, das war der Koch. Ein geballter Stank nach Eingeweiden und vergorener Milch begleitete seinen Schrei.

Antonno und ich stibitzten im Vorbeiflitzen einen halben Laib Brot und steckten ihn unter die Jacke. Dann nichts wie weg, schon waren wir auf der Straße, ungekämmt, furchtlos und ganz versessen darauf, zwischen der Wirklichkeit und unseren Träumen einen Durchschlupf zu finden.

Wir hatten keine Zeit für das Frühstück, das aus Bohnen-kaffee, Mandelgebäck und Pannacotta bestand. Wir pfiffen auf das, was sich gehörte. Ungekämmt und ohne die unter dem Kinn gebundene Schleife, spürten wir ein ahnungsvol-les Prickeln auf der Zunge.

Wir waren im Begriff, glücklich zu sein.

Kaum schlugen wir die Augen auf, ließen wir das Waschen sausen und sprangen in unsere Hosen. Meine war auf rechts, Antonnos auf links gedreht. Wir reichten einander die Ge-genstände, mit denen wir unsere Taschen füllten. Das Ta-schenmesser, ein paar Holzstücke, ein Fernglas. Antonno blieb barfuß. Er band sich die Schuhe an den Schnürsenkeln um den Hals und knotete sich einen mit vier Haken verse-henen Strick um die Hüften, an den er seine Schnitztiere hängte.

Santa Margherita war soeben erwacht.

Das Morgengeläut erfüllte die Luft.

In der Ferne erklang das rhythmische, demutsvolle Klap-pern von Pferdehufen.

Das bedeutete, dass Nenè Giaccone auf dem Weg nach Pa-lermo vorbeikutschierte, wo er angeblich ein Doppelleben führte.

Antonno und ich glaubten, ein Doppelleben wäre mehr wert als unseres, denn Donna Carmela hatte uns beigebracht, »doppelt« bedeute »zweimal so groß«.

Die Schulstunden, in denen sie uns Rechnen und Maßein-heiten beibrachte, lagen Donna Carmela besonders am Her-zen. Ein Kilo, hundert Gramm, ein Gramm. Und dann ein Drittel, ein Viertel, ein Sechstel. Vier ist das Doppelte von zwei. Sechs das Dreifache. Was ist das Vierfache von zwei? Oder: Wenn Don Nofrio auf dem Markt zehn Äpfel kauft und fünf davon sind faul, wie viele können wir dann essen?

Im Kopf rührte Antonno durch die Zahlen. Dann antwortete er korrekt, nannte mehrstellige Zahlen jedoch verkehrt herum. Er hasste Multiplikation. Dividieren lag ihm mehr. Denn wer teilt, schenkt her, was er hat.

Ich zermarterte mir das Hirn. Mir gefiel nur das kleine Einmaleins, das man wie ein Gedicht herunterbetete. Die Zehnerreihe war die leichteste.

Ich ließ sie über die Zunge gleiten und stellte mir vor, wie ich wieder in Palermo wäre und vor meinen Piccolo-Cousins damit glänzte: vor Lucio, Casimiro und Agata Giovanna, den Kindern von Tante Teresa, der Schwester meiner Mutter.

Vor allem mit Lucio lieferte ich mir einen ständigen Wettstreit. Dabei ging es weniger darum, der Bessere zu sein, als seine Geschicklichkeit zu beweisen oder dem anderen seine kämpferische Überlegenheit zuzugestehen. Wir seien wie Patroklos und Achill, erklärte ich Antonno.

Kampfgefährten, Waffenbrüder.

Antonno bekam einen Schreck. Er rannte in die Bibliothek und holte den Band der *Ilias*, den meine Mutter besonders liebte. Behutsam blätterte er durch die mit Goldschnitt versehenen und von wertvollen Miniaturen umrahmten Seiten. Bei dem Bild, auf dem Achill Patroklos' Tod beweint, hielt er jedes Mal inne.

Wer war Lucio? Patroklos oder Achill?, wollte er sogleich wissen.

Ich antwortete stolz, Lucio – gleichwohl er fünf Jahre jünger war – sei der heldenhafte Achill, Sohn des Peleus, Feind des Agamemnon, der ihm die Konkubine Briseis geraubt hatte.

Mit bedripster Miene klappte Antonno das Buch zu.

Als sollte mir die Tatsache, Patroklos zu sein, ein vorzeitiges Ende bescheren, das mich um die Verwirklichung meiner Träume brächte.

Antonno unterschied zwei Arten von Träumen, solche, die Gesundheit, und solche, die Krankheit verhießen.

Er sagte, in Träumen könne man auch die Zukunft lesen. Und wenn man in ihren Falten suchte, seien die Zeichen der Wirklichkeit darin leicht zu entdecken.

Don Nofrio holte uns auf den Boden der Tatsachen zurück, wuselte um die Kutschen herum und spähte den Pferden prüfend in die Augen, um von der Iris auf den Zustand ihrer Mägen zu schließen.

»Von wegen Träume«, brummte er. »Ob ein Mensch oder ein Tier krank ist, erkennt man am Blick.«

Unversehens kniff ich die Lider zusammen, damit Don Nofrio bloß kein Leiden entdeckte, das nach einem Abführmittel verlangte.

Damals gab es einmal im Monat Rizinusöl. Damit wurde jede Krankheit kuriert, von Zahnweh bis Lustlosigkeit.

Bei der leisesten Aussicht, es trinken zu müssen, stob ich panisch davon, rannte kopflos umher, stieß an Gegenstände, schlug mir die Knie auf.

Mutter verarztete mich mit Eis und pustete siebenmal auf die Wunde. Sie sagte, die Zahl Sieben halte die Dämonen fern und sei gottgefällig.

Antonno und ich stürmten davon, um den Wanderschauspielern zu sagen, dass sie die Aufführung siebenmal wiederholen und siebenmal schlafen und träumen müssten.

Sie lachten.

Es war ein endloser Sommer voller Geheimnisse, noch ließ nichts die Schuld der Väter oder das Schicksal der Söhne erahnen.

Der Dienst der Pfleger wechselt von Tag zu Tag. Am Wochenende ebbt er ab und kommt sonntags fast zum Erliegen. An den Feiertagen überwiegen das Geschnatter der Angehörigen auf Krankenbesuch, die Gerüche nach mitgebrachtem Essen, das heimelige Klappern von Gabeln und Messern.

An diesen Tagen kommt Licy ein wenig früher als sonst, als wollte sie die Öffnung der Station nicht verpassen und die Dienstlücken füllen. In einer geblümten Tasche bringt sie frische Wäsche und Baumwollhandtücher mit. Sie kramt darin herum und lässt das Seidenpapier knistern, in dem die Strümpfe und Unterhemden eingeschlagen sind. Sie mag dieses Geräusch, es klingt nach Liebgewordenem, das sich mit unserer Unvollkommenheit abgefunden hat. »Eine Mischung aus Gewohnheit und kindlichem Staunen«, gesteht sie mir, während das Armband, das ich ihr nach unserem ersten Kuss geschenkt habe, an ihrem Handgelenk klimpert.

Sie ist behände, umsorgt mich wie einen Säugling, füttert mich ohne viel Federlesens und kommt meinen Wünschen zuvor. Um mich zu beruhigen, legt sie mir ihre gesammelten Theorien über die Genesung der Seele dar, die die Genesung des Körpers bedingt. Oder über die spirituellen Heilmittel der Mystiker wie der heiligen Hildegard, die Dinkel mit Gold vermischte, um Synkopen und siechen Lebensmut zu kurieren.

Sie glaubt an körperliche Signale und untersucht erst Stuhl und Urin, ehe sie eine psychiatrische Behandlung festlegt. Bei mir lässt beides auf unruhigen Schlaf und ein zerfahrenes Ge-

57

dächtnis schließen, das seit mindestens drei Generationen umherirrt und nach Gebeten sucht. Allerdings gebe es ein Gegenmittel, und Gott sei Dank kenne sie es, sagt sie erleichtert und legt mir einen Jaspis unters Kissen, damit ich zu träumen lerne.

Tatsächlich fahre ich ständig aus dem Schlaf, ich fühle mich wie damals, als ich die Universität verließ und den Wehrdienst antrat. Auch damals schlief ich nur in kurzen Schüben, und mein Schlaf mischte sich mit einem düsteren Vorgefühl.

Dann geschah, was ich hatte kommen sehen: Seit dem Beginn meines Jurastudiums waren noch keine dreißig Tage vergangen, da trat Italien am 24. Mai in den Krieg ein.

Ich hatte keine Ahnung von Krieg.

Daheim ging es ausschließlich um literarische Konflikte oder Familienzwistigkeiten. Die Aufstände, die dem Anschluss des Königreiches beider Sizilien an das neue Königreich Italien vorausgegangen waren, waren staubige Schlachten, mit denen wir nichts zu schaffen hatten.

Dann verschanzten wir Lampedusas uns in unseren Familiensitzen. Wir flüchteten uns auf unsere Latifundien. Wir blieben außen vor, damit wir uns an unser Rettungsfloß klammern und einander im Brustton der Überzeugung unsere Lügen erzählen konnten. Hineingezogen worden waren wir nie, und ich hatte Angst.

Ich versuchte, den Wehrdienst zu verkürzen. Ein Gesetz von 1888 besagte, gegen eine Gebühr von tausendfünfhundert Lire und bei vorzeitigem Dienstantritt müsse man statt drei Jahren nur eines dienen.

Ich zahlte und wurde zum Zweiundzwanzigsten Regiment nach Messina geschickt. Doch bereits im Jahr darauf war ich in Turin und besuchte den Offiziersanwärterkurs. Obwohl ich mich freiwillig gemeldet hatte, um der Einberufung zu entgehen, landete ich am 25. September 1917 an der Front.

»Den Krieg habe ich besonders gut verdrängt«, sage ich zu Licy und würge eine Tablette hinunter, um den Husten zu lindern. »Erst jetzt, in diesen schwierigen, von einer anderen Schlacht zerfetzten Tagen, kommt er wieder hoch.«

Sie scheint mir nicht zuzuhören und ist ganz damit beschäftigt, eine Thermosflasche mit Limonade auszupacken, die Cousin Lucio aus Capo d'Orlando geschickt hat.

Ich weiß, dass sie nur so tut, das Schweigen meiner Frau will mir Raum für meine Worte lassen und mir Zeit geben, um ihr zu gestehen: »Vielleicht kommt er mir deshalb wieder in den Sinn. Weil die Trümmer sich in mein Inneres verlagert haben.«

Jetzt lächelt Licy ermunternd. Es ist eine Aufforderung, weiterzureden.

Doch das ist gar nicht so leicht.

Dieser Erfahrung habe ich mich nie stellen wollen. Ich habe die von Ratten und Kakerlaken wimmelnden Schützengräben, die Verteidigungslinien, über denen der Dunst geronnenen Blutes trieb, liebend gern vergessen. Mit ihren therapeutischen Ansätzen, die darauf abzielen, Verdrängtes freizulegen, Geheimnisse auszusprechen und die Mördergruben des Herzens zu ergründen, habe ich nie etwas anfangen können.

Ich habe verdrängt, dass ich getötet habe.

Und doch ist es passiert. Es war das Jahr 1917. Einen einzigen Mann, einen Bosnier. Auf der Hochebene von Asiago.

Ich weiß noch, dass wir auf einer Lichtung standen. Ich sah, wie er sich in das Dickicht duckte und versuchte, dem wilden Kugelhagel zu entgehen, dieser Verkehrung der Schöpfung, die jedes Gefecht mit sich bringt.

Er hatte Angst.

Nicht nur ich hetzte ihn, sondern sämtliche Kriege, die mir vorausgegangen waren, sämtliche Soldaten, die bereits getötet hatten, der ewige Kampf, den der Mensch gegen alle erdenklichen Feinde führt.

Es war, als wollte er nicht nur meiner Pistole entfliehen, sondern einer ganzen Sippe bewaffneter Erben. Er war der Empfänger einer düsteren Hinterlassenschaft, deren Stammvater Kain selbst war.

Ein einziger Schuss, mitten ins Herz. Als ich den Zeigefinger vom Abzug nahm, war ich wie erstarrt und spürte das Zittern darin, derweil das Geräusch des Schusses mir verriet, dass ich es war, der gezielt und getroffen hatte.

Ich war es, der den Tod gebracht hatte.

Doch zum Nachdenken blieb keine Zeit. Als Nächstes war ich an der Reihe.

Jemand zog mir den Gewehrkolben über den Schädel, und ich verlor das Bewusstsein, die rauchende Pistole noch in den Händen.

Als ich zu mir kam, lag ich gefesselt in einem Wald. In einem einzigen Augenblick hatte ich also getötet und war gefangen genommen worden.

Doch trotz meiner Bewegungsunfähigkeit konnte ich nicht an die Zukunft denken. Ich bezweifelte, dass ich überhaupt eine hatte. Stattdessen dachte ich an den Mann, den ich abgeknallt hatte. An seinen rücklings hingestreckten Körper. Daran, dass ich ihn getötet hatte, um mich zu retten.

Unvorstellbar, dass er nicht mehr lebte. Er war blutjung gewesen, genau wie ich. Ich hatte gerade noch erkennen können, dass er einen jugendlichen Bartflaum trug. Babuschen statt Strümpfen. Ein verblichenes Foto, das ihm halb aus der Tasche lugte.

Seine Überreste hatten eine Stimme, sie gedachten seiner mit einer Predigt über flüchtige Dinge, die nicht aufhörten, die aufrechte Verblüffung der Lebenden hinauszuschreien. Schreiend offenbarten sie seine Geschichte, seine Vergangenheit. So hätte ich schwören können, dass er ein Bauer war. Er hatte schrundige Hände, rissige Nägel, offene Blasen an den Fingern.

Ehe er zum Gewehr gegriffen hatte, hatte er den Spaten ge-
führt.

»Ich weiß nicht, weshalb mir jetzt dieser Tod in den Sinn
kommt«, sage ich zu Licy. »Ich habe seit Jahren nicht mehr daran
gedacht.«

Sie lächelt bitter. Sie weiß, dass zurückzublicken, die Erin-
nerungen zu ordnen, eine Aufgabe der Sterbenden ist.

Und so kehrt dieser Tote nun zurück.

Solange wir im Krieg waren, war ich der Lebende und er der
Tote. Ich machte weiter, er blieb zurück. Uns trennte der Ab-
grund der Davongekommenen.

Doch jetzt sind wir uns ähnlich. Alles, was dem folgte, ist, als
wäre es nie passiert: meine Gefangenschaft im Lager Szombathely
in Ungarn; meine Flucht; die Rückkehr zu Fuß nach Italien.

Alles zerfällt, alles rast auf dasselbe Nachspiel zu.

Ich hebe den Füller und fahre mit dem Schreiben fort: »…
noch ließ nichts die Schuld der Väter oder das Schicksal der
Söhne erahnen.«

5.

Zu den kindertauglichen Themen im Haus gehörten Gedenktage, religiöse Prozessionen und Bücher. Zu den Tabus amouröse Intrigen, Todsünden und Trauerfälle.

Der Tod war im Hause Cutò immer geheimnisvoll. Man erahnte ihn unter der schwarzen Trauerkleidung der Frauen. Im Herbeieilen der Verwandten. Dem Eintreffen von Blumenkränzen. Den Perlen, die als Symbol für die Tränen an den Ohrläppchen hingen.

Niemand erklärte, wie das Leben begann und wie es endete. Die schwangeren Frauen wurden neun Monate lang versteckt gehalten. Wenn die Kinder kamen, hieß es, der Mond habe sie unter die Kohlköpfe gelegt. Die Toten starben nie wirklich. An jedem 2. November kehrten sie wieder und brachten Speisen und Geschenke mit.

Den Kindern wurden keine Erklärungen gegeben. Man glaubte, die Zeit der Wahrheit sei das Erwachsenenalter. Man übersah, dass die Wahrheit der Kindheit gehört.

Doch Antonno schien alles zu wissen. Er raunte mir skandalöse Dinge zu. Dass die Kinder aus dem Samen des Mannes entstünden. Dass sie in einer Mutter wüchsen.

Als ich um Erklärungen bat, brachte Don Nofrio mich zum Schweigen. Er legte mir die Hand auf den Mund.

»Still!«, zischte er beklommen. »Ruhe, Exzellenz! Sonst holt Euch die Bellina.«

Die Bellina war ein monströses Weib, das im Schatten der Nacht lebte.

Doch Antonno fürchtete sich nicht vor Monstern, nur vor Menschen. Und so fragte er mich, ob ich je ein Geschwisterchen oder sonst ein Kind im Bauch einer Mutter gesehen hätte.

Nein, das hatte ich nie. Und auch mit Geschwistern kannte ich mich nicht aus. Ehe Antonno auftauchte, war ich einsam und versonnen gewesen, angezogen von der Eigentümlichkeit der Dinge.

Ich grübelte beispielsweise über das Pendel der Uhr in der Via Lampedusa nach, das zwischen zwei Bronzestatuen hin und her schwang, und bildete mir ein, es wollte etwas sagen. Ich durchstreifte die riesigen Zimmer des Hauses in Palermo. Sie erschienen mir wie unentdeckte Gefilde, wie ein Land, das es zu erobern galt. Ich war der unangefochtene Held verwunschener Orte. Auch wenn es dort keine Spielkameraden gab.

Ich wusste nichts über die Samen der Männer. Auf Geburt und Tod hatte ich nur winzige Hinweise erhalten.

So brannten in der Via Lampedusa stets irgendwelche kleinen Lichtlein für einen Toten. Eine Totenbahre stand in der Mitte des Spiegelsaals. Flankiert von Engeln aus Silber und Alabaster. Kein Name, kein Geburts- und Sterbedatum.

Doch an jedem 5. Januar, wenige Tage nach meinem Geburtstag, wurde ein Hochamt gefeiert. Der Altar und die Logen wurden schwarz verhängt. Das Haus füllte sich mit verwandten Erzpriestern, gräflichen Cousins, Kellnern in Livree, die mit Tabletts voller Süßigkeiten zwischen den Gästen umherliefen.

In der Familie wurde mit Ricottaküchlein und grün kandierten Früchten auf Zuckerguss getrauert. Pistazienduft erfüllte die Luft. Lange Kerzen wurden angezündet, die beim Herunterbrennen Milchgeruch verströmten.

Ab und zu fragte ich Don Nofrio: Wer war denn der Tote? Um wen weinte Mutter?

Don Nofrio tat so, als hörte er mich nicht, seine Frau täuschte eine Ohnmacht vor.

Bei ihrer Leibesfülle war es ein Kraftakt, sie wieder auf die Beine zu hieven, worüber meine Frage verpuffte.

Don Nofrios Treue zu unserer Familie war nun einmal legendär.

Immer wieder kontrollierte er das Silberzeug, inspizierte mit bangem Blick den blättrigen Putz an den Decken. Stets war er um Remedur bemüht, rief die Arbeiter wegen der schadhaften Dächer, die Maler wegen der Risse in den Fresken.

Er hatte niemals Ruhe.

Für ihn war das Haus ein Universum, das es zu bewahren galt, und rastlos hetzte er umher, um es von den Küchen bis zu den Ställen am Laufen zu halten. Er war meiner Mutter bedingungslos ergeben und hing an ihr wie an einer Tochter. Er diente ihr. Kam ihr zuvor. Folgte ihr wie ein Schatten. Er errötete, wenn ihm eine Vertraulichkeit entschlüpfte, wenn er sie müde sah und sich ihr zuzuflüstern erlaubte: »Exzellenz sollten sich ausruhen.«

Ansonsten schnaufte er treppauf und treppab, erteilte Anweisungen und kontrollierte die Bilanzen.

Er fürchtete Verschwendung, ging die Zahlen der Lehenseinkünfte durch und mahnte meinen Vater zu Sparsamkeit.

Vertraute man ihm ein Geheimnis an, konnte man sicher sein, dass er eher sterben würde, als das Vertrauen der Familie zu brechen. Und wenn es jemand wagte, eine Entscheidung der Familie Lampedusa oder Cutò anzuzweifeln, wurde er fuchsteufelswild. Dann schnappte er sich einen alten Stock und fuchtelte wild damit herum.

Er hatte seine Prinzipien: Nur seiner riesenhaften Frau war es erlaubt, das wertvolle Porzellan zu spülen. Und nach jedem Empfang kroch er auf allen vieren über den Fußboden, um nach den Schrauben zu suchen, die sich aus den Stühlen gelöst haben könnten. Er sammelte sie auf, schraubte sie wieder fest und beklagte die Verkommenheit dieses neuen Jahrhunderts, das sich am Zeug seiner Herren gütlich zu tun erdreistete. Wie ein Archivar versah er alles mit Nummern, denen er Buchstaben aus dem griechischen Alphabet voranstellte. Das hatte ihm meine Mutter beigebracht, und er brüstete sich damit, die Sprache der Bewohner des Olymps zu beherrschen, die mit den geheimnisvollen Konsonanten ihres Zungenschlags Vasen, Schmuckstücke und Ländereien bezifferten.

Um das Haus Cutò zu schützen, so pflegte er nachdrücklich zu behaupten, brauche es die Sprache der Sirenen und Götter. Die einen waren verführerisch und unbeirrbar. Die anderen stolz und übelgesinnt.

Wenn man ihn fragte, wozu er sich abrackerte, sagte er, um dem Ende entgegenzuwirken. Schon damals erntete er Spott für sein unermüdliches Bestreben, statt der Dinge die Erinnerungen zu bewahren.

Er kämpfte nicht gegen den Verfall der Materie, sondern gegen den Verlust des Andenkens.

Deshalb salzte er ein, erklärte den Kleidermotten den Krieg, hasste Ameisen.

Abends war er der Letzte, der zu Bett ging, weil, so sagte er, das Haus nach ihm verlangte. Er machte zweimal seine Runde, versicherte sich, dass die Fenster geschlossen und die Türen verriegelt waren.

Mit der Lampe in der Hand sah man ihn jeden Winkel durchforsten, nach Dieben spüren, sich unter die Gespensterhorden mischen, die regelmäßig die Räume heimsuchten und ihm nicht das Geringste ausmachten, da er den Verstorbenen ungleich mehr vertraute als den Lebenden.

Vor dem Einschlafen fliegen meine Gedanken zum Meer. Das Meer vermisse ich hier in Rom mit am meisten. Es tut weh, die verwitterten Fischerboote, die salzverkrusteten Netze, die Schwimmer aus Bimsstein nicht vor Augen zu haben.

In Palermo gingen meine Fenster auf den Hafen hinaus. Inzwischen bin ich gewöhnt an das Stampfen der riesigen hölzernen Galionsfiguren, an ihre nächtliche Klage, ein Anheulen des Mondes.

Es sind barbusige Sirenen, grausam und betörend.

Sie fehlen mir sehr.

Licy tut alles, um meine Genesung zu fördern. Sie bringt Fotos aus Mondello mit, um meine Schwermut zu vertreiben. Sie stemmt sich gegen die Resignation und holt drei perfekt geformte Muscheln aus ihrer Tasche, die wir während einer Erkundung der Insel San Pantaleo gesammelt haben. Sie zeichnet Sirenen auf Reispapier.

Während der Gefangenschaft in Ungarn war es der Ruf einer Sirene, der mir den Mut zur Flucht gab. Eine Stimme, unhörbar zunächst, doch dann immer lauter. Sie quälte mich, wenn ich nachts auf meinem Feldbett lag oder wenn ich meine Essensration hinunterschlang. Sie folgte mir in die langen Schlangen vor den Waschräumen, wo ich mich mit einer zerbrochenen Klinge rasierte und Seifensplitter von meinen Mitgefangenen schnorrte. Auch während der Zwangsarbeit oder in den Pausen, in denen wir uns einen Zigarettenstummel teilten, ließ sie mich nicht in Ruhe. Sie verstummte weder in den endlos durchwach-

ten Nächten noch in den von dem Gedanken, einen Mann getötet zu haben, betäubten Morgendämmerungen.

Kehr zurück, sagte die Stimme immer wieder.

Tagelang ignorierte ich sie. Ich war völlig benommen von vergeblich gesuchtem Schlaf, der sich mir in die Schläfen bohrte. Die Schlaflosigkeit geriet zur dauernden Wiederholung der letzten Momente vor meiner Gefangennahme. Die durchnässte Uniform. Mein Trupp in immer weiterer Ferne. Knatternde Feuerstöße. Der Rückzug und der namenlose Bosnier, vorschnell getötet und nie begraben.

Kehr zurück.

Ich beschloss, auf sie zu hören. Es war eine Frauenstimme, wispernd und berückend. Sie trieb mich in den Wahnsinn, gellte mir in den Ohren wie die Klage einer Märtyrerin, begleitete mich bei den täglichen Pflichten, dem Appell, dem Stubendienst. Kehr zurück.

Bis mir aufging, was ich zu tun hatte.

Ich machte mich daran, meine Flucht zu planen.

Aus dem Lager zu entkommen, war nicht leicht. Die Ungarn schossen bei Sichtkontakt und lagen ständig auf der Lauer. Vor dem nächtlichen Rundgang steckten sie sich Flöhe ins Hemd, damit das Jucken sie wach hielt. Der hohe Stacheldraht wand sich über die Dornen einer gelben Brombeere, wie ich sie in Sizilien noch nie gesehen hatte. Von oben schwenkte das weiße Licht des Scheinwerfers in alle Richtungen, um jede Regung zu erfassen.

Das gesamte Gelände war in quadratische Abschnitte unterteilt, auf denen die Schlafbaracken standen. Dahinter verpesteten die Latrinen die Luft, und ein Stück weiter weg, in den Spitalbaracken, kreuzten sich die Wege der Liebenden, der Krankenschwestern und Aufseher, die sich morgens keines Blickes würdigten und nachts auf den Krankenliegen vereinigten.

Doch ich hatte einen Plan, ich wusste, wo die Soldaten ihre Uniformen für die Wäscherei deponierten. Ich konnte ihren Un-

terhaltungen folgen und hatte keine Mühe, das Gesagte zu über-
setzen. Seit meinem zehnten Lebensjahr sprach ich Deutsch.

Die Uniform stibitzte ich von einem Haufen, der für die
Büglerei bestimmt war. Ich zwängte mich in den Stoff, ihr Be-
sitzer war sehr viel kleiner als ich und hatte Läuse. Sie krabbel-
ten mir in die drahtigen Bartstoppeln, die Leistenhöhle, zwischen die Schulterblätter. Ich zerrte den Hosenbund zurecht,
schloss die Knöpfe und hielt den Atem an, wie es mir Don
Nofrio beigebracht hatte, um die Angst zu überwinden. Die
Hosen kniffen, mein Herz raste. Die Insektenbisse bluteten.

An der Grenzlinie zitterten mir die Hände, ich versuchte, mir
Mut zu machen. Wie von ungefähr schlenderte ich an den Sol-
daten vorbei, als wäre ich Deutscher, und bewegte mich auf den
Ausgang zu.

Einen Moment lang glaubte ich, ich hätte es geschafft.

Doch hatte ich die Wachen so gut getäuscht, dass sie mich für
einen desertierenden Kameraden hielten. Sie stellten sich mir in
den Weg, drängten mich an eine Mauer, waren drauf und dran,
mich zu erschießen. Mit gefesselten Händen und Füßen luden
sie mich wie einen Sack auf den Buckel.

Als Gefangener kehrte ich wieder ins Lager zurück.

Doch ich gab nicht auf. Die Stimme war noch immer da, im
Gellen der Trompeten, die zum Essenfassen riefen, in der verhalten hinuntergeschlurften wässrigen Brühe, im Bataillon, das
im Morgengrauen antrat, um die ungarische Flagge zu hissen.
Kehr zurück.

Eine Sirene, halb Frau, halb Fisch, rief nach mir, und ihre
entstaltete Menschlichkeit aus Tier und Wasserfrau überzeugte
mich.

Nach kaum zwei Monaten versuchte ich abermals zu fliehen.

Diesmal robbte ich unter den Brombeeren entlang und kniff
den Stacheldraht mit einer Zange durch, die ich einem Arbeiter
geklaut hatte. Ich schmierte die Wachen mit ein paar aus der Kü-

che gestohlenen Flaschen Wein und drückte mehreren Aufsehern Geldscheine in die Hand, die ich in meine wollenen Unterhosen eingenäht hatte. Ich stellte fest, dass alle sich mit einer Nichtigkeit kaufen ließen, es reichten ein Päckchen Zigaretten und ein noch tragbares Hemd. Der Handel trieb verrückte Blüten. Man tauschte Knöpfe gegen einen Zigarrenzug. Strümpfe gegen eine Minute Radio. Hosenträger gegen einen paar Tropfen Whisky.

Als sie im Lager dahinterkamen, war es bereits zu spät. Der Alarm war nicht losgegangen, die Soldaten hatte nicht geschossen. Alle hatten so getan, als hätten sie nichts gesehen. Und ich war schon über die Grenze, wanderte zu Fuß über die Alpen und durchquerte den Apennin, Latium und Kalabrien.

Noch immer umgarnte mich die Stimme. Schritt für Schritt: Kehr zurück. Bis meine Schritte und das »Kehr zurück« in meinen Ohren in die Zigtausende gingen, während ich im Schlamm versank, durch den Regen watete, Staub aufwirbelte, mir den Schweiß trocknete. Nachts rastete ich irgendwo am Wegesrand und ernährte mich von dem, was ich fand. Hie und da gab mir ein Bauer ein bisschen Milch, eine Traube, einen halben Sack Kartoffeln.

Kehr zurück.

Als ich, nachdem ich ganz Italien zu Fuß durchquert hatte, zu Hause anklopfte, hielt mich der Pförtner für einen Bettler und schlug mir die Tür vor der Nase zu.

Nur Mutter erkannte mich und stürzte los, um den Hausarzt zu rufen.

Es war der 11. November 1918, am Himmel funkelte das Sternbild des Skorpions, die Glocken riefen zur Abendandacht, vor dem Caffè Spinnato in der Via Principe di Belmonte erzählte ein Bursche Weisen und Epen von Liebe und Leid.

Dann wurde alles still.

Erst als ich meinen Fuß nach Palermo setzte, hörte die Stimme auf zu rufen.

6.

Jn Santa Margherita di Belice diente der Ballsaal als abend-
licher Treffpunkt.

Stuckverziert und von acht Balkonen bekränzt, empfing
er uns nach dem Abendessen mit der von Don Nofrio sorgsam entzündeten Beleuchtung.

Während ich nur wenige Stunden dabei sein durfte,
schwatzten und musizierten die Erwachsenen bis spät in die
Nacht.

Es gab dort einen von blassgrünen, blumenbestickten Ka-
napees umgebenen Flügel. Eine Tapete, die mich in späterer
Zeit stets an einen unbezwingbaren Frühling erinnern sollte.
Allem widerständig.

An solchen Abenden kam Leben ins Dorf. Die befreunde-
ten Familien fanden sich im Palazzo ein wie zu der Zeit, als
meine Mutter noch unverheiratet gewesen war und dort
lebte. Unter Geplauder, Kartenspiel und kleinen Konzerten
gingen die Abende geruhsam dahin.

Antonno und ich scharwenzelten um Don Peppino Lomonaco herum, über den uns Don Nofrio ein wenig erzählt hatte.

Elegant und scharfsinnig wie ein junger Bursche, war er
in Wirklichkeit jedoch uralt und, so behauptete er gern, mit
sämtlichen Umgangsformen der feinen Gesellschaft vertraut.

Don Nofrio sagte, als junger Mann sei er reich gewesen
und habe in Palermo gelebt.

Dann hatte sich das Blatt gewendet. Eine dieser schroffen
Wendungen, die das Schicksal mitunter nahm. Das Glück

hatte sich in Pech verkehrt, und Don Peppino war nach Santa Margherita gezogen. Dort lebte er in einem winzigen, von einem handtuchgroßen Grundstück umsäumten Haus.

Von solchen Wechselfällen erzählte Don Nofrio oft. Er hatte Generationen von in Armut gestorbenen Baronen gesehen, zerfressen von Schulden, Erbstreitigkeiten, Glücksspiel.

Doch Don Peppino trotzte dem Unglück mit Heiterkeit. Er sagte, er vertreibe den Teufel mit Scherzen. Er lachte von Herzen. Das Leben müsse gefeiert werden, trotz seiner Widrigkeiten. Und er feierte es auf die beste erdenkliche Art: mit Frauen.

Er habe unzählige gehabt, behauptete er, kaum kehrte Don Nofrio ihm den Rücken. Dann schnalzte er mit seinen fleischigen Lippen. Rückte sich die abgetragene, aber vornehme Fliege zurecht. Versetzte seiner altmodischen Weste einen galanten Klaps, der ihn samt und sonders in die Vergangenheit zurückversetzte.

»Fröhliche Frauen, traurige Frauen. Witwen und Verheiratete. Große und kleine Frauen. Und ich liebte sie alle. Allen habe ich mein Herz geschenkt.«

Aber das seien unanständige Erinnerungen, grinste er unter seinem wohlfrisierten Zwirbelbart. Nichts für Kinderohren. Doch zu gegebener Zeit würde ich lernen, was ein echter Kuss sei.

Von all den Offenbarungen dieses Sommers war dies die verstörendste.

Antonno und ich waren wie vom Donner gerührt und getrauten uns nicht, nach weiteren Erklärungen zu fragen.

Es schien jedoch eine durch Don Peppino Lomonacos Erfahrung beglaubigte Tatsache zu sein, dass es mindestens zwei Arten von Küssen gab.

Die falschen und die wahren.

Schon bald hatten wir den Vorfall wieder vergessen. Wie auch die Kategorien von falsch und wahr. Zu jener Zeit gingen sie ohnehin derart durcheinander, dass wir sie beim besten Willen nicht hätten entwirren können.

Da war zum Beispiel diese Sache mit den Briganten, denen Don Peppino Lomonaco während seiner Treibjagden angeblich begegnet war. Wir wussten nicht, ob das gelogen war. Doch berichtete er so ausschweifend davon, als zählte die Wahrheit nicht. Tief im Dickicht und begleitet von seinen treuen Hündinnen Diana und Furetta, so erzählte Don Peppino, stand er plötzlich dem Briganten Vincenzo Capraro gegenüber, der unweit von Sciacca und Menfi sein Unwesen trieb. Die Reichen beklaute, um es den Armen zu geben.

Ich hatte keine Ahnung, was ein Brigant war. Don Peppino erging sich in Details und fabulierte von Kämpfen, in denen er sich ehrenhaft geschlagen habe.

»Ein Brigant ist eine verlorene Seele«, raunte er.

Am selben Abend fragte ich Antonno danach.

Unsere Betten standen nebeneinander und waren nur durch den Nachttisch getrennt. Dennoch spürte ich, dass sich diese wenige Zentimeter schmale Lücke mit entsetzlichen Wesenheiten füllen konnte. Mit der Bellina, deren Kommen Don Nofrio uns regelmäßig androhte. Mit den alten Ägyptern, die womöglich wiederauferstanden waren. Mit dieser Trauer, über die niemand mit mir sprach. Mit falschen oder wahren Küssen. Und jetzt auch noch mit Briganten.

Plötzlich kam mir die kindliche Welt wie eine gefährliche Angelegenheit vor, und die Nacht schien sich in eine Vorahnung zu verkehren, in eine Vorwegnahme von Schmerz. Vielleicht war die Kindheit nur eine Waffenruhe; kaum wäre sie vorüber, bräche eine ungewisse Zahl von Übeln über uns herein.

Ich schlüpfte in Antonnos Bett, er machte mir Platz, und ich schmiegte mich in die warme Kuhle, die sein Körper hinterlassen hatte. Unsere nackten Füße umschlangen einander. Seine waren rau, weil er beharrlich keine Schuhe trug. Schlief er? Schwer zu sagen, er war nie so traumverloren wie ich, ganz gleich, ob er wach lag oder schlief. Ich fuhr ihm mit der Hand über die Augen. Er grinste. Ich wusste, dass er wartete.

»Antonno, was weißt du über Briganten?«

»Nix, gar nix weiß ich.«

»Aber hast du welche gesehen?«

»Kann sein.«

»Und wann?«

Antonno schwieg. Sein Atem verriet, dass er eingeschlafen war. Der Brigant Capraro strich an der Wand entlang. Sein Schatten belauerte uns die ganze Nacht.

Dann kam der Morgen und scheuchte die Gespenster fort. Die Sonne rang alles nieder und brach durch die Fensterläden ins Zimmer.

Antonno rüttelte mich, damit ich flugs in mein Bett zurückkehrte. Wenn Don Nofrio uns eng aneinandergeschmiegt fände, sagte er, würde er es der Bellina erzählen.

Ich torkelte vor Schläfrigkeit. Doch er sprang aus dem Bett wie immer. Er wartete nicht, bis das Kindermädchen kam, sondern zog sich allein an, verkehrt herum und ohne Schuhe, und führte unsere Unterhaltung fort, als hätte es die Nacht dazwischen nicht gegeben.

Er sagte: »Der Brigant Capraro wurde ermordet. Ich hab's auf dem Plakat eines Bänkelsängers gesehen.«

Ich war sprachlos. Ein Bänkelsänger. Was für ein herrlicher Beruf.

»Und was is'n Bänkelsänger?«

»Einer, der mit gemalten Geschichten unter dem Arm umherzieht. Und dann singt er sie und steigt dazu auf eine Bank.«

Was für eine wunderbare Neuigkeit. Fast noch famoser als

die Wanderschauspieler. Fast noch besser als die Geschichten von der Bellina.

»Erzähl mir, was er singt.«

Antonno stieg auf einen Stuhl. Er tat so, als zeichnete er mit einem Stock ein Bild in die Luft, und deklamierte aus dem Stegreif: »Es sind nun fast drei Jahr', dass eine Maid namens Bittuzza der Tugend abhold ward und sich darob den Arm versehrte ...«

Wir lachten. Ich hatte kein Wort verstanden. Atemlos stürzten wir die große Marmortreppe hinunter, vorbei an Don Nofrio, der von oben ein verstohlenes Auge auf die Dienerschaft hatte.

Die Luft prickelte. Die Kindheit strahlte wieder. Eroberte sich ihre Rechte zurück.

Mit einem einzigen Sprung überwand sie die unheilvollen Geister, die Nacht und den Tod.

Lungotevere delle Armi 21, Rom
19. Juni 1957

Es ist das erste Mal, dass ich Tagebuch führe. Und dass ich von Antonno schreibe. Dieses Buch, das unter meinen Händen entsteht und das ich nur Licy zum Gefallen begonnen habe, wird zu einem Wegweiser durch die Schatten. Zu einem Brevier, das mich leitet.

Niemand würde glauben, dass sich hinter meiner vermeintlichen Skepsis und meinem Schweigen ein Kind verbirgt.

Gleichwohl ein Kind, das nur der Tod mir wiedergibt. Nur dieses Sterben, das alle Gewissheiten, alle Vergänglichkeiten des Gewesenen und alles Übermaß zerfallen lässt.

Doch es stimmt, was Antonno sagte: Das Ende ist mit den Einfachen.

Vielleicht gleicht die Welt meiner Jugend deshalb mehr und mehr einem fremden Land, in dem ich heute nicht mehr zu leben wüsste. Vor allem die Jahre nach dem Großen Krieg: rätselvolle Begleiter eines anderen.

Es war das Jahr 1922.

Der Krieg hatte mich erschöpft zurückgelassen, hungrig danach, dem Körper und der Zeit das Leben einzubrennen. Das Haus in der Via Lampedusa begann, mir eng zu werden, mich mit seinen Gewohnheiten zu ersticken. Die erdrückenden Deckenfresken mit ihren besternten Dämmerungen, in denen die Satyrn den Nymphen nachstellten. Der Muff mancher Schränke, der wie Sakristeigeruch in den Kleidern hing. Die wahren und falschen Reliquien heiliger Ahninnen, vor denen man dreimal niederknien und sich bekreuzigen musste. Selbst die Sonne ließ die Kräfte zergehen, schleuderte Bannstrahlen gegen das Ende. Der Krieg hatte mich gelehrt, dass es Grenzen zu überschreiten, Welten zu besiedeln galt. Alles drängte mich von der Enge meiner Wurzeln fort. Ich hatte überlebt, nun winkten mir zahlreiche Abenteuer, Treulosigkeiten und Privilegien.

Ich musste fort.

War ich denn nicht ein mit Myrte bekränzter und vom Schicksal unsterblich gemachter griechischer Held?

Die Beine setzten sich ohne Zittern wieder in Bewegung, die Wunden vernarbten, die Läusebisse wurden vom Blutstrom fortgewaschen.

Ich begann, durch Europa zu streifen, während sich Mussolini an die Spitze jubelnder Umzüge schwarz behemdeter Männer mit einer Blume im gereckten Karabinerlauf setzte.

Man beklatschte jede seiner Unternehmungen, trank statt Tee Karkadeh, Muckefuck aus Malz und Eicheln statt Kaffee. Der Duce rief zur Ächtung ausländischer Produkte auf und erklärte, diese kleinen Veränderungen ebneten dem Ruhm den Weg.

Meine Mutter seufzte gerührt, die Paraden erinnerten sie an die virile Stärke unserer Vorfahren; die augusteischen Wappen erfüllten sie mit zutiefst barocker Genugtuung. Endlich eine Bezeugung von gesundem Blut, von Stärke und aristokratischer Unnachgiebigkeit.

Sie war hingerissen.

Derweil reiste ich von einer Hauptstadt zur nächsten. Italien blieb ich durch Briefe verbunden. Ich schrieb an meine Cousins, meine Eltern, meinen Onkel Pietro. Ich unterschrieb mit »das Ungeheuer«, denn so wurde ich in Anspielung auf meine Bildung, die, so sagten sie lachend, »ungeheuerlich« sei, in der Verwandtschaft genannt.

Ich lachte ebenfalls.

Nur ganz leise schwante mir, dass sämtlichen Ungeheuern,

die ich kannte, von der Bellina bis zum Minotaur, ein einsames und von allem losgelöstes Schicksal beschieden gewesen war.

Doch ich verjagte die Ahnungen und ließ mich von den Klängen des Radios einholen; ich lauschte den betörenden Reimen, der hämmernden Melange einer Ballade, die von den Tonbändern brüllte: »Und du, Schwarzhemd, getränkt von deinem Blut, verkündest eines neuen Weges Ziel, eines großen Schicksals strahlende Morgenröte.«

Ich versuchte, die Entbehrungen, die Gefangenschaft, die diffusen Schmerzen im ganzen Körper, die späterhin meine Arthritis befeuern sollten, hinter mir zu lassen.

Noch hinkte ich nicht und war kräftig genug, um in die Schlafwagen zu springen und sämtliche Hauptstädte zu bereisen.

Ohne es zu ahnen, folgte ich dabei einer anderen Reiseroute.

Nicht in das Paris des Moulin Rouge, in das London der Botschaften, in das Wien der Könige. Sondern in das Zentrum meiner selbst, zu meiner literarischen Berufung.

Statt der auf Landkarten verzeichneten Wege nahm ich die, die mir die Bücher wiesen. Ich spürte den Fährten der Figuren nach, den Sonnenuntergängen meiner Lieblingslektüren. Einmal fuhr ich nach Lübeck, nur um die Luft der Buddenbrooks zu atmen. Ein anderes Mal hielt ich mich ausgiebig in der Pariser Rue Neuve-Sainte-Geneviève auf, weil ich das Haus Vauquer finden wollte, die Pension, die Balzac in Vater Goriot *beschreibt.*

So zog ich umher: geleitet von Eingebungen, die sich an der Erinnerung eines Satzes, eines Kapitels, eines Verses entzündeten.

Ich reiste mehr um des Lesens denn um des Sehens Willen, und das Briefeschreiben diente mir einzig als versteckter Romanentwurf, als erste erzählerische Fingerübung.

Auch Mutter schrieb mir zahlreiche Briefe, denen sie Gedicht-
verse, Nachrichten von der Verwandtschaft oder Haarlocken bei-
fügte. In ihren Briefen erfand sie Kosenamen, die mich zum ewi-
gen Kind machten. Sie nannte mich »Pony«. Oder »Ponuzzo«,
in Erinnerung an ein Pferdchen, nach dem ich mich als kleiner
Junge verzehrt hatte. Manchmal benutzte sie auch die weibli-
che Form und schrieb: »Meine süße Ponuzza«.

Ich nannte sie meine »Bonissima bona« – meine schönste
Schöne.

Es war die Zeit der Kosenamen, der verkappten Grausamkei-
ten, der Kurzsichtigkeit. Ich las Papini, dessen Emphase mir je-
doch auf die Nerven ging. Ich machte mir einen Spaß daraus,
aus seiner Lebensgeschichte Christi *die antisemitischen Passa-*
gen herauszusuchen oder meine Cousins Lucio und Casimiro
mit ihrem Glauben ans Übernatürliche aufzuziehen.

Ich übertrieb, schlüpfte in eine Rolle.

Die Schande der Rassengesetze war fern, noch empfand ich
keine Scham.

Es schienen unbeschwerte Monate zu sein, doch ohne es zu
merken, stürzten wir dem Abgrund entgegen. Ähnlich den fal-
schen Perücken der zum Autodafé Verurteilten waren wir be-
reit, unter dem Henkersbeil zu landen.

Bisweilen begleitete mich Mutter auf meinen Reisen, unter-
hielt mich mit klassischen Sagen und literarischen Betrachtun-
gen. Durch das Erzählen – so sagte sie auf Französisch – bezwinge
man den Schmerz, die Zeit, das Schicksal. Wenn das geschehe,
erschaffe das Schreiben Dinge. Wenn das geschehe, erfinde es für
uns, was uns fehlt …

… ich greife wieder zum Stift. Die Stimme meiner Mutter
ist immer noch in mir. Die fernen Schritte der Oberschwester
verraten mir, dass eine andere Schwester ihre Schicht über-
nimmt. Ich höre die klappernden Räder der Pflegewagen. Das
kalte Klirren der gläsernen Spritzen.

Die Dinge kleiden sich in Trauer.

»›… Ein Bänkelsänger. Was für ein herrlicher Beruf.‹

›Und was is'n Bänkelsänger?‹

›Einer, der mit gemalten Geschichten unter dem Arm umher-
zieht. Und dann singt er sie …‹«

7.

Neben dem der Ängste war die Kindheit das Reich der Hoffnungen. Es schien, als würden sie an der Wundertränke allesamt in Erfüllung gehen.

Antonno und ich pilgerten zu ihr wie dürstende Wüstenväter. Wir stellten uns vor, wir würden eine ausgedörrte Steppe durchqueren und plötzlich auf eine Oase stoßen. Dort setzten die Wanderschauspieler ihre geheimnisvollen Proben fort. Dort würden wir einen Durst stillen, den wir nie empfunden hatten. Und der uns dennoch in der Kehle brannte.

Nach den Gewittern war die schmachtende Bruthitze zurückgekehrt. Sie zerfranste den Saum der Dinge. Machte sie konturlos und flimmrig. Vergeblich belauschten Antonno und ich die Schauspieler. Wir schnappten nur unverständliche Fetzen auf.

Zudem lockte uns das unergründliche Dickicht, das eine Art Lichtung bildete. Die Tränke, die Wunder und seltsame Verheißungen gebar. Wartend stellten wir uns an ihren Rand. Würde sie uns geben, was wir wollten, oder würden wir darum bitten müssen?

Und bitten worum?

Ich blickte Antonno an. Wortlos starrte er auf die Tränke. Was ging in seinem Kopf vor? Was mochte er sich wünschen?

Es war Mittag, wie uns das ungestüme Läuten verriet, das Don Nofrio, entrüstet ob unserer Verspätung, durch die Luft gellen ließ.

Die Küche war eine ernste Angelegenheit, sie verlangte

Pünktlichkeit und Ordnung, und in letzter Zeit stellten wir seine Geduld auf eine harte Probe. Er schnaubte: Stundenlang hatte er darüber gewacht, dass das Besteck neben den Tellern glänzte. Die Bohnen dufteten nach Feld, das Basilikum verströmte paradiesische Aromen. Die riesige Suppenschüssel der Familie Cutò mit ihren porzellanenen Früchten und Putten prangte auf dem bestickten Tischtuch, das nur seine Frau bügeln durfte.

»Seine Exzellenz das Prinzlein sollten sich beeilen«, schloss er, »sonst rufe ich …«

»Die Bellina«, versetzte Antonno lachend.

Im Esszimmer galt unsere Aufmerksamkeit jedoch nicht Don Nofrios kulinarischen Einfällen. Auch nicht dem Tischtuch, auf das er so stolz war. Sondern einem wundersamen Mechanismus, der fest in der Mitte des Tisches installiert war.

Dort nämlich verschwand das Holz unter einer silbernen Figur, die den Gott Neptun samt Dreizack darstellte. Majestätisch, mit der Miene des übermenschlichen Herrschers der sieben Weltmeere, erhob er sich auf einer Klippe aus Lavastein, umringt von Wasser spuckenden Ungeheuern und Delfinen.

Für uns war das ein unvergleichliches Schauspiel.

Die Fontänen plätscherten, brachten die Fischkörper zum Glitzern. Seit mindestens zweihundert Jahren wachte der König im Hause Cutò über die Mahlzeiten. Seit zweihundert Jahren drohte er den Kleinen mit seinem Dreizack. Besser, man aß seinen Teller leer.

Antonno war von den Delphinen wie bezaubert. Derweil zermarterte ich mir das Hirn, um dahinterzukommen, wie man die Fontänen in Gang brachte. Denn kaum setzte ich mich zu Tisch, begann das Wasser wie durch Zauberei zu plätschern.

Doch es war sinnlos, Don Nofrio danach zu fragen. Er war der Hüter des Geheimnisses und rühmte sich dieser Vorrichtung, als hätte er sie selbst gebaut. Außerdem gingen diese Rätsel uns Knirpse nichts an, pflegte er zu sagen. Wo kämen wir denn hin, wenn die Kinder den Erwachsenen auf die Schliche kämen?

Uns gebührte die Pflicht des Staunens.

Dann schritt der Nachmittag fort. Die diebischen Elstern meckerten. Der Himmel füllte sich mit verzweifeltem Flügelschlagen. Don Nofrio verteilte Limonade und Eiswürfel. In den Kellern lagen riesige Blöcke davon. Einmal hatte er sie Antonno und mir gezeigt. Er sagte, das Eis halte Verwünschungen fern.

Antonno und ich wussten weder, was eine Verwünschung war, noch war uns klar, dass die Sache uns betraf.

Doch Don Nofrio war sich sicher. Man musste sich vor der Hitze, dem bösen Schicksal und den Termiten schützen, die das ganze Haus Stück für Stück auffraßen. Und er rief Donna Palidda, die eine Mischung aus Essig und Natron verspritzte.

Er sagte: »Exzellenz sollte sich vor den Verwünschungen hüten, die das Ende der Dinge erzwingen.«

Erst nach der Mittagsstunde durften wir wieder hinaus. Wenn die Hundshitze sich legte und die Sonne aufhörte, die Erde zu harpunieren. Während die Erwachsenen sich im Schirokko-Zimmer versammelten, wurde ich zur Mittagsruhe ins Schlafzimmer gebracht.

Das Kindermädchen zog mich bis auf das Unterhemd und die Unterhosen aus und legte meine Kleider sorgfältig in den Schrank zurück. Antonnos Sachen klapperten, sie steckten voller Eisenschrauben und Schnitztiere.

Wir taten so, als legten wir uns brav in unsere Betten. Für einen flüchtigen Augenblick streichelten uns die Laken wie ein Windhauch. Dann wurden sie glühend heiß, als hätten sie Feuer gefangen.

Kaum schloss das Kindermädchen die Tür, zählte ich: »Eins, zwei, drei ...«

»Drei, zwei, eins ...«, echote Antonno.

Doch ganz gleich, ob wir vorwärts oder rückwärts zählten, sobald das Kindermädchen verschwunden war, schossen Antonno und ich auf der Matratze empor und veranstalteten eine Kissenschlacht.

Ein Treffer folgte dem nächsten, mit unersättlicher Freude hieben wir aufeinander ein. Die Luft hing voller Daunen. Wie Liebesgedanken wirbelten sie umher.

Die Prügelei sprengte alle Grenzen. Wir fühlten uns wie diese Burschen aus Malaysia, von denen uns Mutter manchmal vorlas. Korsaren, Tigerbändiger, furchtlose Kapitäne. Es hagelte Siegesgebrüll. Gedehnte Schreie schmerzvollen, primitiven Glücks.

Dann brachen wir erschöpft auf die Matratze nieder. Die Kissen schlaff von der Schlacht. Die Reste des Kissenbezugs in der Hand. Als könnte uns keine Verwünschung etwas anhaben.

Verschwitzt und von einem unbändigen Lachanfall überwältigt, war es Antonno und mir, als hätte die Wundertränke uns geantwortet, ohne dass wir sie etwas gefragt hätten.

Die Welt der Klinik gehorcht einem festen Takt. Die morgend-
lichen Rituale halten mich beschäftigt und hindern mich am
Denken. Der Nachmittag verrinnt indes sehr viel langsamer.
Zumal ich sehr früh zu Mittag esse, bereits um halb zwölf,
dann gibt es diese Kraftbrühen, die ich zutiefst verabscheue. In
Sizilien fängt der Nachmittag um sechs Uhr an und endet um
Mitternacht. Sein vorzeitiger Beginn, zu dem man mich zwingt,
mitten in der Hundshitze zumal, läuft sämtlichen schlechten
Gewohnheiten eines dickfelligen Sizilianers wie mir zuwider.
Hier ist der Tag um achtzehn Uhr bereits so gut wie vorbei.
Pünktlich steht ein Pfleger in der Tür und begleitet mich für-
sorglich in den Aufzug zur Kobalttherapie. In unsere Maskera-
den gehüllt, fahren wir abwärts. Er ins Weiß seines Kittels, ich
ins Rot meines Morgenmantels.
Die Behandlung ist sehr kurz und schmerzlos und lässt mich
im Zweifel, ob in meinem Körper tatsächlich etwas vor sich geht.
Haben die kranken Zellen angesichts dieser Wunderbestrahlung
den Rückzug angetreten? Hat das Übel widerstanden oder nach-
gegeben? Ich weiß es nicht. Ich tue mich stets schwer, etwas mir
Unsichtbarem einen Nutzen zuzuerkennen.
Selbst Gott, den wir zu Hause im Stakkato der durch die Fin-
ger gleitenden Perlen des Rosenkranzes anriefen, schien sich im-
mer eher verstecken denn offenbaren zu wollen.
In den beseelten Gesängen der Benediktinerinnen, die am Tag
der heiligen Agatha wispern: »Zu dir flehe ich, dass du meinen
Geist aufnehmest«, habe ich ihn jedenfalls nie gewahrt. Auch

nicht in der Messe der Morgenröte, wenn meine Familie einmal im Jahr dem heiligen Herzog Giuseppe Maria Tomasi dankte, dem Erstgeborenen des Herrn von Palma di Montechiaro und der Baronessa di Torretta. Und aus den Klöstern der Oblaten, die mir zu jeder Fastenzeit die Süßigkeiten der Auferstehung überreichten, nucatuli und Sesamkrokant, ist er ebenfalls nicht hervorgesprungen.

Einzig die Bildung der Sätze, ausgelöst durch die heilige Macht einer zweiten, mit der meinigen sich überlagernden Wirklichkeit, die sich mit jedem Komma zu füllen und zu entladen vermag, hat mich die Gegenwart eines Geheimnisses spüren lassen. Eine geöffnete, herzerweichende, makellose Monstranz.

Die Wahrheit ist, dass ich Gott womöglich nur schreibend gefunden habe.

Antonno hatte freilich keine Mühe zu glauben, die Materie würde im Unsichtbaren nisten. Er wusste dem Unmerklichen, nie Gesehenen, nicht Bezeigtem einen Namen zu geben. Auch seine Holzfigürchen entsprangen dem Nichts. Und selbst wenn es einen Wunsch auszusprechen gab, behielt er ihn für sich.

Ihm war Hoffen wichtiger denn Wünschen.

Deshalb bemühe ich mich heute, meine Wünsche beiseitezuschieben. Vor allem die literarischen.

Ich habe meine letzte Erzählung Die Sirene mitgenommen, darin geht es um eine Kreatur, die halb Mensch, halb Meereswesen ist, ähnlich der, die mich aus Ungarn zurück nach Palermo rief.

Antonno hätte sie gemocht, er hatte immer eine Schwäche für Mischwesen und Hybriden, für Wölfe, in denen Schafe stecken, für Schakale, die sich als Lämmer ausgeben.

Licy hätte gern, dass ich sie Lighea nenne, doch ich zögere, ihr einen Namen zu geben. Ich möchte nicht, dass sie, kaum nennt man sie beim Namen, verschwindet wie alle Dinge, die, sobald sie erfasst sind, zu sterben beginnen.

Natürlich ist es ein Aberglaube zu denken, Dinge würden wahr werden, sobald man sie beim Namen nennt, doch wir Sizilianer sind nun einmal abergläubisch, wir berufen uns nur auf die Logik, wenn sie unsere Überzeugungen stützt, und kaum geht es um Wahrscheinlichkeit, versuchen wir ihr mit Stammesriten und Theater beizukommen. Der Aberglaube tröstet uns, weil er zu einer Welt gehört, in der nichts geschieht. Wer sich mit Amuletten behängt, sichert sich ein geschichtsloses, gefahrloses, ereignisloses Leben.

Deshalb vermeide ich es, meiner Sirene eine Identität zu geben.

Um sie zu schützen.

Licy kann ob meiner Phantastereien nur den Kopf schütteln, sie bleibt nun einmal eine Deutsche, die einen Sizilianer liebt, und diese abwegige Verbindung ist sonst nur dem von Sizilien betörten Goethe geglückt.

In Lettland ist es zudem genau andersherum.

Der lange Wechsel von Licht und Dunkel hat seine Bewohner seit jeher gezwungen, nicht die Riten, sondern die Wirklichkeit zu hinterfragen; nicht das als Licht getarnte Dunkel, sondern das als Dunkel getarnte Licht; nicht die überschüssige, sondern die übrig gebliebene Zeit.

Ein Sizilianer wartet nicht sechs Monate, bis die Sonne ihm in den Nacken zwickt und ihm mit kniefälliger Schüchternheit zuwinkt. Mit Blendwerk kennt er sich aus, er nimmt es als gegeben hin, betrachtet es wie einen lästigen Verwandten, der stets aufs Neue ungeladen vor der Tür steht.

Ebenso wenig hat der Sizilianer ein besonderes Auge für die Natur, die ihn tagtäglich mit den Gaben Gottes überschüttet. Er weiß, dass nicht die Kälte, sondern die Dürre den Hunger bringt; er erwartet von der Hitze keine Waffenruhe, sondern Vergeltung.

Deshalb steht meine Frau in Palermo zur Mittagszeit auf,

geht nachts um drei schlafen und beginnt das Leben erst um zwei Uhr nachmittags wahrzunehmen.

Es ist ihr unmöglich, sich unserer Sonne, den Teufeleien ihrer Strahlen, den Temperaturen zu fügen, die nicht einmal zur Nachtzeit sinken und den Abend nicht zu einem Abschluss, sondern zu einer Zuflucht machen.

Ich weiß noch, wie sie sich in den ersten Sommern in Palermo mit übertrieben leidvoller Geste Luft zufächelte, derweil meine Mutter makellos frisiert dasaß und den Fächer kaum anhob.

»Eine echte Dame erkennt man vor allem daran, dass sie der Hitze zu trotzen weiß und die Martern der Palermer Sonne ihrem Make-up nichts anhaben können«, pflegte sie mit ungerührter Contenance zu sagen, während Licy schweißüberströmt herumwedelte.

»Tja, meine Liebe«, fuhr sie fort. »Wir sind nun einmal ein Volk, das allzu viele siegreiche und bezwungene Dynastien im Blut hat, zu viele eitle und feige Götter. Uns bleibt nichts weiter übrig, als Gleichgültigkeit, Hochmut und einen ordentlichen Schuss Fatalismus an den Tag zu legen. Unser Land lässt einen nun einmal irr werden und versetzt dem Herzen zahlreiche Schläge. Wir würden alles tun, damit sich daran nichts ändert.«

8.

Am nächsten Morgen teilte Don Nofrio uns mit, dass Donna Carmela erkrankt sei und keinen Unterricht geben würde. Woran sie litt, blieb freilich geheim, und wir durften keine Fragen stellen. Mit Krankheiten durften sich Kinder nicht beschäftigen. Ihre bloße Erwähnung genügte, schon hatte man sie am Hals.

Obendrein waren Frauenkrankheiten noch rätselhafter als die Frauen selbst. Antonno behauptete ganz selbstverständlich, Frauen bluteten, und deshalb gehe es ihnen schlecht. Eigentlich hatte ich geglaubt, auch Männer bluteten. Die Schamlosigkeit des Themas erstaunte Don Nofrio.

»Diese neumodischen Zeiten sind schlimmer als die Krätze«, grollte er.

Nun denn. Im Dorf lief es offenbar anders als in Palermo. Dort fuhr der Hausarzt in der Kutsche vor. Er untersuchte die Patienten im Schlafzimmer, brachte Arzneien, Stethoskop und nach Zedernholz duftende Verbände mit.

In Santa Margherita war der Apotheker und Barbier für Krankheiten zuständig. In seinem Salon hatte er nicht nur Cremetöpfchen für die Rasur, sondern auch Fläschchen mit Chinin, Betäubungsextrakte und Heilmittel gegen den Hunger. Zudem war das Hinterzimmer für Aderlässe, Brüche und Abszesse ausgestattet. Ohne mit der Wimper zu zucken, wechselte er von einem Bartschnitt zum Ziehen eines Backenzahns. Für Don Nofrio war das völlig normal. Er meinte, man brauche für beides eine ruhige Hand.

Um Krankheiten kümmerten sich sowieso die Heiligen. Sie bestimmten die Regeln für Genesung und Tod. Der Barbier konnte einem lediglich den Magen mit Mandelmilch spülen. Oder die Atemwege mit Hanfsamensaft befreien.

Ohnehin sagte der Körper alles über das Schicksal. Der Unterschied zwischen Mann und Frau bestand nicht in ihrem Geschlecht, über das man nicht sprechen durfte. Sondern in der fehlenden Rippe, aus der die Frau geschaffen worden war. Zudem besaß sie keinen Adamsapfel, Zeichen ihrer Versündigung, weil sie von der verbotenen Frucht gegessen hatte.

Die Körpergröße spiele eine entscheidende gesellschaftliche Rolle, behauptete Don Nofrio voller Stolz. Wer groß sei, tauge nichts. Ein pfiffiger Lulatsch und ein kurzer Dussel seien schwer zu finden. Auch die Figur sei wichtig. Beleibtheit sei ein eindeutiges Merkmal von geringem Verstand und Gewöhnlichkeit. Weshalb er, der klein, und seine Frau, die kräftig war, ein perfektes Paar abgaben.

Wehe, man unterschätzte die körperlichen Merkmale. Leberflecke waren ein Beweis für innere Schönheit, während Muttermale Begierden und Wünsche verrieten. Und der Teint eines Menschen ließ auf seine Seele schließen. Eine allzu blasse Frau war gefühllos und der Liebe abgeneigt. Auch ein allzu blasser Mann war körperlich und geistig schwach. Wer heftig schwitzte, war ein fleißiger Arbeiter, wer stark behaart war, ein echter Kerl.

Bei dieser letzten Gewissheit knöpfte Don Nofrio sich das Hemd auf.

Üppiges Brusthaar blitzte daraus hervor.

Doch Donna Carmelas Krankheit ließ sich nicht vom Barbier kurieren. Frauen waren bei ihm nicht zugelassen.

Frauen waren nur in der Kirche und am Wäscheplatz zugelassen, ansonsten verbrachten sie den Tag daheim und erledigten die Hausarbeit, sagte Don Nofrio. Kümmerten sich um die Kinder.

Die einzige Ausnahme war die Frau des Prinzipals. Hochgewachsen, mit Glutaugen und rabenschwarzer Mähne, spazierte sie selbstbewusst durch Santa Margheritas Straßen. Sie zog Blicke und Bemerkungen auf sich: *Nun è mugghieri a iddu* – die ist mit dem Prinzipal nicht verheiratet. *Recitari nun è misteri pi' fimmina* – Schauspielern ist nix für Weiber.

Mehr noch: Sie ist eine *Donna di fuora*, eine Auswärtige.

Die *Donne di fuora* waren weder Zauberinnen noch Hexen. Sie waren die »schönen Herrinnen«. Des Nachts verließ ihr Geist das Haus, um die Verstorbenen zu besuchen, die wandernden Seelen. Den Bitten ihrer Kunden folgend, ersuchten sie sie um Ratschläge, Antworten oder Weissagungen.

Antonno und ich waren wie behext.

An jenem Morgen beschlossen wir in stummem Einvernehmen, Donna Carmelas Abwesenheit auszunutzen und uns klammheimlich aus dem Haus zu schleichen. Wir machten uns daran, die *Donna di fuora* auszuspionieren.

Schon mehrfach hatten wir uns hinter das Zelt geduckt, um die Proben zu beobachten. Doch jetzt – so beschlossen wir – wollten wir der Auswärtigen bei ihrer täglichen Arbeit zusehen. Wie lebte eine Schauspielerin, wenn sie nicht Schauspielerin war? Und war sie nun eine *Donna di fuora* oder nicht?

Lautlos schlichen wir zur Wundertränke. Die Proben hatten noch nicht begonnen. Die vier Schauspielerkinder waren damit beschäftigt, eine große Leinwand anzupinseln, ein Bühnenbild vielleicht. Der Vater beschlug gerade ein Maultier. Ihre Habseligkeiten standen auf dem Schotterplatz verstreut. Stühle, Tische, Waschkommoden. Über ihren Köpfen nichts als die erbarmungslose Sonne.

Dann entdeckten wir sie.

Ihr taillenlanges Haar war nicht frisiert wie das der Frauen, die wir kannten. Es umtanzte sie wie von unsichtbaren, wundersamen Fingern bewegt.

Ihr Kleid war schwarz. Schlicht und hochgeschlossen. Die Schürze um ihre Hüften verwaschen. Der Stoff lag eng an ihrem Körper. Umschmiegte sie gewagt.

Sie hängte Wäsche auf. Rührte in einem großen Kochtopf. Stieg in ein behelfsmäßiges Gehege, in dem ein paar Hühner scharrten. Sie bückte sich, griff beherzt nach einem Vogel, hielt ihn mit kühnem Griff fest und drehte ihm den Hals um.

Der Vogel verendete mit einem gedehnten Krächzen. Dann nahm sie ihn bei den Krallen und trug ihn, der kopfunter baumelte, davon.

Die Flügel des Huhns erschlafften. Schwangen im Takt ihrer geschäftigen Schritte. Unter der Wölbung ihrer Hüften.

»Dir den Tod und Gesundheit denen, die dich essen«, sagte sie lachend.

Nach dem Ersten Weltkrieg durch Europa zu reisen, hatte mich geheilt. Ich hatte mich auf Pilgerfahrt begeben, die Orte mit den Worten der Dichter besucht und das Rattern der Schienen mit den Romanen der größten zeitgenössischen Schriftsteller begleitet. Ich las die verblüffende Virginia Woolf. Sie hatte gerade Mrs Dalloway *veröffentlicht und durchdrang meine Sinne, meine Wahrnehmung der Wirklichkeit und sogar das, was mir unverrückbar erschien: die Erinnerung.*

Sie schilderte keine äußeren, sondern innere Ereignisse. Nicht die erzählte, sondern die gefühlte Zeit gab das Tempo vor. Sie beschrieb keine Begebenheiten, sondern was sich im Moment des Schreibens offenbart: die Seele, das Denken, das Bewusstsein.

Ich war sprachlos.

Die Lok fauchte, sang ihr puff, puff, patapum, *und jedem Schnauben entsprang ein durchgeistigtes Wort, ein Roman, so still wie der Schmerz eines Trauerzuges. Nicht an den Wechselfällen einer Figur ließ mich Virginia teilhaben, sondern an ihrem Geist, und dieser Akt – obschon mit chirurgischer Präzision und alles andere als emotional ausgeführt – überwältigte und rührte mich.*

In gewisser Weise war er kalt und gefühlvoll zugleich.

Woolfs Stil hatte etwas Psychoanalytisches, und womöglich war das der Grund, weshalb ich mich – just in diesen Jahren – in meine Frau verliebte: wegen ihrer Ähnlichkeit mit Virginia.

Wegen dieses beschnittenen, unschuldigen Mitleids.

Mir war klar, dass Licy meiner Mutter nicht gefallen würde.

Licy besaß mindestens drei Eigenschaften, die bei ihr auf Ablehnung stießen: Sie war deutsch, sie war geschieden, und sie war unabhängig. Schon damals fing sie an, ihre psychoanalytischen Studien zu vertiefen und freiberuflich zu arbeiten, Patienten zu Therapiesitzungen zu empfangen und damit Geld zu verdienen.

Nichts hätte meiner Mutter, die zerrüttete Ehen, schlechte Gewohnheiten und moderne Frauen verabscheute, ferner liegen können.

Arbeiten tat in unserem Haus bis auf Onkel Pietro sowieso niemand, selbst die Männer nicht. Von den Frauen ganz zu schweigen.

Folglich war Licy eine unmögliche Kandidatin.

Ich sprach von ihr nur in Halbsätzen und Andeutungen. In den Briefen an meine Eltern blieb ich vage, sondierte die Lage und suchte nach einem Aufhänger, um sie in die Familie einzuführen. Als wir heirateten, schickte ich meiner Mutter einen Brief, in dem ich um ihren Segen bat und eine mögliche Verlobung in Aussicht stellte.

Dabei stand ich bereits vor dem Altar, es war der 24. August 1932 in Riga, und ich antwortete ihr mit einem geflüsterten, heimlichen »Ja«.

Am Tag unserer Hochzeit zitterte ich wie an der Front. Wir waren allein. Die Vermählung fand in der orthodoxen Mariä-Verkündigungs-Kirche statt, in der Gogolstraße, die nach einem der größten russischen Schriftsteller benannt war. Den Gottesdienst hielt Pope Makedonski, der uns mit dem Geschenk einer Prophezeiung segnete: »Seid in der Abwesenheit gegenwärtig«.

Es gab keine Gäste, die auf dem Kirchplatz auf uns warteten. Keinen geworfenen Reis oder ähnliche Bräuche, die mit Symbolen und Amuletten das neue Leben einläuteten. Wir hatten keine anderen Hände zu drücken als die unsrigen. Keine anderen Lippen zu küssen als die unsrigen. Alles ringsum hüllte uns ein. Die Kerzen, die Ikonen, der Geruch welker Blumen und die Aromen der Heiligen, der Weihrauch, das Korporale und der Altarstein. Und dazu die jahrhundertealten Gemälde, der Pantokrator, der Engel des Jüngsten Gerichts, Sophia – die Weisheit –, schlafend hingestreckt in ihrem roten Gewand.

Der Geistliche entfaltete ein Leinenquadrat, nahm einen Schwamm hervor und reinigte sich die Finger. Das Artophorion in seinem Rücken strahlte wie eine Sonne. Glaubensworte erfüllten die Seitenschiffe: das Weizenkorn, die reifen Trauben, das verdorrende Samenkorn.

Unser Hochzeitsfest war ein Abendessen bei Kerzenschein. Für uns gab es weder Empfänge mit Verwandten und illustren Gästen noch eines dieser sizilianischen Bankette, die mit kulinarischen Köstlichkeiten protzen und weniger die Brautleute beglücken denn die Geladenen in Staunen versetzen sollen.

Wir löffelten unseren Borschtsch, eine Suppe aus Roter Bete. Gossen unsere beiden Gläser Wein in eines. Verschränkten stumm unsere Finger, während der Kellner rupjmaize servierte, ein Schwarzbrot aus Roggenmehl.

Es wurde nur ein einziges Foto von uns gemacht, das jetzt vor mir liegt und ganz ramponiert ist von den Zugfahrten zu ihr, den Tränen, die ich vergossen, und dem Schweiß, unter dem ich es durch die Bombenangriffe gerettet habe.

Licy trägt darauf ein elegantes Kleid und lächelt unter einem Hutschleier hervor, der ihre Augen bedeckt. Sie streckt mir den Ringfinger hin, als schenkte sie sich mir mit Haut und Haar. In der Hand hält sie einen Strauß aus Löwenzahn, der Blume des Abschieds. Sie sieht mich an und weiß bereits, dass sie zu meinem abgetrennten Gegenstück wird, zu der anderen Hälfte der Medaille, wie unverheiratete Mütter sie ihren Neugeborenen um den Hals hängten, ehe sie sie in die Drehlade legten. Sie sagt: Ja, in guten wie in schlechten Zeiten, in Gesundheit wie in Krankheit. Ich bin dein fehlendes Stück. Adams herausgebrochene Rippe.

Meine Mutter war zutiefst getroffen. Mehrmals schrieb ich ihr, um ihre nachträgliche Zustimmung zu erbitten, ein versöhnliches Zeichen, das mir ihr Wohlwollen signalisierte.

Sie schwieg tagelang.

Mein Vater nahm es besser auf, doch als er zwei Jahre später starb, schrieb meine Mutter seinen Tod unserer heimlichen Heirat zu. »Aber natürlich«, greinte sie. »Kaum hat der Sohn geheiratet, ist er krank geworden.«

Im Oktober kam es zu ersten Zwistigkeiten. Mamà musste sich mit der Tatsache abfinden, bestand jedoch darauf, dass ich in Palermo wohnen blieb.

Grummelnd und schnaubend zog Licy in der Via Lampedusa ein, um einige Monate später, als sie erkannte, wie aussichtslos die Sache war, wutentbrannt wieder abzureisen.

Das Zusammenleben mit meiner Mutter war unerträglich.

Sie ließ kein gutes Haar an der unfrisierten, hochintelligenten lettischen Schwiegertochter, die sie wie eine ihrer Patientinnen durchschaute und sich um das farbliche Zusammenspiel von Rock und Bluse nicht scherte.

Licy schwieg zumeist, doch wenn sie lachte, wurde ihr stattlicher Leib zum Resonanzkörper. Mit der schneidigen Selbstverständlichkeit, mit der die Männer ihre Geliebten aufzählten, sprach sie über Psychoanalyse, rauchte gewöhnliche Zigaretten und lackierte sich die Fingernägel klatschmohnrot. Sie schleppte Koffer mit sich herum, die vor Büchern und altmodischen Unterröcken zu bersten drohten. Statt Schminke oder Kämme, um sich zurechtzumachen, steckten in ihrer Handtasche zweisprachige Notizen, ein Kolbenfüller, ein Reisewecker und ein versilbertes Pillendöschen voller Tabak.

Meine Mutter zählte ihre Schwächen auf: maskulines Auftreten, mangelnde Eleganz, Hochmut und eine riesenhafte Statur. Obendrein hatte sie eine liederliche Mutter. Von der schönen Alice, die Onkel Pietro geheiratet hatte, munkelte man, sie

sei die Geliebte von Johannes Brahms gewesen, einem der größ-
ten Musiker des vergangenen Jahrhunderts.

Ich blieb in Sizilien.

Bis zum Tod meiner Mutter war ich gezwungen, nur des
Sommers mit meiner Frau zusammenzuleben, wenn ich nach
Deutschland reiste, zu ihr nach Stomersee. Zu Weihnachten
kam Licy nach Sizilien, doch wie ein des Käfiglebens überdrüs-
siger Zugvogel machte sie sich bereits im Frühling wieder davon.

Viele Jahre lang waren wir ein Brautpaar auf Koffern, das
nur fern der Erwachsenenblicke ein paar heimliche Zärtlichkei-
ten austauschen konnte. Uns verbanden die Briefe und Schwarz-
Weiß-Fotos, die auf Reisen gingen, um dem anderen ein Bruch-
stück des eigenen Bildes zu bringen.

Manchmal verabredeten wir uns zu einem Konzert im Ra-
dio. Dann wusste ich, dass sie um Punkt drei Uhr den Apparat
einschaltete, lauschte und an mich dachte. Die Musik verwan-
delte sich in einen sehnlichen Ruf. Die Töne prallten gegen das
Gemäuer einer Klosterzelle, die ich mir wie die Verliese der Ge-
rechten ausmalte.

Ich litt, sosehr ich mich auch bemühte, es romantisch zu fin-
den. Licy war das völlig unbegreiflich.

Sie hatte eine überaus freie, geradezu kühne Vorstellung von
Beziehungen. Es war ihr unverständlich, wie ich mich von ih-
nen so abhängig machen konnte, und zitierte Freud: Wir müss-
ten die Bindung zu unserer Familie lösen, um zu ihr zurück-
kehren zu wollen. Dass ich mit fast vierzig Jahren noch immer
das Leben eines Sohnes führte, war mit keinem menschlichen
Reifeprozess vereinbar.

Jahrelang haben wir einander wehgetan. Ich versuchte, mich
an meine Heimat und meine Geschichte zu klammern, sie ver-
suchte, mir eine Auffassung von Partnerschaft einzurichten,
die mit meiner Welt kaum vereinbar war.

Heute weiß ich, dass sie recht hatte.

Um zu wachsen, müssen wir loslassen. Auf Abstand gehen.
Und vielleicht Verrat üben.

Ich hatte nie den Mut dazu.

Für Licy galt das Gegenteil. Mit sechzehn Jahren hatte sie sich
abgenabelt. Sie war in Hosen statt in Röcken gereist. Ehe sie sich
in mich verliebte, hatte sie eine Liebesbeziehung mit einem ge-
wissen Peter Herman von Wrangell gehabt, der seiner Größe we-
gen Pike genannt wurde. Sie hatte mir ihren Briefwechsel ge-
zeigt, jedoch nicht um mich eifersüchtig zu machen, sondern um
mir Zutritt zu ihrer Vergangenheit zu gewähren.

Mit ihrem ersten Mann, dem Baron André Pilar von Pilchau,
pflegte sie eine in Sizilien undenkbare geschwisterliche Beziehung,
sodass er schließlich auch mir ein enger Freund wurde.

Meine Mutter war fassungslos. Dass ich Umgang mit dem
Mann pflegte, mit dem Licy ein Sakrament gebrochen hatte, er-
schien ihr noch entsetzlicher als meine Ehe mit einer geschiede-
nen Frau.

Doch André liebte es, anderen die Befangenheit zu nehmen,
er sprach sieben Sprachen fließend, und Einmischung war ihm
zuwider. Er war sich seiner Homosexualität bestens bewusst und
nannte sie fröhlich seine »unpassende Begleiterin«. Er erfreute
sich am Glück der anderen, bekleidete während des Zweiten
Weltkrieges ein hohes Amt beim Internationalen Roten Kreuz,
das er mit Leidenschaft ausübte, und tat, was ihm selbstver-
ständlich war: menschliches Mitgefühl zeigen.

Er las auch meinen Leoparden*, den er zwar wunderschön,*
aber nutzlos fand wie alle Dinge, die einem vergangenen Jahr-
hundert angehörten und passé waren.

Dass ich dem Gedenken eines fürstlichen Vorfahren frönte,
der die Sterne beobachtete, dass ich den Tod hinterfragte, mich
der Erinnerung hingab und sie einsargte wie eine Mumie, war
ihm allzu jenseitig und wirklichkeitsfern.

Mit Licy pflegte er einen kameradschaftlichen Umgang.

Zu meiner Verblüffung tadelte er sie wegen ihrer eigenwilligen Garderobe, die aus wallenden schwarzen, von der Glut der unvermeidlichen Zigaretten löchrigen Kleidern bestand, und wunderte sich über ihre klobigen Schuhe, die unpassenden Hüte und bizarr um den Kopf geschlungenen Turbane.

Ich hätte mir das niemals erlaubt.

Frauen küsste ich die Hand, bewahrte sie vor Misslichkeiten und sagte ihnen zum Abschied ausnahmslos, sie seien charmante.

Jahrelang hatte meine Schüchternheit mir verwehrt, einer Dame in die Augen zu sehen, sie freiheraus anzulächeln oder ihr gar ein Kompliment zu machen. Als ich mich endlich hatte überwinden können, zu zeigen, was ich für meine Frau empfand, hatte mich meine eigene Kühnheit fast empört.

Doch über die Sticheleien ihres Ex-Mannes konnte Licy nur herzlich lachen, sie streichelte ihm die Wange und hakte sich bei ihm ein.

Mich hakte sie ebenfalls unter.

Ich ging rechts, André links, und ich bin mir sicher, dass sie uns – aus gegensätzlichen Gründen – beide liebte.

9.

Am nächsten Tag kam Donna Carmela wieder. Sie wirkte müde. Was sie gehabt hatte, sagte sie nicht. Vielleicht – dachte ich bei mir – das Frauenbluten.

Sie fragte mich, ob ich vorigen Tags dennoch gelernt hätte. Antonno und ich wechselten einen unsicheren Blick.

Ich antwortete Ja, was gelogen war.

Antonno antwortete ebenfalls Ja, jedoch, um Nein und damit die Wahrheit zu sagen.

Jedenfalls war Donna Carmela mit dieser Zusicherung zufrieden. Sie glaubte, ich hätte die erste lateinische Deklination, *rosa, rosae, rosae*, auswendig gelernt.

Aber wir waren nicht bei der Sache. Sie deutete auf die herrlichen Rosen im Garten der Erinnerungen und nahm sie zum Beispiel. Die Rose, der Rose, der Rose. Nominativ, Genitiv, Dativ. Beklommen hörten wir zu und überlegten, ob die *Donna di fuora* wohl Rosen mochte.

Wir würden ihr welche bringen, beschloss ich plötzlich. Antonno grinste, als ich es ihm ins Ohr fisperte.

Es war Freitag.

Schon immer war der Freitag in Santa Margherita ein Glückstag gewesen.

Don Nofrio pflegte zu sagen, an einem Freitag geborene Kinder seien so stark, dass sie es mit Giftschlangen und Werwölfen aufnehmen könnten. Ein Freitagskind konnte sogar die Zukunft vorhersagen. Böse Geister konnten ihm nichts anhaben. Im Gegenteil. Wer an einem Freitag geboren wurde, konnte seelenruhig in einem Haus voller ruheloser Seelen leben. Und am Karfreitag legten die Frauen von Santa Margherita die Eier ihrer Hennen zur Seite.

Das war der richtige Tag, um der *Donna di fuora* einen Strauß Rosen zu bringen.

Das Unterfangen war gewagt. Nino, der Gärtner, sprach mit den Blumen. Er pflegte sie mit restloser Hingabe und ließ sie nur aus triftigen Gründen abschneiden. Als Huldigung an meine Mutter. Für Empfänge. Geburten. Trauerfälle. Und erst nachdem er Don Nofrio um Erlaubnis gebeten hatte.

Ein Geschenk an eine Auswärtige war nicht vorgesehen.

Hätte Nino davon erfahren, hätte er sein gesamtes Arsenal an Bannmitteln aufgefahren. Rautenblätter, Knoblauch, Zwiebeln, die Rute oder ein Stück Kopfhaut eines Wolfes.

Wir stahlen uns in den Garten der Erinnerungen, der von knirschenden Kieswegen durchzogen war. Kaskaden von Jasmin lasteten auf den Lauben. Steineichen. Araukarien. Fontänen von Myrte. Mittendrin sprudelte eine Quelle. Das Murmeln des Wassers vermischte sich mit dem trägen Atem der Pflanzen, dem stechenden Hauch von Sauerampfer und Ringelblumen, dem unverwechselbaren Duft der Liebe in der Welt.

Vielleicht aus Furcht, ertappt zu werden, sah ich alles mit neuen Augen. Den Himmel, der die Erde verletzte. Seine Erhabenheit. Die Sonne, die auf uns niederregnete, und uns selbst, wie liebkost von ihrem Übermaß, von der Weite, die sie erschuf. Die Unendlichkeit war nichts als dieser Augenblick, ewig und gegenwärtig, zersprengt und neu zusammengefügt. Auch ich war ein Teil davon, ebenso wie Antonno, verirrte Staubkörner eines größeren Plans, den man – jetzt war ich mir dessen gewiss – unser Schicksal nennen konnte.

Die Verblendung währte nur kurz.

Antonno hatte Nino in der Ferne erspäht und kniff mich warnend in den Ellenbogen. Hastig versteckten wir uns hinter einer riesigen Weide, deren Zweige sogleich über uns niedersanken.

Ohne uns zu bemerken, ging Nino an uns vorüber. Antonno und ich vernahmen das holpernde Klopfen unserer Herzen. *Poch. Poch. Poch.* Alles stand Kopf. Das Herz stieg von den Füßen die Beine hinauf, drang aus der Kehle und flog wie ein Schwarm freier, furchtloser, von einem heiligen Feuer verbrannter Vögel davon.

Schließlich erreichten wir den Rosengarten, der, von einem schmiedeeisernen Gewächshaus beschirmt, vor betäubenden Düften und berauschenden Farben überging. Nicht Blumen schienen sich dort in rückhaltloser Blendung darzubieten, sondern Sterne, und ein Schauder der Erleichterung durchfuhr Antonno. Sterne, Sterne, sagte er immer wieder, als bärgen sie eine verzweifelte Rettung.

Ich blickte ihn ratlos an.

Damals wusste ich nichts von Rettung, ich hatte keine Ahnung, dass jemand oder etwas gerettet werden konnte.

Rettung verlangt nach Verlorenheit, und ich hatte mich noch nicht verloren.

Doch Antonno schien das zu wissen, und darum wählte er die schönsten Rosen.

Solche, deren Vollkommenheit das unauslöschliche Zeichen des Überlebenden in sich trug.

Hals über Kopf rannten wir zum Haus zurück. Die Rosen hatten wir unter dem Hemd versteckt. Sie zerkratzten uns die Haut. Gerade so, als verlangten sie Buße.

Ich hatte noch nie etwas Heimliches getan. Und durch diese erste Tat waren Diebstahl, Flucht und Geheimnis unlöslich mit Frauen verknüpft. Dornen mit Sehnsüchten.

Doch waren das von Furcht zerquälte Gedanken, verfangen im Knäuel böser Vorahnungen, die das Vergehen heraufbeschwor. Ich fühlte mich, als hätte ich mein eigenes Haus geplündert.

Antonno schien diese Dreistigkeit nicht zu kümmern. Er meinte, die Dornen würden nicht stechen, sondern kitzeln.

Wir hatten uns unter dem Dach eingeschlossen und versuchten, die Rosen zu einem Strauß zu binden.

Er berührte sie ganz ohne Scheu und fasste sie dort, wo der Stiel keine Dornen hatte.

Ich betrachtete ihn. Den geneigten Kopf, die von Wimpern umwucherten Augen. Die Hände, auf denen, das sah ich erst jetzt, Narben schimmerten. Wie vertrocknete Reste. Schnitte.

Bestimmt hatte er sie sich mit dem Taschenmesser zugefügt.

Aber dann fiel mir auf, dass Antonnos ganzer Körper mit Malen und fransigen Linien übersät war. An den halb vom Haar verdeckten Schläfen waren weitere Kerben. Blass unter der Sonnenbräune.

Unterdessen hatte er einen vollkommenen Strauß gebunden, in dem jede Blume mit den anderen eine Einheit bildete. Er hatte selbst die gegensätzlichsten Farben zusammengestellt und damit einen Akt der Enteignung und erneuten Inbesitznahme vollzogen.

Ich beruhigte mich.

Wie ein verheißungsvoller Quell des Glücks erschien mir der Strauß plötzlich ohne Dornen.

Das Schwierigste war, den richtigen Moment abzupassen, um der *Donna di fuora* die Rosen zu bringen. Wie sollten wir das anstellen? Würden wir sie ihr auf die Bühne legen? Sie ihr überreichen?

Ich fand keinen Schlaf. Wälzte mich unruhig in den Laken. Von fern war das Klimpern von Don Peppino Lomonacos Musik zu hören. Sacht und verführerisch trugen die Klaviernoten meine Schuld durch die Flure.

Antonno schlief.

Ich stand auf.

Ungesehen schlüpfte ich hinter die Vorhänge des Ballsaales, wo die Gäste plauderten und lachten. Die Diener reichten Tabletts mit Gläsern voll Rosolio. Harscher Brennnesselduft lag in der Luft. Auf dem Tisch in der Mitte wurde Schwarzwurzel serviert. Außerdem Süßspeisen wie Minzgranita. Spongati. Sorbet.

Es gab auch Mandeltorrone, nach dem ich ganz wild war. Er stammte aus dem Benediktinerinnenkloster, in dem meine Mutter erzogen worden war. Die Nonnen bereiteten ihn zu, und er zerging auf der Zunge, gerade so, als wäre er mit den Chören der Jungfrauen getränkt, die das Offizium sangen.

Es waren kaum Frauen anwesend. Nur meine Mutter und Margherita, Nenè Giaccones Tochter. Sie war die Einzige, die zu den Empfängen kam. Die anderen blieben daheim. Keine von ihnen war in der Lage, auf Französisch zu parlieren. Die neuesten Nachrichten zu kommentieren. Den genauen Preis der Trauben zu bestimmen und die politischen Entwicklungen vorauszusagen.

Meine Mutter hingegen hatte das immer getan. Die Filangeri di Cutò liebten es, ihre Töchter zu bilden.

Ich weiß nicht, worauf ich aus war. Auf eine Billigung meiner Tat vielleicht. Auf eine Absolution.

Ich schlich näher, um Mutter zu belauschen. Sie sprach mit meinem Vater. Sie klang beunruhigt. Ihre Stimme hatte einen Ton, den ich bei ihr gar nicht kannte. Ich glaubte, sie erzählte eine Geschichte. Mit Erzählungen kannte Mutter sich aus.

Mit Romanen. Gedichten. Vielleicht würde sie etwas sagen, das mir die drückende Last von den Schultern nähme. Zum ersten Mal bekam ich zu spüren, dass die Sünde nicht befreit, sondern mit Gottes Hand geheimnisvolle Worte schreibt.

Doch zu den Klängen, die Don Peppino gen Himmel schickte, hörte ich sie besorgt meinen Namen sagen.

Am nächsten Tag waren wir drauf und dran, unseren Strauß zu holen. Geschmückt mit einer stibitzten Vorhangschleife, dümpelte er in einer Vase auf dem Dachboden und schien zu leuchten.

Doch Donna Carmela war abermals erkrankt. Und … es ging ans Meer, sagte Mutter.

Die Fahrt ans Meer war eine Reise. Aber zum Mittagessen würden wir dort sein, versicherte Don Nofrio und erteilte den Köchen Anordnungen für die Picknickkörbe.

»Memè, pack Brot, Oliven und Obst hinein, und vergiss den Vastedda nicht.«

Der Vastedda war ein Käse, den Mutter besonders liebte.

Wir brachen auf. Und vergaßen den Rosenstrauß.

Es ging Richtung Sciacca. Dort würde uns eine befreundete Familie empfangen, die Bertolinos.

Wir beluden die Landauer. Sie hatten himmelblaue Kissen, die sich im galoppgeschüttelten Fahrtwind bauschten. Antonno und ich saßen nebeneinander und spürten die unter den Sitzen ächzenden Federn.

Bei der Erwähnung des Meeres hatte sich Antonnos Miene aufgehellt. Für ihn war es »der umgedrehte Himmel«. Und der Himmel war »das aufgestiegene Meer«.

In diesem Durcheinander irdischer und himmlischer Dinge fuhren wir los.

Es war ein glühender Morgen, der zwischen Fleisch und Seele keinen Unterschied machte. Die Sonne nagelte uns ans

Kreuz. Mutter gab Anweisung, das Verdeck zu schließen: »Sonst bekommt der Junge noch einen Sonnenstich.«

Die brackige Luft flirrte, jenseits der Steilhänge war bereits das Meer zu erahnen. Im marternden Licht schimmerten Antonnos Narben wie Sterne.

Wir kamen ans Ziel. Sogleich forderten die Bertolinos uns auf, ihre Gäste zu sein. Nicht doch, besten Dank, sagte Mutter. Sie wollte, dass der *picciriddu* die Seeluft atmete.

Wir hielten am Strandsaum. Die Landauer versanken im Sand, die Pferde waren durstig. Don Nofrio würde sie zur Tränke der Bertolinos führen und unverzüglich zurückkommen.

Doch zuerst baute er ein Leinenzelt auf und klappte die Liegestühle auf. Wir waren unter uns. Vater war in Santa Margherita geblieben, um die Ländereien zu verwalten.

Wir waren am Strand von Torre del Barone. Einer Schlangenzunge gleich, schmiegte er sich an das grenzenlose, mit glühenden Schuppen übersäte Meer.

Antonno und ich schlüpften aus unseren Hosen. Die Frauen blieben angekleidet. Mit Schirmchen und großen Strohhüten schützten sie sich vor der Sonne. Braun zu sein, schickte sich nicht.

Während sie miteinander plauderten, bauten wir Sandburgen. Wir erschufen klüftige Vorgebirge. Suchten Muscheln. Hielten uns bang von den Felsspalten fern, in denen sich Neptun versteckte. Immerhin waren wir in seinem Reich.

Antonno sagte, wenn wir uns eine Muschel ins Ohr steckten, würden wir das Weinen der Sirenen hören. Wir probierten es aus. Tatsächlich meinte ich, eine Frauenstimme zu hören. Doch dabei beließen wir es. Wir erinnerten uns noch gut an Mutters Erzählung. Die Sirenen behexten die Männer und trieben sie in den Wahnsinn.

Mutter behielt mich im Auge. Hin und wieder vergewisserte sie sich, dass ich mich nicht allzu sehr erhitzte, und kühlte mir die Stirn. Derweil ließ Don Nofrio keine Gelegenheit aus, mir düstere Warnungen nachzuschicken.

Wenn ich nicht gehorchte, kämen die Meeresungeheuer über die Wellen geklettert.

Klinik Villa Angela,
Lungotevere delle Armi 21, Rom
22. Juni 1957

Dass ich meine Krise mit Licy überwunden habe, ist dem Zwei-
ten Weltkrieg zu verdanken.

Am 14. Dezember 1939 war ich zum Zwölften Artillerie-
giment in Palermo zu den Waffen gerufen worden. Am
27. Mai 1940 wurde ich der von Oberstleutnant Antonino Cut-
titta befehligten 121. Einheit zugeteilt.

Ich bekleidete den Dienstgrad des Hauptmanns der Reserve.

Doch dank einer ministeriellen Verlautbarung – Num-
mer 9400 –, die die Leiter von landwirtschaftlichen Betrieben
vom Dienst befreite, dauerte die Einberufung dieses Mal nur
drei Monate.

Allerdings befand ich mich noch in der Kaserne, als die Fran-
zosen am 23. Juni 1940 mit dem Bombenabwurf über Palermo
begannen und dem Haus in der Via Lampedusa die ersten Wun-
den schlugen.

Anfangs nur leichte Blessuren, wie unzählige Nadelstiche,
die man einem uralten, müden Riesen zufügt. Das Erste, was
durch die Druckwelle einer Explosion zu Bruch ging, waren
die Fenster. Dann folgten die Verletzungen, regelrechte Fleisch-
wunden, die in die Haut des Hauses gerissen wurden. Doch al-
les in allem barg uns der Riese schützend in seinem Bauch, der
unsere Leben schon seit Jahrhunderten wiederkäute. Gewiss,
durch die Klaffe ließ er Wind, Regen, ein paar panische Tauben
und Trümmerschutt ein, doch irgendwie schien er der Schlacht
standzuhalten.

Die Situation war zwar ernst, aber – zumindest anfangs –

nicht untragbar. Und so entschloss sich Licy 1941, nach Lettland zu reisen, um in ihrem Schloss Stomersee nach dem Rechten zu sehen.

Ich versuchte, sie davon abzuhalten.

Der Faschismus hatte seine Maske fallen lassen. Mussolini hatte sich mit Hitler verbrüdert. Zahlreiche jüdische Familien hatten die Hauptstadt verlassen, andere hatten sich, so gut es ging, in Klöstern versteckt. Arnold Rosenstingl und Rutta Block waren ein jüdisches Ärztepaar, das in Palermo gestrandet war und mit dem Licy und ich in jenen Jahren Bekanntschaft pflegten. Arnold war der Sohn eines Antiquars, der Freud belieferte, und hatte die Vorlesungen des Meisters in Wien besucht. In Sizilien musste er den Beruf wechseln und verdingte sich als privater Bibliothekar, seine Frau Rutta malte. Als sie flohen, schenkten sie mir einen Porzellanteller mit der Inschrift »Zokhreinu«, erinnere dich an uns.

Doch Licy war zuversichtlich. Sie meinte, in kurzer Zeit wären alle Probleme in Lettland gelöst. »Ich fahre hin und kehre gleich zurück«, sagte sie mit ihrer entwaffnenden Entschlossenheit.

Doch als sie dort ankam, war sie fassungslos: Der Besitz war geplündert, die Bauern deportiert worden, die Ländereien von Gruben und Schützengräben durchfurcht.

Licy kämpfte an allen Fronten, gegen Kommunisten und Nazis, sie schlief im Zelt, trotzte der Kälte und der Verzweiflung. Wie ein Kapitän, der einen über Bord gegangenen Matrosen zu retten bestrebt ist, versuchte sie, ihr Haus zurückzuerobern. Doch 1943 musste sie kapitulieren. Die Russen standen vor der Tür, und keine Macht der Welt konnte den Zusammenbruch aufhalten.

Ich beschwor Licy, nach Italien zurückzukehren, und endlich hörte sie auf mich. Sie blieb in Rom, bei Onkel Pietro.

Die Briefe, die wir einander in jenen Tagen schrieben, ent-

blößten unser wahres Ich, einen Hunger, der sich mit dräuender Trauer mischte.

Wir brauchten einander.

»My sweet beloved one, meine Freundin, ma petite, *komm zurück nach Sizilien. Ich verspreche Dir nicht, was ich habe, sondern was ich nicht habe. Nur Überbleibsel, Reste, die Dir von mir erzählen. Ich biete Dir«, schrieb ich ihr, »meine müden Hände, die sterbenden Mauern dieses Hauses, meine Notizen über den Mond. Ich biete Dir, was jeder andere von sich wiese. Ich versuche, Dich mit der Niederlage für mich zu gewinnen.«*

Unterdessen hatten Mutter und ich Palermo verlassen. Wir ahnten nicht, dass wir den Riesen einem Tod ohne Totenwache überließen, ohne Verwandte, die sich zum Gebet versammelten, ohne Kerzen und Totenspeise. Bei Tante Teresa und den Piccolo-Cousins in Capo d'Orlando fanden wir Zuflucht und nahmen unseren geliebten Hund Crab mit.

Doch kurz darauf flohen wir auch von dort.

Die Offensive rückte mit jedem Tag näher, ununterbrochen lauschte man BBC auf Flüsterlautstärke und wachte bang, ob der Himmel wohl seine Plagen auf uns niedergehen ließ.

Ich fand ein kleines Haus zur Miete für Mutter und mich, es lag vor den Toren von Capo d'Orlando und gehörte einem gewissen Benedetto Reale, der nach Amerika ausgewandert war. Sein Schwager Salvatore Micale stellte den privaten Mietvertrag aus. Ich schlug ein, wir unterschrieben. Doch Licy war noch in Rom und konnte sich nicht dazu durchringen, zu mir zu kommen. Offensichtlich scheute sie das Zusammenleben zu dritt – sie, ich und Mamà – auf engstem Raum.

Trotz der Bomben versuchte ich fast jede Woche, nach Palermo zu gelangen.

Es war ein echtes Abenteuer. Die Reise glich zunehmend einem Exodus, von dem ich nie wusste, ob ich zurückkehren würde. Ich sah nach dem Riesen, packte eine Handvoll Bücher ein, verschnürte ein paar Möbelstücke, um sie zu verschicken und in Sicherheit zu bringen. Mit den Händen wanderte ich an den Mauern entlang, um festzustellen, ob sie standhielten.

Ja, sagte ich mir, befühlte den Riesen und versetzte ihm liebevolle Klapse, wie Crab sie einforderte, ehe er sich schlafen legte.

Ja, du wirst es schaffen, du bist groß und stark.

Der Riese antwortete mit einem vergeblichen Seufzen, einem Röcheln, das den Stimmen der Geister glich, die ihn bewohnten, Geister der Toten und Geister der Lebenden, einschließlich meiner selbst als das Kind, das noch immer dort lebte und sich nicht entschließen konnte, seine Zimmer zu verlassen, das mit Antonno umherflitzte und die Aromen der Küche und die Geheimnisse der Flure einatmete.

Ehe ich die Tür hinter mir schloss, gestattete ich mir lange Abschiede. Von den verbliebenen Vorhängen, die ohne die herrlichen Bäusche von einst von den Decken hingen. Von den wenigen Balkonen, die noch standhielten und auskragten wie beseelte tausendjährige Warten.

Von meinem Zimmer, wo das Bett neben dem Antonnos stand.

Ich ging fort, mit Crab auf den Fersen, der sacht mit dem Schwanz wedelte und dieses schleichende Ende ignorierte, diesen tröpfchenweisen, dreisten, kaltherzigen Tod, der uns schon bald mit sich fortreißen würde.

In Capo d'Orlando führten Mutter und ich ein einfaches Leben, gingen im Dorf spazieren, lächelten über die Kinder, die aus Angst vor dem Hund an unserer Seite davonstoben. Tatsächlich ließ Crabs mächtige Statur das Schlimmste befürchten, und niemand hätte vermutet, dass er träge und faul war, jeder Aggression abhold und hoffnungslos in die Menschen verliebt.

Seine Größe sorgte verlässlich für Verunsicherung, und es gab immer jemanden, der – aus gebührender Entfernung – fragte, ob er wirklich ein Hund sei. Dann antwortete ich: »Das ist ein amerikanischer Affe«, und nährte das Gerücht eines hierzulande nie gesehenen Fabelwesens, eines Abkömmlings der Sagenungeheuer vielleicht, die in Skylla und Charybdis noch immer lebendig waren.

Dann wurde auch das gemietete Haus von einer Bombe getroffen.

Mutter und ich waren gerade unterwegs, um ein paar Besorgungen zu machen, und kamen nur durch Zufall mit dem Leben davon. Es war die einzige Bombe, die von einem willkürlich kreuzenden Flieger über dem Dorf abgeworfen wurde und ausgerechnet unseren behelfsmäßigen Unterschlupf traf.

Die Bücher, die ich im Glauben, sie zu retten, aus der Via Lampedusa mitgenommen hatte, gingen verloren. Ebenso unsere Möbel, der Hausrat.

Die Bomben folgten meinen Unterkünften nach, sie witterten sie aus der Höhe und rissen sie in Stücke, doch immerhin achteten sie darauf, dass wir nicht zu Hause waren.

Und so waren wir als ewige Überlebende ausersehen, es war unser Los, zurückzukehren, Trümmer vorzufinden und Kreuze zu errichten, nicht für Kinder oder Angehörige, sondern für unsere Häuser.

Kreuze, die nur scheinbar weniger schmerzlich waren, denn Häuser bergen Erinnerungen, und Erinnerungen sind der Teil von uns, der sich im Ungewissen am schwersten einlebt.

Immerhin brachten mir die Bomben Licy zurück.

Hals über Kopf kam sie zu mir, weil sie fürchtete, sich bei der nächsten Explosion als Witwe betrauern zu müssen.

Bei unserem Wiedersehen schloss sie mich, zu allem bereit – sogar, meine Mutter zu ertragen –, in die Arme, und wir wurden nach Ficarra in den Monti Nebrodi evakuiert.

Das Haus gehörte Michele Gullà, dem Sohn des Feldhüters der Piccolo-Cousins, und befand sich in der Via Salita Madre Chiesa, unweit der Mutterkirche.

Es war der August 1943, und von Bomben, Krieg und Todes-
angst mühevoll zusammengeführt, schickten wir drei uns an,
miteinander zu leben.

Ich schreibe: »Rettung verlangt nach Verlorenheit, und ich
hatte mich noch nicht verloren.«

10.

Am Meer lebten wir einen Tag der Freiheit. Der Freiheit von den Kleidern, denn Antonno und ich trugen nichts als unsere Unterhosen. Der Freiheit von der Bellina, die sich vor Wasser fürchtete. Der Freiheit auch von Don Nofrio, der sich damit begnügte, mich am endlosen, schaumbeleckten Meeressaum entlangflitzen zu sehen.

Von den Wellen hielt ich mich fern. Ich konnte mich kaum über Wasser halten.

Doch Antonno stürzte sich in die Fluten und bewegte sich mit wild rudernden Armen voran.

Ich sagte: »Du kannst gut schwimmen.«

Er antwortete: »Ich schwimme nicht, ich fliege.«

Hatte ich denn vergessen, dass das Meer der Himmel und der Himmel das Meer war?

Mutter rief uns zum Imbiss. Sie wickelte mich in ein baumwollenes Badetuch und trocknete mir das Haar. Ich roch nach Salz. Sie öffnete die Körbe, und der Duft des Obstes mischte sich mit der Meeresbrise. Das Leben erschien entsetzlich und wunderbar. Lachend bissen wir in das Brot. Lachend sanken wir in den Schlaf.

Als ich die Augen wieder aufschlug, sah ich Don Nofrio mit offenem Mund schnarchen, und Antonno lugte hinein. Er sagte, die Gedanken schlüpften zur Nase herein und aus der Kehle wieder heraus.

Ich war verdutzt.

»Und wenn er niest?«

»Dann sind es böse Gedanken. Wenn er niest, umso besser. Damit jagt er sie hinaus.«

Dann schlug Mutter den Gedichtband auf und las.

»Souvent, pour s'amuser les hommes d'équipage / Prennent des albatros, vastes oiseaux des mers, / Qui suivent, indolents compagnons de voyage, / Le navire glissant sur les gouffres amers.«

Und ich übersetzte: »Oft fangen die Matrosen zum Vergnügen sich Albatrosse, welche mit den weiten Schwingen gelassen um die Schiffe fliegen, die über bittere Meerestiefen gleiten.«

Antonno war hingerissen. Die Albatrosse. Noch nie hatte er von ihnen gehört oder sie gesehen.

Was waren das für Vögel?

»Der Albatros ist ein vom Libeccio-Wind getragenes Meerestier«, sagte Mutter. »Wie ein treuer, von den Schiffen an der Leine geführter Hund. Unbeirrt lässt er den Kapitän selbst im Unglück nicht im Stich. Im Guten wie im Schlechten folgt er seinem Kapitän, bis der Wind, die Erschöpfung und das Unwetter ihn in die Tiefe ziehen.«

Wir schwiegen. Die Treue des Albatros regte sich warm in meinem Magen. Ähnlich dem allabendlichen Moment, wenn Mutter mich zu Bett brachte und sprach: »*Figghiu miu, ssi to' capiddi sunu tutti fila r'oru, l'occi toi sunu dui stiddi, a mia parunu 'n trisoru* – Mein Sohn, dein Haar ist goldener Flachs, deine Augen zwei Sterne, die mir wie ein Schatz erscheinen.«

Die Dämmerung drängte heran. Rot durchstieß die Luft. Der Landauer war wieder bereit, die Pferde von der Rast gestärkt. Singend machten wir uns auf den Rückweg nach Santa Margherita.

Don Nofrio sagte, wenn man jemanden singen hört, bedeutet das gute Neuigkeiten. Schlechte Neuigkeiten gibt es, wenn man eine Nachbarin Schmutzwasser auf die Straße kippen sieht; wenn ganz in der Nähe ein Esel brüllt; wenn man das Miauen einer Katze oder den Ruf eines Käuzchens hört.

Aber weil wir sangen, würde das Glück uns hold bleiben. So zog der Abend herauf. Frei von Schuld.

In jener Nacht fanden wir keinen Schlaf. Die angestaute Hitze drängte hervor. Mutter rieb mich mit Salben aus Eis, Ricotta und Honig ein. Donna Palidda, Don Nofrios Frau, zuckte mit den Schultern. In einem solchen Zustand war alles zwecklos. Besser, man machte *'u chiamu d'a seggia.*

»Man nimmt einen Strohstuhl und lässt ihn auf einem Bein kreisen, Exzellenz. Wenn das Herz leidet, nach rechts, wenn das Fleisch leidet, nach links.«

Sie brüllte nach ihrem Mann: »Nofriu, hol 'nen Stuhl!«

Don Nofrio gehorchte beflissen. Der Stuhl wurde linksherum gedreht und ich erleichtert ins Bett gebracht. Im Laufe der Nacht wäre ich wiederhergestellt.

Mit weit aufgerissenen Augen lagen wir im Dunkeln. Beim Kreiseln des Stuhles war uns die *Donna di fuora* wieder in den Sinn gekommen. Und der Rosenstrauß, der noch immer auf dem Dachboden wartete. Morgen – so schworen wir uns – würden wir ihn holen gehen.

Antonno fand keine Ruhe. Er stöhnte noch lauter als ich. Ich glaube, ihm taten die Narben weh. Ich merkte, wie er zu mir ins Bett schlüpfte. Rücken an Rücken. Die Wirbel verzahnt. Die verbrannte Haut, die Hitzeblitze von mir zu ihm sandte.

Wir atmeten im Einklang, mit offenen Augen. Dann sagte er meinen Namen. Es war das erste Mal. Das hatte er noch nie getan. Nur ich nannte ihn beim Namen. Er antwortete nur auf meine Fragen oder fragte ins Ungefähre, ohne jemanden anzusprechen.

Er sagte nicht Giuseppe. Und auch nicht: Exzellenz.

Er sagte: *Principuzzu.*

»*Principuzzu* ich werde Euer Albatros sein.«

»Aber … Antonno, der Albatros ist ein Vogel.«

»Und ich werde es bei Euch genauso machen.«

»Ich verstehe nicht, was denn?«

»Ich werde Euch nie verlassen. In guten wie in schlechten Zeiten.«

»Wie der Albatros und der Schiffskapitän?«

»Ganz genau. Ich werde Euer Albatros sein.«

Der folgende Tag war ein Sonntag. Die Glocken von Santa Margherita ertönten. Ein paar verschreckte Schwalben stoben, von der Schallwelle getragen, auseinander. Im Esszimmer schimpfte Don Nofrio mit Memè, der die Brioche hatte anbrennen lassen.

Antonno und ich mühten uns mit unserem Sonntagsanzug ab. Unsere Schultern waren noch immer verbrannt, und wir schafften es kaum, in die Matrosenanzüge zu schlüpfen. Der *chiamu d'a seggia* hatte keine Wirkung gezeigt. Wir waren noch röter als vorher.

Ich solle draufpusten, sagte Antonno. Ich pustete, und mein Blick fiel wieder auf die Narben. Die knochigen Wirbel. Die spitzen Schulterblätter, die sich wie Flügel öffneten. Dann blies Antonno auf meinen Rücken, und sein Atem roch nach Meer.

Wir rannten in den Saal, wir durften nicht zu spät kommen, der Gottesdienst begann mit dem feierlichen Einzug meiner Eltern in die Mutterkirche. Ihnen folgte der Bürgermeister. Sogleich begann die Orgel zu vibrieren, und von den Höhen einer unsichtbaren, strengen Klausur wallte der Chor der Novizinnen auf uns herab.

Der Pfarrer zelebrierte die Messe mit festlicher Stola. Der

Amikt hatte die Farbe von Trauben. Sein von den Nonnen besticktes Messgewand leuchtete weizengelb. Tauben nisteten in der Kirche. Unermüdlich durchschnitten sie Luft. Es war ein einziges, wirr flatterndes Flügelschlagen. Einzelne Federn segelten hernieder und legten sich auf unsere Köpfe. Aus der Kuppel segneten uns geschnitzte Engelsscharen.

Während der Predigt stieg der Pfarrer auf die hölzerne Kanzel mit den Monogrammen des Geschlechtes Cutò, die sich um ein azurblaues Kreuz drängten. Das Kreuz war das Adelswappen der Familie meiner Mutter. Seine himmelblaue Farbe stand für die Ewigkeit, für Dinge, die nicht vergehen. Trotz ihrer engen Freundschaft mit der Kirche war das Symbol der Lampedusas nicht annähernd so mystisch. Die Tomasis stammten aus Byzanz. Sie waren karthagische Eroberer, Söhne Didos. Wenn sie ein fremdes Land einnahmen, schlugen sie nicht das Symbol der Kreuzfahrer in die Erde, sondern ihre Krallen.

Tatsächlich erinnerte unser Wappen seit rund vier Jahrhunderten nicht an Gott, sondern an die Menschen.

Es zeigte einen verpardelten Leoparden.

Einen Pardeleoparden.

Nach der Rückkehr stürmten wir auf den Dachboden. Wir wollten sichergehen, dass die Rosen nicht verwelkt waren. Schweißnass vor Sorge stürzten wir, zwei Stufen auf einmal nehmend, die Treppe hinauf.

Wir rissen die Tür auf, aber der Strauß war fort.

Ich war wie vom Donner gerührt.

Jemand hatte unseren Rosendiebstahl entdeckt. Aber wer? Don Nofrio? Der Gärtner Nino?

Mir kamen die Tränen. Die mühsam verdrängte Schuld machte sich bemerkbar. Ich begann, eine Strafe zu fürchten.

Ich war noch nie bestraft worden.

Doch Antonnos Stimmung war ungetrübt. Besser, man verliert etwas, meinte er. Dann kann man es wiederfinden. Die Rosen waren nicht verloren. Es waren »wiedergefundene Rosen«.

Seine verdrehte Logik half mir nicht. Stattdessen dachte ich voller Unmut, eine verlorene Sache sei für immer verloren. Und der Verlust jedes Mal endgültig.

Das denke bis heute. Auch wenn der Albatros auf meinen Schultern sitzt und weiterhin das Gegenteil behauptet.

Ohne unsere Beute kehrten wir in unser Zimmer zurück. Ich war enttäuscht. Ich hatte mir ausgemalt, wie ich mit dem Strauß zur Tränke schleichen würde. Wie ich ihn furchtlos und verliebt bei der Bühne platzieren würde. Dort hätte die *Donna di fuora* ihn gefunden. Sie hätte an ihm gerochen und an einen unsichtbaren Verehrer geglaubt.

Stattdessen rückte das Mittagessen näher. Sonntags kam Besuch. Normalerweise war es Don Peppino Lomonaco. Oder auch Giovannino Cannitello.

Giovannino war ein treuer Lehenspächter der Cutòs. Meine Großmutter Giovanna nannte ihn »den Allerersten meiner Lehensmänner«. Er war halb blind, wirklichkeitsfern und schwermütigen Herzens. Don Nofrio meinte, er habe verzweifelte Lieben erlitten.

Giovannino Cannitello lebte für die Eleganz. Nicht nur was die Garderobe betraf, die sich ob ihrer Schlichtheit, der seidenweichen Stoffe, des Duftes nach Stärke und Veilchen, der ihr entströmte, von allen anderen unterschied, sondern auch in den Gesten, der Sprache, den Tischmanieren, der Art, den Damen aufzuwarten oder nach dem Essen an seinem Rosolio zu nippen.

Obschon er nicht sonderlich klug war und bisweilen in

eine Art Starre verfiel, als hätte er jegliches Zeit- und Raum-
gefühl verloren, besaß Giovannino ein ausgeglichenes Ge-
müt. Er wusste, dass das Innere einen Weg kennt, nach außen zu dringen. Und dieser Weg war die Schönheit. Die
gepflegte Haltung. Die in Licht gewandte Einfachheit.

Don Nofrio, dessen Vorstellung von Eleganz mit Zweck-
mäßigkeit einherging, gab wenig auf den Spazierstock mit
Elfenbeinknauf, in dem sich der Degen verbarg, auf die silbernen Manschettenknöpfe mit den von Alpenveilchen um-
rankten eingravierten Initialen »G. C.«.

Er hatte andere Sorgen. Die Vorbereitungen in der Küche
waren in vollem Gange. Seiner fürstlichen Herrschaft musste
aufgetragen werden. Doch sein Helfertrupp zeigte keinen
Elan. Seit Stunden schon lag das Tischtuch bereit, um der
Neptunstafel den Latz vorzubinden, und Memè schob eine
ruhige Kugel.

»Memèèè«, brüllte er erbost.

Don Nofrio konnte es nicht fassen. Nichts war ihm unbe-
greiflicher als die Schwerfälligkeit im Erledigen von Dingen
der Lampedusas. Und Memès Phlegma war ihm ein Rätsel.
Addurmisciutu, nannte er ihn, Schlafmütze.

Für ihn verlangte alles nach Geschäftigkeit. Die dunklen
Nussbaumkonsolen, die wie Muttergestein mit dem Boden
verwachsen waren. Die hohen Spiegelwände, in denen sich
der Raum ins Unendliche vervielfältigte. Die mit Klöppel-
spitze verzierte Tischdecke mit dem riesigen Loch in der
Mitte, um den stattlichen, grimmigen Gott Neptun hin-
durchzulassen. Das Porzellanservice war das handbemalte.
Das Besteck das der Vorfahren, die zufrieden von den Por-
träts herabblinzelten. Seit Generationen fütterte es die Cutòs
und wurde von Donna Palidda akribisch poliert.

Die Pendeluhr zeigte Mittag. Behäbig zog Memè die Fensterläden zu und sperrte die Sonne aus.

Der mit Pfingstrosen und Frangipaniblüten geschmückte Neptun grummelte verstimmt.

Bei Tisch sprach Giovannino Cannitello von der Liebe. Ich spitzte die Ohren. Was war sie? Wie sollten wir sie benennen? Er wusste es nicht. Er hatte Dutzende Frauen gehabt. Doch noch immer hing er schwermütig dieser Frage nach.

Mehrmals versuchte Don Nofrio, das Thema zu wechseln, das nichts für Kinderohren war. Empört schüttelte er den Kopf und schenkte unermüdlich Wein aus Baglio del Cristo di Campobello nach, um das Gespräch zu unterbrechen.

Giovannino seufzte. Sein Blick war milchig und leer. Die Hände tasteten suchend nach der Gabel. Sein Augenlicht war fast verloschen, und er stand kurz davor, für immer im Schattenreich zu verschwinden.

An jenem Tag trug er einen makellosen Anzug aus ungebleichtem Leinen. Aus der Brusttasche lugte ein batistenes Einstecktuch. Das zurückgekämmte Haar verströmte herben Pomadenduft. Die Dunkelheit ist ein Freund der Gefühle, murmelte er. Seit er nichts mehr sehe, könne er die Klage der Dinge vernehmen.

»Welche Klage?«, fragte Mutter zuvorkommend.

»Eine Klage nicht aus Worten, sondern aus Schweigen.«

»Und was bedeutet diese Klage, Don Giovannino?«

»Sie bedeutet, dass wir empfänglicher sein sollten für das, was ungesagt bleibt.«

»Und das ist die Liebe?«, fragte mein Vater unvermittelt und warf meiner Mutter einen heimlichen Blick zu.

»Schon möglich.«

»Schweigen?«, setzte mein Vater nach.

»Nein, das Schweigen deuten zu können.«

Ich vermochte kaum zu atmen. Seit ich auf der Welt war, versuchte ich nichts anderes als das. Zu verstehen, was man mir nicht sagte. Zu erspüren, was verschwiegen wurde. Und darin einen Sinn zu entdecken, der mir den Weg wies.

Doch glaubte ich nicht, dass man dieser Suche den Namen Liebe geben konnte.

Und überhaupt. War es das, was ich für die *Donna di fuora* empfand? Diesen Reigen der Gefühle? Diese Klage?

Ich fragte Antonno, doch vergeblich. Er stocherte lustlos in seinem Essen und sagte, mit Gefühlen kenne er sich nicht aus.

Für ihn hieß Liebe nicht, zu fühlen.

Sondern Versprechen zu halten.

Klinik Villa Angela,
Lungotevere delle Armi 21, Rom
23. Juni 1957

Es war Antonno, der mich den Wert der Verletzungen lehrte.
Wenn ich mit dem Finger über seine Narben fuhr und ihn
fragte: »Tun sie weh?«, antwortete er stets: »Nein, sie tun gut.«
Er war ein Verfechter der Unvollkommenheit, der wackligen
Stühle und lädierten Dinge. In Palermo schlug ihn nicht der
Reichtum, sondern die Armut in den Bann. Wenn ich ihm einen
Zinnsoldaten zum Spielen gab, lehnte er ab. »Wie bitte?«,
schnaubte ich. »Das ist ein General, magst du starke Männer
nicht?« Er schwieg, um mich nicht vor den Kopf zu stoßen, doch
es war offensichtlich, dass die Schwachen ihm lieber waren.

Er hatte nichts übrig für den Prunk der Adelshäuser, für die
achtarmigen Kandelaber, die Fresken von rachsüchtigen Wesen
und die Schäferszenen, die den Feinputz zierten. Er mochte die
Küchen, wo der von Kräutern und Grünzeug gesättigte Dampf
aus den verbeulten Töpfen stieg; die Ställe, in denen die Füchse
in ihren Boxen standen; die Räume der Dienerschaft.

Vielleicht macht mir die heutige Verletzung deshalb nichts
aus. Dieser Schnitt über dem Puls, um den Tropf setzen zu kön-
nen, da die Armvenen verhärtet sind.

Hier in der Klinik ist mir klar geworden, dass ich schwächer
bin, als ich glaubte, und ungeahnte Krankheiten habe. Eine
starke beidseitige Bronchitis; ein Lungenemphysem; organischer
Verfall. Natürlich wurde mir das Rauchen verboten, Doktor
Valdoni war in dieser Angelegenheit überaus strikt und hat mir
eine Antibiotikabehandlung und verschiedene Inhalationen ver-
ordnet.

Sollte es mir daraufhin besser gehen, wird er mich wissen lassen, ob es sich lohnt, das Übel zu operieren, das beschlossen hat, in mir einzuziehen.

Trotz seiner Zurückhaltung versuche ich, optimistisch zu bleiben. Ich träume davon, nach Palermo zurückzukehren, schon sehe ich mich den Kopf erwartungsvoll aus dem Schlafwagenfenster recken. Jetzt bin ich auf der Furt der Straße von Messina, höre das kampflustige Gurgeln von Skylla und Charybdis. Es wäre schön, mit dem Sieben-Uhr-Zug einzutreffen, um das Erwachen der Stadt zu erleben und die Bastion des Monte Pellegrino zu sehen, um die sich die Schirokkowolken scharen.

Als Erstes würde ich in die Via Lampedusa Nummer 17 gehen, wo ich geboren wurde. Von dem Palazzo ist so gut wie nichts geblieben, im Mai 1943 haben die Bomben ihr Massaker vollendet.

Der Riese stand da, unbewohnt und ramponiert, aber noch an einem Stück und dann und wann von einer Kerze erhellt, die der herzenstreue Pförtner Don Totò für unsere Toten entzündete.

Inzwischen war alles fort. Das Gas war abgedreht, die Möbel zum Teil nach Ficarra gebracht worden. Die Bücher hatte ich gewissenhaft und fürsorglich fortgeschafft, als wäre ich ein Liebender und kein Vertriebener.

Don Totò hatte sich im Untergeschoss einquartiert und versuchte mehr schlecht als recht zu überleben. Jeden Morgen bei Sonnenaufgang stellte er sich für die Ration Brot und Nudeln an, doch die Zuteilungen auf Lebensmittelkarten reichten nie aus. Er behalf sich mit einem im Hof improvisierten Gemüsegärtchen und versuchte, etwas auf dem Schwarzmarkt zu ergattern.

Doch wenn ich aus Ficarra kam, erwartete mich stets ein eigens gedeckter kleiner Tisch, eine vollständige Mahlzeit samt einer Nachspeise aus Ricotta, nach der ich ganz verrückt war.

Ich bin nie dahintergekommen, wie er es fertigbrachte, Milch und Zucker aufzutreiben.

Bei diesen kurzen Besuchen erzählte mir Don Totò von den Anstrengungen, die er unternahm, um das Haus zu überwachen. Palermo wimmelte von Dieben. Inzwischen war es ein Kinderspiel, in die verwaisten Wohnungen einzubrechen, und Plünderungen blieben ungestraft. Er berichtete mir, von dem Silberzeug sei einiges verschwunden, ebenso mehrere Bilder und manches von Mutters Nippes.

Er hatte versucht, einen Großteil der Sachen in sein Souterrain zu schaffen, doch war das überaus mühselig.

Und er war allein.

Dann kam die Verdunkelung, und die Stadt versank in trostloser Finsternis. Der Riese wappnete sich für seinen versehrten Schlaf, für die zerschossenen Träume und das panische Hochschrecken, sobald der Alarm die Nacht zerriss und die wenigen zurückgebliebenen Palermer verstörte.

Am 22. März hatten mehrere Bombensplitter das Dach der Bibliothek zerstört, und wenige Tage darauf, am 5. April, war das ganze Gebäude getroffen worden, abermals in unserer Abwesenheit.

Der Todesstoß erfolgte einen Monat später.

Am 9. und 10. Mai zwischen zwölf Uhr vierzig und vierzehn Uhr warfen zwölf Geschwader von zweiundvierzig Fliegenden Festungen mehrere Wellen von Bombentrauben ab. Sie kamen von den afrikanischen Luftstützpunkten. Wie die Heuschrecken der zehn Plagen fielen die viermotorigen Bomber Boston und Liberator über die wehrlose Stadt her.

Ziel sollte der Hafen sein, doch dann wurde die gesamte Stadt dem Erdboden gleichgemacht.

Ganze Viertel wurden verwüstet, und trotz der Löscharbeiten der Feuerwehr flammten die Feuer wegen des Phosphors der Bomben wenige Stunden später wieder auf. Zahllose Palermer, *die sich in den Luftschutzkellern drängten, starben unter der Erde, lebend begraben von den Trümmern, vom Gewicht der einstürzenden Decken zermalmt.*

Und der Riese stand dort, einzig bewacht vom unermüdlichen Don Totò.

Als er getroffen wurde, stieß er einen letzten, erschöpften Seufzer aus, einen wehmütigen Atemzug, der ihn unrettbar den Schatten übergab.

Bei meiner Rückkehr stand ich lange vor den Ruinen, vor dem Schutt dessen, was ich einst gewesen war. Mir schien es, als läge der Klang unseres Gelächters in der Luft, Mutters helle Stimme und Vaters strenger Pfeifendunst, der die Kleider und Tapeten durchtränkte.

Mit dem Haus war die Vergangenheit, waren meine Kindheit und mein erster Blick auf die Welt verschwunden.

Nicht die Steine waren in sich zusammengesunken, sondern die Erinnerungen, die Geburten, die Toten.

Einige Jahre darauf erwarb ich den Palazzo in der Via Butera, wo ich noch heute mit Licy lebe, doch habe ich ihn nie mit jener Hingabe geliebt wie meinen Riesen.

Obwohl er wunderschön ist und mich mit einem einmaligen Blick aufs Meer beschenkt, gelingt es mir nicht, ihn »Zuhause« zu nennen.

Ein Zuhause ist mehr als ein Dach über dem Kopf, es muss einen erkennen, einen leiten, einen auffangen, wenn man stürzt.

Die Via Butera weiß nichts von meiner Vergangenheit. Sie ist taub für meine Rufe. Meine Wehmut ist ihr fremd.

Sie versteht mein Schweigen nicht zu deuten.

Zweiter Teil
Von links auf rechts gewendet

Das Leben ist ein Traum. Das Erwachen ist unser Tod.

Virginia Woolf

11.

Jch beschloss, noch am selben Abend zur *Donna di fuora* zu gehen. Am Nachmittag weihte ich Antonno ein, weil ich fürchtete, am nächsten Tag – Montag – käme Donna Carmela zurück. Dann wären wir mit Schularbeiten in Beschlag genommen.

Antonno nickte. Der Albatros ebenfalls. Wir fassten einen Entschluss: Vor Sonnenuntergang würden wir uns auf den Weg machen.

Beim Schlag der Pendeluhr zogen wir los.

Wir durchquerten das noch menschenleere Dorf. Die mittägliche Lähmung hatte sich noch nicht verflüchtigt. Es war heiß. Die Fensterblenden waren herabgelassen wie Lider über tausendjährigen Augen. Durch ihre Schlitze spähten die Frauen in die Welt.

Bestimmt beobachtete uns die eine oder andere hinter ihren Vorhängen und fragte sich: Was hat *su' 'ccillenza 'u principe* in den Gassen verloren? Und wer ist der kümmerliche Knirps an seiner Seite?

Ich konnte sie hören, die Stimmen. Sie folgten mir, während Antonno und ich über den Vorhof des Hauses huschten. Dann über die engen Plätzchen, an den Eselstränken und ärmlichen Kräutergärten vorbei. Wer bist du? Was suchst du?, tuschelten sie.

Antonno pflegte zu sagen, die Worte der Frauen könne man nicht hören, sondern sehen. Und es stimmte. In Sizilien wurde mit den Augen gesprochen. Mit den Wimpern geflüstert. Die Augen waren Münder, die Strafe, Frieden und Krieg verkündeten.

Dann kamen wir an. Die Schauspieler hatten ihre Proben beendet. Die Wundertränke begann, vor Sternen zu flimmern. Die *Donna di fuora* klaubte die letzten Dinge zusammen und fegte die Bühne. Sie hatte sich ein frisches Feigenblatt zwischen die Zähne geklemmt und blies es wie eine Tröte. Sie sah uns entgegen. Sie wunderte sich nicht. Sie ließ ihren Rock fallen, den sie gerafft hatte, um sich freier bewegen zu können. Ihre Beine darunter waren nackt. Sie trug nicht einmal Schuhe.

Sie sprach als Erste. »Exzellenz befehlen?«

Ich hatte keine Befehle. Für gewöhnlich gab ich weder welche, noch erhielt ich sie. Der Einzige, der in meinem Haus befahl, war Don Nofrio.

Ich war verwirrt. Dann entdeckte ich sie.

Unsere von der stibitzten Vorhangschleife gehaltenen Rosen standen hinter ihr in einem Eisentopf.

Ich war wie vom Donner gerührt. Sie aber tat so, als wäre nichts. Die Rosen würdigte sie keines Blickes. Auf den Möbeln, die als Requisiten dienten, ließ sie uns Platz nehmen. Ein Tisch, drei Stühle. Ohne ein weiteres Wort zog sie die Karten aus dem Gürtel.

Sie hatte geglaubt, ich wollte die Zukunft erfahren.

Heute sage ich mir, dass die *Donna di fuora* recht hatte. Ich wollte meine Zukunft erfahren, aber auch die Vergangenheit und die von Antonno ebenfalls.

Ich begriff, dass die Kindheit die Zeit der Geheimnisse ist und man erwachsen wird, sobald man sie enthüllt.

Im Übergang zwischen Schweigen und Enthüllung verrinnt die kurze Zeit, die den Kindern gegeben ist.

Ehe sie die Karten legte, ließ die *Donna di fuora* ihre Hände spielen. Sie bewegte sie wie eine Zauberkünstlerin. Sie holte eine Münze aus meinem Ohr. Zog sich ein buntes Taschentuch aus der Kehle. Rief eine Ziege, die ungerührt herbeitrottete. Nestelte einen gläsernen Anhänger aus ihrer grindigen Wolle. Ließ ihn pendeln.

Im Schwingen des Pendels, so sagte sie, stecke die Zeit. Und die Zeit bewege sich vor und zurück. Nur scheinbar schreite sie voran. Manchmal bleibe sie stehen. Dann lächelte die *Donna di fuora.* Die Reihe ihrer weißen Zähne blitzte über unseren verdatterten Gesichtern und dem nahe gelegenen Maisfeld, das die Luft raschelnd mit namenlosen Seufzern erfüllte.

So sollten wir denn unser Schicksal erfahren. Es war zum Greifen nah. Ich würde vom Tod und von der Liebe erfahren.

Ich würde erfahren, wer Antonno war.

Doch Don Nofrio rief. Seine verärgerte Stimme zerbrach den Zauber der Zeit.

Antonno rührte sich nicht. Auch ich hatte Mühe, wieder zu mir zu kommen.

Unter der Last der Vorahnungen und zitternd auf seinen alten Klauen schleppte sich der Albatros hinter mir drein.

An jenem Abend im Bett grübelte ich stundenlang über den Rosenstrauß nach. Wie war er dorthin gekommen? Hatte sein Finder gewusst, dass er für die Auswärtige bestimmt war? Oder hatte die *Donna di fuora* ihn gar selbst mit einem Zauber zu sich geholt?

Antonno bearbeitete sein Holz. Im Schneidersitz hockte er auf dem Bett und entrindete ein Stück Pinie, das er am Nachmittag gefunden hatte.

Als ich ihn fragte, was er schnitzte, sagte er wie immer: »Wolferchen.«

Obwohl ich die Antwort kannte, sah ich ihm zu. Antonno arbeitete mit seinen von wunderschönen Narben übersäten Händen. Wie ein Königsmal. Ich fragte: »Antonno, wo hast du das gelernt?«

Es war das erste Mal, dass ich ihn ausdrücklich nach der Vergangenheit fragte. Zwischen uns herrschte eine Art stillschweigende Übereinkunft. Niemals zurückschauen. Niemals nach vorn schauen. Jetzt leben.

Wir hatten einander nicht einmal gesagt, warum. Man musste so lang als möglich in dem Raum verharren, den die Zeit uns zugestand.

Der Albatros nickte, Antonno blies auf das soeben fertiggestellte Figürchen. Feine Späne regneten nieder und verteilten sich auf der Tagesdecke, auf unseren nackten Beinen.

Es war eine Rose. Eine wiedergefundene Rose.

Ergeben hielt Antonno sie mir hin. Er antwortete nicht auf meine Frage. Er lachte.

Und es bedeutete, dass er weinte.

Die Zeit nach dem Krieg war ein unbekannter Kontinent. Es gab darin keinen vertrauten Bezugspunkt mehr. Weder Dinge noch Menschen. Die einen waren zerstört. Die anderen bestenfalls in alle Winde zerstreut.

Es war das erste Mal, dass ich ohne die mächtige Gegenwart des Riesen leben musste. Und plötzlich ging mir auf, dass der Riese kein Palazzo war, sondern eine innere Welt voll unzähliger Geschichten, von denen manche bekannt, manche unbekannt, aber allesamt bereit waren, über meinen Tod zu wachen.

Und nun, sagte ich mir, nun, da das Haus nicht mehr da war, wo sollte ich sterben? Wer würde im Augenblick des Hinscheidens die noch unerzählten Geschichten über mir ausgießen?

Dieselbe Furcht bedrängt mich auch jetzt. Dieselbe Pein.

Doch es gab andere Sorgen. Mit der Landung der Amerikaner 1943 ging der Zweite Weltkrieg in Sizilien zu Ende. Nur Licy und ich kehrten nach Palermo zurück.

Mutter wollte noch eine Weile in Ficarra und dann im Hotel Santaròmita in Capo d'Orlando bleiben.

Wir fanden derweil ein Zimmer zur Miete im Hochparterre des Palazzo Briuccia an der Piazza Castelnuovo. Unsere Vermieterin war Signora Severina Pagano, die uns großzügig die gesamte Wohnung überließ, obwohl wir nur für ein Zimmer zahlten. Sie sagte, unsere Gegenwart wäre ihrem Mann eine Ehre gewesen. Sie war die Witwe des Verlegers Trimarchi und tat alles, damit wir uns nicht als Gäste, sondern als Freunde der Familie fühlten.

Die Familie der Buchliebhaber, sagte sie.

Dort blieben wir zwei Jahre.

Trotz der Einfühlsamkeit der Witwe Trimarchi waren wir heimatlos. Das Essen war knapp, der Riese lag nur einen Steinwurf entfernt ausgeweidet darnieder, und jede Woche ging ich ihn besuchen. Tag und Nacht schafften die Schakale Zierrat, zurückgebliebene Möbel, Statuen und Marmor fort. Wenn ich sie mit ihren vollgeladenen Karren ertappte, behaupteten sie, sie arbeiteten für die Baubehörde und hätten den Auftrag, die Trümmer zu beseitigen.

Don Totò versuchte, sie aufzuhalten, und widersetzte sich jedem Diebstahl, als würde man ihm einen Arm oder ein Bein abhacken. Er hauste in wenigen Zimmern im ersten Stock und sah dem stummen Raub und der Leichenfledderei noch ohnmächtiger zu als ich.

Doch dank seiner Unbeirrbarkeit, die es mit Don Nofrios aufnehmen konnte, und vor allem aus Liebe zu meiner Mutter gelang es ihm, die Zimmer im ersten Stock bewohnbar zu machen.

Als sie im Frühjahr 1946 aus Capo d'Orlando zurückkehrte, zog sich Mamà wider alle Vernunft in zwei verschonte Zimmer im Halbgeschoss der Via Lampedusa 17 zurück und verkroch sich in der kaputten Seele des Riesen.

Niemand konnte sie davon abbringen.

Sie verschanzte sich in den wenigen noch intakten Quadratmetern und magerte zusehends ab, obwohl Don Totò und seine Frau Pippina sich bemühten, ihr mit dem wenigen, das sie besaßen, appetitliche Mahlzeiten zuzubereiten.

Nur in der allerersten Zeit ging sie noch vor die Tür, um einen Spaziergang zu machen, mühsam hielt sie sich auf den Beinen und trug den Schmuck, der ihr geblieben war.

Pippina machte ihr das Haar und steckte ihr behutsam die Perlenohrringe ein. Das schlaffe Fleisch der Ohrläppchen fügte sich ihrer Berührung, und Mamà lächelte ihrem Spiegelbild zu und erkannte darin einen Splitter ihrer selbst.

Wenn sie, auf Pippinas Arm gestützt, zurückkam, hielt sie am Eingangstor des Riesen inne, streichelte die Mauern und küsste sie. Sie verlor kein Wort, doch ich weiß, dass sie ihm sagen wollte: Ich verlasse dich nicht.

Das letzte Mal ging sie am 2. Juni anlässlich der Volksabstimmung vor die Tür.

Sie stimmte für die Monarchie und legte sich dann für immer ins Bett, wohl wissend, dass die Republik siegen würde.

Donna Pippina gestand sie: »*Pippinuzza, ab morgen bin ich nicht mehr die* principessa. *Dann bin ich zur* Donna Pidda *geworden.*« Donna Pidda *hieß bei uns Sizilianern so viel wie eine x-beliebige Frau, eine von vielen.*

Sie starb kurz darauf, am 17. Oktober, denn auch sie war überzeugt, dass diese Zahl zu ihrem Schicksal gehörte.

Ehe ich ihr die Lider schloss und sie gehen ließ, delirierte sie und glaubte, noch in ihrem Schlafgemach zu liegen, umgeben vom Gold der Rahmen, dem Alabaster des Säulengangs, den farbigen Fresken.

Eine dicke Träne stahl sich aus ihrem Augenwinkel, sie küsste mich, als wäre ich erst wenige Jahre alt, und lächelte mir ohne Kummer zu.

Dann glitt sie sanft davon, den letzten Blick auf die zerschlissenen Kleider und von Mäusen zerfressenen Kleidertruhen geheftet, wie eine wahrhafte Königin in den Trümmern ihres Reiches.

12.

Der einzige Weg, um herauszufinden, was passiert war, war ein Brief an die Cousins Piccolo. Auf dem Gebiet des Übernatürlichen waren Lucio, Casimiro und Agata Giovanna wahre Experten. Gewiss würden sie uns etwas zur *Donna di fuora* sagen können.

In ihrem Haus in Capo d'Orlando beherbergten sie eine ganze außerweltliche Armee. Gnome. Hexen. Gute Geister.

Selbst heute, da sie erwachsen sind und sich für sie – genau wie für mich – zahlreiche Illusionen verflüchtigt haben, sprechen sie noch immer mit Feen. Halten hartnäckig an der Existenz von Kobolden fest. Von Riesen. Von winzigen oder gewaltigen Wesenheiten, die sich im Laub verstecken. Unter der Erde. Im Wechsel der Jahreszeiten.

Sie sagen, es seien selbstlose Kreaturen. Bestrebt, die Einsamkeit der Menschen zu besiegen. Deren Verderbtheit. Das Zurasen auf den Tod.

Damals verstand ich das nicht, noch ahnte ich, dass das Ende auch mir auf den Fersen war.

Gewiss war sich Antonno dessen bewusster, der die Erinnerungen schnitzte, um sie festzuhalten. Um Treibgut zu erschaffen, an dem er sich festklammern konnte. Klägliche Signale, um unseren Nachkommen zuzurufen, dass es uns gegeben hatte, dass wir auf die Dinge der Welt reagiert hatten. Und dass uns die Welt in jenem Sommer aus den Herzen geflossen war.

Also beschlossen wir, ihnen zu schreiben.

Das war leichter gesagt als getan.

Obwohl ich bereits zwei Fremdsprachen beherrschte, hatten sich mir die Geheimnisse des Schreibens dank Donna Carmela erst kürzlich offenbart. Es war ein zehrendes, flehentliches Sich-Verlieben zwischen mir und den Wörtern gewesen. Ein Einander-Erkennen.

Doch mir fehlte die Übung.

Lange Zeit später sollte mir Cousin Lucio, mein Achill, der schließlich Dichter wurde, erklären, dass diese Fühlungnahme mit den Wörtern bereits einer Beschwörungsformel gleicht.

Dass man schreibt, um dem Tod zu entgehen.

Für ihn waren Schriftsteller ewige Scheherazades. Künftige Bräute eines Gemahls, der uns in den Tod schickt.

Doch noch war es der Sommer 1903. Antonno entrindete sein Holz. Ich versuchte einen Brief zu verfassen. Santa Margherita di Belice war unversehrt. Der Fluch, von dem Don Nofrio sprach, erschien weit weg.

Der Albatros wachte.

Und sagte immer wieder: In guten wie in schlechten Zeiten.

Tags darauf versuchten wir unser Glück. Donna Carmela war wieder da. Sie hatte uns erklärt, beim Schreiben müsse man auf die Verbindung zwischen den Konsonanten und den Vokalen achten. Mit dem Krakeln wundersamer Verkettungen verging der Morgen. Mit dem Buchstaben »b«, der das »a« umschloss. Mit dem »c«, das sich mit dem »o« vermählte. Mit dem »q«, das nur das »u« wollte. Die Welt der Wörter entzog sich der menschlichen Logik nicht. Es gab Sätze, die verbanden. Sätze, die trennten. Verrat. Treue. Doch im Gegensatz zur Wirklichkeit, die zu verschleiern schien, dienten Wörter dazu, die Dinge ans Licht zu bringen.

Antonno schienen meine Überlegungen gleichgültig zu sein. Er war einzig darauf aus, einen Brief schreiben zu können, und zwar weil ich es mir wünschte. Seine Welt war ganz einfach. Sie drehte sich um meine Wünsche.

Auch an jenem Abend im Bett hörte ich ihn alles in sich hineinmurmeln, was mich glücklich machen könnte. Brief, Rose, Schrift.

Den ganzen Tag lang hatten wir es versucht. Doch abgesehen von ein paar unzusammenhängenden Sätzen war uns nicht einmal ein Anfang gelungen. Der Brief blieb eine Illusion. Das Verknüpfen von Wörtern ein Mysterium.

Müde von all den Strapazen schlief ich ein.

Ich bekam nicht mit, wie Antonno aus dem Zimmer schlüpfte und die Tür sich hinter ihm schloss. Und auch nicht, wie sich plötzlich ein Rinnsal Licht schräg über mein Bett ergoss.

Ich fiel in einen tiefen, ungestörten Schlaf, und als ich die Augen wieder aufschlug, war der Morgen bereits weit fortgeschritten, die Sonne stand gleißend am Himmel und das Frühstück für mich bereit.

Auf Antonnos bereits gemachtem Bett lag ein Brief mit dem Siegel der Lampedusas.

Ich war verwirrt. Wie hatte Antonno es geschafft, den Brief zu schreiben? Die Handschrift war makellos. Gleichmäßig geschwungen.

Ich versuchte, die Sätze zu entziffern. Sogleich wurde mir klar, dass Lesen einfacher war als Schreiben und dass es mir – wenn auch stockend – gelang, den Sinn zu erfassen.

Vor allem den Empfänger. Der Brief war an meine Cousine Agata Giovanna gerichtet, die Älteste der Piccolos. Die Einzige, die in der Lage war, uns zu erklären, welche Kräfte eine *Donna di fuora* besaß. Ich entzifferte: Konnte eine Auswärtige Gedanken lesen? Gegenstände bewegen? Einen zum Weinen bringen? War sie gefährlich? War es klug, ihr sein Herz zu schenken?

Und: Antworte, liebe Cousine, und zwar schnell und ohne Onkel und Tante etwas zu sagen. Gezeichnet: Seine Exzellenz *'u principuzzu* Giuseppe Tomasi di Lampedusa.

Ich war sprachlos. Antonno hatte jeden meiner Gedanken auf den Punkt gebracht. Er hatte sich regelrecht darin eingenistet. Sie sich auf den Leib geschrieben.

Ich machte mich auf die Suche nach ihm. Ich tastete unter das Bett, doch seine säuberlich zusammengestellten Schuhe waren fort. Ich öffnete den Schrank, um nachzusehen, ob er sich dort versteckt hatte. Ich rannte in die Küche, wo Don Nofrio Memè zur Schnecke machte. Und ins Arbeitszimmer. Vater empfing gerade ein paar Bauern.

Antonno war verschwunden.

Den ganzen Tag verbrachte ich allein und drückte den Brief an mein Herz. Er roch nach ihm. Nach seinem Meeressalz. Nach seinen geflügelten und durchbohrten Schulterblättern. Und nach seinem schiefen Grinsen, aus dem ein fauler Backenzahn hervorblitzte. Nach seinen Augen, die sagen wollten: umarme mich, und stattdessen stammelten: bleib mir vom Leib. So verging der Tag, zwischen Wellen von Dankbarkeit und Betrübnis. Während ich nutzlose Vokale mit Donna Carmela übte. Ohne dass mir irgendjemand eine Erklärung gab.

Wohin war er verschwunden?

Als er zum Abendessen wieder auftauchte, sagte er keinen Ton. Ich seufzte erleichtert.

Erst heute weiß ich mit Sicherheit, dass der Albatros jedes Mal verschwand, wenn er mir einen Gefallen getan hatte.

Aus Furcht, ich könnte ihm »Danke« sagen.

Laut Antonnos Theorie war »danke« ein schwer erträgliches Wort. Es machte zu glücklich. Er sagte es lieber, als es gesagt zu bekommen. Bedankte sich lieber, als Dank zu erhalten.

Das sollte ich noch häufig erleben. Sämtliche Dankesworte, die er nicht hat hören wollen, trage ich in mir. Und in diesen letzten Tagen singen sie meinen wahren Sieg über die Ewigkeit.

Doch damals kannte ich die Gewohnheiten des Albatros nicht. Auch wusste ich nicht, wie wichtig es ist, gerettet worden zu sein, um derart lieben zu können. Ich erfuhr seine Güte. Seine eigenwilligen Marotten. Die krummen Sätze. Und wartete, dass der Brief die lange Reise antrat und seinen Empfänger erreichte. Um dann wieder zu uns zurückzukehren.

Jeder Tag war ein einziges Rätseln: Ob er schon in Cannarozzo ist? Ob er in der Eisenbahn ist? Ob Cousine Agata ihn gelesen hat? Ob sie gerade antwortet?

Die Tage vergingen. Das Geheimnis der *Donna di fuora* verdichtete sich. Sie wusste jedes Mal, wann wir kommen würden. Die Stühle standen für uns bereit. Die Karten des Schicksals lagen schon auf dem Tisch. Das Bühnenbild war abgebaut. Der Kochtopf dampfte auf dem Feuer.

Es schien, als hätte die *Donna di fuora* sämtliche Arbeiten vor unserem Auftauchen erledigt, um uns diesen kurzen, von Don Nofrios gnatziger Besorgnis verlässlich unterbrochenen Augenblick zu widmen. Ungehalten ob unseres ständigen Zuspätkommens, waren ihm unsere Besuche bei den Schauspielern ein Dorn im Auge. Was war überhaupt die Kunst? Eine Improvisation? Ein Zeitvertreib? Das Leben war etwas anderes, grummelte er. Es erschöpfte sich gänzlich in der Pflege der Dinge. Der Menschen.

Die Karten schienen ihm recht zu geben. Besser, man hielt sich an die Dinge. Umsorgte sie. Behütete sie. Für Santa Margherita tauchte immer Der Tod auf. Nicht heute, nicht morgen, sagte die *Donna di fuora*. Aber es würde passieren. Ein Tod, der aus der Erde kommt, die Gewissheiten aus den Angeln hebt, die Fundamente erschüttert.

An jenem Abend rührte Antonno sein Essen nicht an. Und auch in den folgenden Tagen stocherte er nur auf dem Teller herum. Er schnupperte kaum an den vorzüglichen Kalbsschnitzeln, die Mutter extra aus Ficarazzi hatte liefern lassen. Nachts kam er zu mir. Schmiegte sich an meinen Rücken. Trat um sich. Kehrte in sein Bett zurück und schlief mit dem Kopf nach unten. Wenn ich wisperte: »Antonno, leg dich richtig hin, das Blut läuft dir in den Kopf«, antwortete er: »Ich liege doch richtig. Das Blut läuft mir in die Füße.«

Die Karte des Todes mache ihm Bange, sagte er. Und Bange ist für einen Sizilianer mehr als Angst.

Es ist Vorahnung.

Er stapfte durch die mit Ahnenbildern überfrachteten Flure und spürte ihre abgelebten Blicke. Gestorbene Tote, sagte er. Doch gab es auch die lebenden Toten.

Ich war verblüfft. Die Ölgemälde an den Wänden waren für mich nie etwas anderes gewesen als die Wächter meiner Welt. Beständig. Unveränderlich. Seit Jahrhunderten hingen sie dort und zählten die Jahre. Segneten die Neugeborenen. Salbten die Sterbenden.

Diese Verquickung von Anfang und Ende hatte mich stets getröstet. Sie war der Beweis dafür, dass wir in Sizilien mit unverbesserlichem Prunk die Überlegenheit des ständigen Werdens und Vergehens feierten. Die Ewigkeit. Und diesen unabänderlichen Kreislauf hatte ich bis dahin nicht als Niedergang empfunden, sondern als rituelle Wiederholung.

Doch Antonno spürte seine Vergänglichkeit. Seine Flüchtigkeit. Er wollte mich warnen, nicht allzu viel auf das zu geben, was die goldgerahmten Spiegel zurückwarfen. Einen Widerschein, *principuzzu*, ständig auf der Flucht. Bereit, sich aufzulösen.

Er magerte zusehends ab. Die Narben erblühten auf seiner gespannten Haut. Der bereits als Kind gealterte Albatros verlor seine Federn.

Dann kam der Antwortbrief.

Es war einer jener Morgen, an denen der Himmel nicht verlöschen mochte. Unermüdlich brachte die Sonne der Lampedusas weitere tausend marternde Geißelungen hervor.

Während der üblichen Vorbereitung für das Mittagessen ertönte die Stimme des Postboten wie ein Flintenschuss.

»Für den Fürsten«, sagte Don Nofrio und unterbrach Donna Carmelas Unterricht. »Nein«, setzte er fuchsig nach, »nicht für den Herrn Vater. Für den Sohn.«

Wir hielten den Atem an. Der Brief war für mich. Ich schnappte danach. Antonno fasste sich wieder und folgte mir. Wir verdrückten uns in die Bibliothek. Hinter uns hörten wir Don Nofrio mit der Bellina tuscheln.

Der Saal war dunkel. Donna Palidda versuchte, das Licht auszusperren, um die Bücher zu schonen. Sie sagte, nur so könne man sich vor Hitze und Feinden schützen. Durch Barrikaden. Und dennoch war diese Sonne, die uns schwächte und entwaffnete, die uns zum Angriff und zur Verteidigung zwang, auch unser Stolz. Allein wir Sizilianer sind zu strahlen auserkoren, sagte Don Nofrio mit Genugtuung.

Wir allein, sternbeglänzt.

Kaum stießen wir die Fenster auf, brach die Grelle herein. Gnadenlos traf das tödliche Licht die Ebenholzregale. Sie waren nach Genre unterteilt und trugen Schilder für die einzelnen Sparten. Literatur. Wissenschaft. Philosophie. Medizin.

Die Bücher wurden lebendig. Ledergebunden und goldgeprägt drängten sie sich bebend aneinander und bestürmten die Luft mit ihren Wünschen. Von den Borden herab erzählten sie von ihrer Pein der Erwählten.

Ich hörte ihnen zu.

Und inmitten dieser von den geöffneten Fenstern in die Welt zurückgebrachten Stimmen begannen wir zu lesen.

Klinik Villa Angela,
Lungotevere delle Armi 21, Rom
25. Juni 1957

In der Wirrnis jener Jahre gab es einen Lichtblick. Am 11. De-
zember 1944 wurde ich zum Präsidenten des sizilianischen Ro-
ten Kreuzes ernannt, mit der Aufgabe, sämtliche Gesundheits-
dienste wieder auf Vordermann zu bringen und die Unmengen
versehrter Frontheimkehrer zu versorgen.

Fast drei Jahre lang habe ich versucht, das Chaos der Nach-
kriegszeit zu lichten, Ordnung zu schaffen, für Klarheit zu sor-
gen, die Institutionen einzubinden.

Ich erkannte, dass die Kriegsmaschinerie voller Schmarotzer
steckte, besonders im Versorgungssektor, und dass viele auf die
Verheerungen in der Stadt spekuliert hatten. Ich meldete den
Missbrauch, soweit es mir möglich war.

Dann wurde ich zum Rücktritt gezwungen.

Unterdessen nahm auch die Regelung des Nachlasses von Ur-
großvater Giulio ein Ende. Nach über fünfzig Jahren der Rechts-
streitigkeiten konnte man endlich zu der Aufteilung der Anteile
und der Unterschrift der langen Teilungserklärung schreiten.

Tatsächlich blieb nicht viel, doch wurde mir das Castello di
Montechiaro zugesprochen, das allerdings mit erheblichen Auf-
sichts- und Verwaltungskosten belastet war.

An einem strahlenden Morgen, der die Toten unter den
Trümmern wieder lebendig machte, stattete ich dem Kastell mit
Licy einen Besuch ab.

Vor acht Jahren schließlich wurden Licy und ich in der Via
Butera sesshaft, nach dem Tod meiner Mutter lebten wir zum
ersten Mal ganz für uns in einer eigenen Wohnung.

Es ist schon seltsam, dass mein Eheleben erst nach Tragödien, Bombenangriffen und Zerstörung zu einer gewissen Stabilität gefunden hat und dass seitdem nicht einmal zehn Jahre vergangen sind.

So fand die Zeit der Trennung von meiner Frau ausgerechnet dank anderer Trennungen ein Ende.

Angeschlagen und der Häuser unserer Herkunft beraubt, gingen Licy und ich daraus hervor.

Ich hatte meinen Riesen und sie Schloss Stomersee verloren.

Wir begannen, als Waisen zusammenzuleben, und versuchten, einander zu genügen.

Es war nicht einfach.

Der Verlust des Hauses, die Evakuierung und die Umbrüche jener Zeit hatten in mir eine düstere Stimmung wachsen lassen. Ich konnte kaum sprechen, so sehr schmerzte mich der Klang meiner Stimme.

Ich begann, methodisch zu leben und die Tage mit kleinen Ritualen aneinanderzureihen, um die Leere, die sich meines Herzens bemächtigt hatte, mit Sinn zu füllen.

Licy hatte sehr viel besser ins Leben zurückgefunden. Sie hielt Vorlesungen in Psychoanalyse, besuchte Kongresse und empfing Patienten.

Sie fing von vorn an, und ganz Italien erwachte mit ihr.

Ich blieb zurück und hatte Mühe, mich in der Welt, die mir die Nachkriegszeit hinterlassen hatte, zurechtzufinden.

Morgens um Punkt acht Uhr verließ ich das Haus, denn die neue Wohnung verschaffte mir keinen Trost. Lieber verweilte ich in dem einen oder anderen Café. Im Florio, im Caflish und in letzter Zeit in der Pasticceria Mazzara. Manchmal schaffte ich es bis zur Bar des Teatro Massimo, in der es meine Lieblingssüßigkeiten gab.

Doch ganz gleich, wohin ich ging, die Uhrzeiten waren stets dieselben, die Gewohnheiten monoton. Ich saß am üblichen

Tischchen, nippte an meinem Kaffee und aß mein bevorzugtes Gebäck, zog meine Bücher, einige Briefe, meine heiß geliebten Notizen aus der Ledertasche. Ein morgendliches Muss war der Besuch der Buchhandlungen Ciuni, ebenfalls an der Piazza Massimo gelegen, und Flaccovio in der Via Ruggero Settimo. Ich war ständig auf der Suche nach ausländischen Ausgaben, beharrlich darum bemüht, die durch die Zerstörung der Bibliothek in der Via Lampedusa verloren gegangenen Bände wiederzubeschaffen.

Diese Bücher wiederzuerlangen, sie zu lesen und in ihnen zu blättern, war das Einzige, was mir wirklich Heilung verschaffte, Erleichterung in der Dunkelheit, eine Mondsichel in der Nacht.

Freunde traf ich in der Bar genug. Den Baron Enrico Merlo di Tagliavia, den Philosophen Baron Corrado Fatta della Fratta, verschiedene Universitätsprofessoren, darunter Gaetano Falzone, Dozent für die Geschichte des Risorgimento.

Sie fabulierten, polemisierten, lachten, rauchten.

Und ließen mich noch einsamer werden.

Ich tat so, als hörte ich zu, zog an meiner Zigarette und ersetzte die Mienen in der Bar durch die Gesichter meiner Kindheit.

Die Vergangenheit blieb der einzige bewohnbare Ort, das einzige gelobte Land. Die Sonne zerging vor meinen Augen, das Schwatzen der Freunde erklang immer ferner. Und siehe da, der Riese war nicht tot, Palermo war unversehrt, Santa Margherita war wieder das Ziel meiner Sommer.

Während ich Antonno mit seinen ausgetretenen Schuhen und dem schiefen Grinsen aus meinen Erinnerungen auftauchen sah, entschlüpfte mir endlich der Anflug eines Lächelns, ein unmerkliches Zucken, das die Freunde als Zeichen der Zustimmung lasen.

13.

Cousine Agata Giovanna war eine Gartenexpertin. Sie züchtete äußerst seltene Pflanzen. Katalogisierte unauffindbare Stauden. Schon in jenen ersten Jahren des Jahrhunderts kombinierte sie Palermer Glyzinien mit russischen Tannen. Sie liebte es, geographischen und klimatischen Widrigkeiten zu trotzen. Sie schlug dem Regen und der Trockenheit ein Schnippchen und brachte den Gang der Natur aus dem Takt.

Jahre später sollte sie die Erste sein, die die Riesenbromelie nach Sizilien holte. Sie wusste, sie würde sie niemals in Blüte sehen, denn die Bromelie erblüht erst mit hundertfünfzig Jahren, um gleich darauf zu sterben.

Doch schon damals säte Agata Giovanna für die anderen. Sie sagte, der Samen sei dazu berufen, sich für die Zukunft aufzusparen. Der Vergangenheit ihren Stachel zu nehmen.

Vielleicht gehorchten die Pflanzen ihr deshalb. Mehr noch als an das Klima gewöhnten sie sich an ihre Zärtlichkeiten. An den arabisch und normannisch gefärbten dialektalen Singsang. An die Vertraulichkeiten, die sie erfuhren und im Saft ihrer Stängel speicherten. In den Töpfen, in denen ihre unverständige Seele wohnte.

Die auf dreitausend Metern gedeihende Bromelie gab sich mit der salzigen Luft Siziliens zufrieden. Auf den Gipfeln der Anden entwurzelt, auf denen sie ihre Klagen gen Himmel schickte, stieg sie in das irdische Reich der Mythen herab. Passte sich der Trägheit unserer heidnischen Salongottheiten an. Hüstelte unverständliche Bekundungen der Langeweile.

Und wollte dennoch nicht auf Agata Giovannas Fürsorge verzichten.

Der Brief war Ausdruck ihrer Freundlichkeit. Grüße an die lieben fürstlichen Eltern. Grüße an den unverwüstlichen Don Nofrio, den letzten waschechten Sizilianer. Und an seine Gemahlin, die riesige Donna Palidda.

In jenem Sommer war meine Cousine dreizehn Jahre alt. Sie war schön, zerstreut und klug. Noch war nichts geschehen.

Agata Giovanna wusste, dass Pflanzen das Mysterium kennen. Dass sie eine innere Uhr besitzen. Dass sie, ohne etwas zu sehen, den Tag von der Nacht unterscheiden können. Und in ihrer Blütenkrone die Vorzeichen eines guten oder schlechten Tages hüten.

Deshalb verwunderte meine Schilderung sie nicht. Und auch nicht, dass die Rosen beschlossen hatten, zu einer *Donna di fuora* zu gehen. Wie sie dorthin gekommen waren, war unwichtig. Es zählte nur, dass die Rose der Liebenden die Blume der Venus war. Sie symbolisierte Hingabe. Liebe. Stürmische Leidenschaft.

Eigenschaften, die man den Auswärtigen zuschrieb. Dreiunddreißig insgesamt, erklärte sie mir. Diese Wesen widmeten sich dem Glück der anderen. An ihrer Spitze stand eine Frau aus Messina, eine Mutter womöglich. Wollte man eine schöne Dame empfangen, musste man das Haus mit Weihrauch, Lorbeerblättern und Rosmarin beräuchern. Die rechte Uhrzeit war vor Mitternacht.

Allerdings sollte man keine Frau aus Fleisch und Blut erwarten, mahnte sie.

»Diese Frauen reisen als Geist, sie gehen durch geschlossene Türen, kriechen durch Schlüssellöcher. Sie sind Rauch«, schrieb Agata Giovanna. »Aber guter Rauch.«

Wir hörten auf zu lesen.

Es hatte unser sämtliches Können erfordert, jedes Wort zu verstehen und die Sätze miteinander zu verknüpfen.

Während wir auf allen vieren unter dem Bibliothekstisch kauerten, ließ das Fenster endlich einen Lufthauch ein.

Die Seiten der Bücher erschauderten. Sie raschelten wie Laub, leicht und befreit. Antonno hatte wieder Farbe bekommen. Er sagte, nicht der Wind bewege das Papier, sondern das Papier reibe sich am Wind.

Als wir vor dem Hinausgehen die Fensterläden schlossen, senkte sich die Finsternis wieder wie eine Glocke über die Bibliothek.

Nach dem Mittagessen taten wir so, als legten wir uns zur Ruhe. Wie immer war der Nachmittag brütend heiß. In der Ferne war der heisere Schrei einer Krähe zu hören. Er verhieß, dass ein Sandsturm aufzog.

Von Zeit zu Zeit kam das vor. Wirbel roter Sandkörner wehten aus Marokko heran, legten sich über das sizilianische Land und erschufen Dünen, in denen die keuchenden Esel bei jedem Schritt versanken.

Deshalb, dachte ich, gingen die *Donne di fuora* nur nachts hinaus. Um diesem Feuer zu entgehen.

Wir stahlen uns fort. Ich führte Antonno zu einem schottrigen Feld jenseits des Gartens der Erinnerungen, auf dem der Sand eine flammend heiße Wüste erschaffen hatte. Sie ließ sich nur stolpernd und rutschend erklimmen.

Wir waren schweißgebadet. Die Nachmittagsglut ließ ihre geballte Bosheit auf uns niedergehen.

Keuchend kraxelte Antonno den Sand empor und lachte beim Abstieg. Statt »ich will hinauf« sagte er: »ich will hinunter«. Er ließ zu, dass die Füße ihren Halt verloren. Dass diese unverhofften Wüstenberge uns verbrannten und erschöpft zu einer Wasserstelle trieben.

Antonno und ich rissen uns die Kleider vom Leib und stürzten uns ins eisige Nass, ohne uns um die Kaulquappen zu scheren, die mit den Schwänzen schlugen, oder um die Mücken, die über die Oberfläche glitten. Das Wasser stand nur wenige Fingerbreit hoch, doch seine Kälte besänftigte die erhitzte Haut, reinigte sie, heilte uns von der Angst.

Denn Angst hatten wir.

Erfrischt saßen wir unter dem Laub einer Mimose und fassten einen Entschluss.

Wir würden Weihrauch verbrennen. In der Nacht würden wir die *Donna di fuora* rufen. Unsere Hände zitterten. Das Herz zerriss uns die Brust. Was würden wir sie fragen?

Ich wollte etwas über den Tod erfahren. Über jene Tage rund um den 5. Januar, an denen Mutter weinte. Über die Trauer, die in Sizilien einer priesterlichen Ordination, einer königlichen Investitur gleichkam. Unsere Toten trugen die liturgischen Paramente, die prunkvollen Kleider heiliger Feiern. In Palermo setzte man sie in das Putridarium, um Wasser und Blut abfließen zu lassen. Dann wurden sie in die Katakomben der Kapuziner gelegt, als wären sie noch lebendig, die Männer auf die eine, die Frauen auf die andere Seite. Die Hauptmänner in Galauniform. Die Jungfrauen im Brautkleid. Die Kinder mit ihrem Spielzeug. Wir mischten das Leben mit dem Tod, als würde man Formalin mit Alkohol, Salizylsäure mit Zink vermengen. Mein Cousin Casimiro, der Spiritist, hatte eine Mischung entwickelt, die die Arterien versteifte. Der Tod nahm Reißaus. Die Leichen blieben versteinert und ratlos zurück. Sie erschauderten. Sangen Gebete, zum Staunen der Verewigten.

»Und du, Antonno? Was willst du fragen?«

Wie immer antwortete er nicht.

So war der Albatros. Auf eine direkte Frage antwortete er manchmal erst Tage später.

Im Schatten verfolgte er den Flug einer Fliege. Er nannte sie Ameise. Er behauptete, wenn sie stürbe, verlöre sie die Flügel. Dann zog er sich wieder an. Schloss die Knöpfe verkehrt herum. Wie oft hatte ich ihm dabei zugesehen. Er sagte, auf diese Weise reibe er das Glück ins Hemd.

Erst viele Stunden später antwortete er mir. Mit Verspätung und deshalb überzeugt, früh dran zu sein.

Er wollte nur eines wissen.

Ob der Albatros ebenso lang leben würde wie sein Fürst.

In meinem Herzen hatte die Nachkriegszeit keine bestimmte Dauer. In den fünfziger Jahren gehörte die Kriegserfahrung für die restliche Insel bereits der Vergangenheit an. Ich hingegen kämpfte noch mit den Trümmern. Die lange Entbehrung alles Notwendigen hatte seltsame Marotten in mir entfacht. Ich sammelte Krawatten, obwohl ich nur eine einzige trug. Bewahrte zu Bruch gegangene Gefäße auf. Verkroch mich stundenlang im Kino, häufig allein, um mir von der Leinwand vorgaukeln zu lassen, ich lebte in einer anderen Dimension.

Meine innere Zeit hinkte ständig hinterher, unfähig, sich dem Leben der anderen anzugleichen. Sie schien der Wirklichkeit zuwiderzulaufen. Je schneller diese sich bewegte, desto langsamer und holperiger wurde meine Zeit.

Meine Zeit lief rückwärts. Ganz ähnlich der von Antonno.

Nur wenn ich Palermo verließ, konnte ich mich in die Wirklichkeit einfügen, denn das Reisen erlaubte es mir, mich dem Takt der anderen anzupassen. Nach dem Krieg wurden die Reisen jedoch seltener, die Möglichkeiten waren begrenzt und das Geld knapp.

Nur hin und wieder begab ich mich zu den Piccolo-Cousins nach Capo d'Orlando, wo auch der Hundefriedhof war, auf dem ich meinen Crab begraben hatte.

Ich hatte ihn 1943 verloren, und zwar so, wie Antonno mich den Verlust der Dinge gelehrt hatte: nur aus den Augen.

In meiner Erinnerung ließ ich ihn wieder lebendig werden, setzte meine Spaziergänge mit ihm fort, steckte ihm Essensreste unter dem Tisch zu und ließ ihn in meinem Bett schlafen. Als Antwort flöhte er sich gekonnt das Fell und fuhr fort, grundlos zu bellen, aus schierer Freude, bei mir zu sein.

Auch auf den Seiten meines Leoparden, *in dem ich ihm den Namen Bendicò gab, fand er sich verlässlich wieder.*

Ich glaube, das ist der wahre Grund für meine Langsamkeit. Das Widerstreben, die Erinnerungen loszulassen; der Hang, sie so festzuhalten, dass die Gegenwart keinen Zutritt erhält.

Womöglich war das auch der Grund dafür, dass ich mich in jenen Jahren so gut mit Bebuzzo verstand.

Sein vollständiger Name lautete Pietro Emanuele Sgàdari di Lo Monaco, er war ein Baron und entfernter Verwandter. Doch schon von klein auf hatte man ihn Bebuzzo genannt, und der war er stets geblieben.

Wegen einer unbewussten Vorliebe für alles, was sich in der Verschleierung offenbart, pflegt man in Sizilien die erfundenen den wahren Namen vorzuziehen. Bebuzzo nannte sich so, weil er ein Baby geblieben war. Und in jenen Tagen beruhigte mich das, was mich in die Vergangenheit zurücktrug, sehr viel mehr als das, was mich zum Weitergehen zwang.

Deshalb mochte ich Bebuzzo, er war der Zeit enthoben. Oder hinkte ihr hinterher.

Er war ein Patient von Licy gewesen, doch wahrscheinlich konnte keine Therapie ihn wirklich ändern.

Korpulent, schieläugig und stets zu Scherzen aufgelegt, zeigte er sich seinen Freunden gegenüber gern großzügig. Er war ein eingefleischter Junggeselle und liebte jede Form von Musik. Obwohl er als Musikkritiker des Giornale di Sicilia *eine umfassende Bildung im Bereich der klassischen und der Opernmusik besaß, pfiff er neapolitanische Romanzen, lauschte fröhlich den Kapellen, und sobald er in den Palermer Gassen ein arabisches Lied oder eine normannische Weise aufschnappte, stürzte er begeistert hinzu und schlug die Anwesenden mit seiner Stimme in den Bann.*

Sein Bariton besaß sanguinische Klangfülle, und wenn er Cello spielte, drückte er es an sich wie einen Frauenkörper. Er streichelte es und ließ es erbeben.

Am Ende des Stückes sagte er voll ironischer Verzweiflung, er habe es geliebt wie hingestreckt auf einem Lager.

Bebuzzo wohnte am Corso Domenico Scinà, direkt am Largo Edoardo Alfano. Es war ein trutziger Palazzo aus dem 18. Jahrhundert mit riesigen Salons, in denen der Hausherr alles Mögliche sammelte: Bilder, alte Fotografien, Autographen, Fayencen, rare Schallplatten und vor allem Bücher.

Bebuzzos Bibliothek umfasste vierundzwanzigtausend Bände, um die sich mit der Zeit ein regelrechter literarischer Salon gebildet hatte.

Zu seinen eifrigen Besuchern gehörten zahlreiche blutjunge Studenten und Künstler aller Art: der Baron Francesco Agnello, Musikwissenschaftler, Antonio Pasqualino, Vorsitzender des Vereins zur Brauchtumspflege, seine Schwester Beatrice, Malerin, Francesco Orlando und – vor allem – Gioacchino Lanza Tomasi, mein Giò.

14.

Der Lorbeer wuchs im Garten der Erinnerungen. Der Rosmarin auf dem Küchenbalkon. Donna Palidda umhegte ihn hingebungsvoll. Sie sagte, er sei ein Allheilmittel. Gegen Kleidermotten, Teufel und liederliche Frauen.

Denn Donna Palidda lebte in der Angst, Don Nofrio könnte sie im Geiste und im Fleische betrügen.

Also hatten wir Lorbeer und Rosmarin, die ersten beiden Zutaten, um die *Donna di fuora* herbeizurufen. Fehlte nur noch der Weihrauch. Wo wir den finden sollten, war uns schleierhaft. Den einzigen Weihrauch, von dem wir wussten, gab es in der Kirche. Doch nicht im Traum hätten wir gewagt, den Pfarrer darum zu bitten.

Wir wussten nicht, dass Weihrauch eine Pflanze war. Wir hielten ihn für Rauch, gefangen in den goldenen Räucherfässern des Gottesdienstes. In den Aspergillen der Heiligen.

Wir zerbrachen uns den Kopf darüber, wie man ihn einfangen könnte. Mit Netzen? Mit Salz? Mit dem Aalkescher?

Er war ein Rätsel. Unsichtbar strich der Weihrauch in sich kräuselnden Bauschen über unsere Köpfe. Er war noch ungreifbarer als die *Donna di fuora* und zwang uns, die Durchführung des Zaubers von Tag zu Tag zu verschieben.

Unterdessen herrschte Aufregung im Haus, Don Nofrio war von nervöser Geschäftigkeit ergriffen. Er besprach sich mit dem Notar, disputierte über die Aufteilungen von Lehen und Baronien, brüllte zornentbrannt: »Memèèè!«

Mutter rief ihn zu sich. Sie schlossen sich im Arbeitszimmer ein. Vater verließ diese Zusammenkünfte mit finsterer Miene. Es gab keinen Zweifel. Die geballte Anspannung in der Luft konnte nur eines bedeuten.

Onkel Alessandro war auf dem Weg nach Santa Margherita.

Der Bruder meiner Mutter, Alessandro Tasca di Cutò, war der Revoluzzer der Familie. Seit seiner Jugend war er in der sozialistischen Partei aktiv.

Der rote Fürst, so wurde er genannt.

Er hatte Napoleone Colajannis Blatt *L'Isola* finanziert. Die Zeitung *Gibus* gegründet. War wegen seiner politischen Ideen verhaftet worden. Wieder auf freiem Fuß, hatte er den Senator Paternò beschuldigt, sein Amt als Bürgermeister von Palermo für unlautere Machenschaften missbraucht zu haben. Er war vor Gericht und abermals im Gefängnis gelandet. Seine Freilassung war von der Arbeiterunion mit einem großen Festessen im Chalet delle Sirene gefeiert worden.

Als er wieder nach Hause kam, hatte er keine Miene verzogen. Er hatte sich die Hemdsärmel aufgekrempelt und eine Rhabarber-Zigarre zwischen die Finger geklemmt. Als er sie ausdrückte, hatte er der Familie mitgeteilt, dass er seine oppositionelle Tätigkeit fortführen werde.

Onkel Alessandro regte zum Träumen an.

Er war respektlos, innovativ, großzügig. Das Geld rann ihm durch die Finger. Voller politischer Leidenschaft finanzierte er aufmüpfige Zeitungen. Unterstützte aussichtslose Kandidaten. Verteilte in den armen Gegenden Palermos Brot und Mehl.

Er begehrte gegen soziale Ungerechtigkeiten auf und verprasste sein Geld für Kleidung und Reisen. Er griff den Bauern unter die Arme und verwettete schwindelerregende Summen beim Pferderennen. Er liebte die Armen ebenso wie das feine Leben.

Er war modern und altmodisch, revolutionär und bequem, bedürftig und steinreich. Er verfolgte Friedensideale und sammelte Flinten und Karabiner aus dem 18. Jahrhundert. Es war ihm gleich, ob er auf Schmarotzer oder auf Hasen schoss.

Er konnte entwaffnend sein.

Wenn ein Familienvater starb, nahm er dessen Frau und die Kinder als Hausangestellte auf. Er gab ihnen eine Unterkunft, ein Gehalt, eine Zukunft. Er ließ sie lernen.

Die selige Großmutter Giovanna hatte ihn vergöttert.

Kein anderer hatte ihr so viele Sorgen bereitet. Kein anderer sie so zum Lachen gebracht.

In jenem Sommer 1903 hatte er das Gefängnis erst kürzlich verlassen und sich als Erstes ein Automobil gekauft.

Es war ein Fahrzeug des italienischen Herstellers Stae mit hustendem Motor und einer Höchstgeschwindigkeit von dreißig Stundenkilometern.

Als er hupend in Santa Margherita einfuhr, stoben Don Peppino Lomonacos Hühner verschreckt auseinander. Der Pfarrer glaubte, der Krieg sei ausgebrochen, und ließ die Glocken Sturm läuten. Don Nofrio sperrte uns alle in den Keller und bewaffnete sich mit einem Stock.

Nur meine Mutter erkannte ihn.

Während das halbe Dorf sich vor Angst verkrochen hatte, trat sie auf den Schotterplatz vor dem Haus hinaus. Sie spähte nach der Staubwolke in der Ferne und wartete ungerührt, bis dieser ungebührliche Träumer von einem Bruder mit quietschenden Reifen vor ihr hielt.

Einen Millimeter vor ihrem Rocksaum kam Onkel Alessandro zum Stehen und nahm die Fahrerbrille ab. Er starrte vor Dreck und Leben, vor Armut und Verschwendung.

Sämtliche Widersprüche Siziliens waren frohgemut in ihm vereint.

Großmutter Giovanna hatte Onkel Alessandro zum Alleinerben ihrer Besitztümer ernannt. Abgesehen von den Pflichtanteilen der Töchter gehörte das Familienvermögen ihm.

Don Nofrio verwaltete es getreulich, verzeichnete jede noch so kleine Geldbewegung, führte fein säuberlich Buch und behielt Soll und Haben fest im Blick.

Der Onkel trieb ihn zur Verzweiflung.

Eifrig und gewissenhaft legte Don Nofrio ihm jedes Jahr das Nachlassverzeichnis vor, in der Hoffnung, sein Verantwortungsgefühl zu wecken.

»Fürst, ich darf Euch mitteilen, dass Eure Mutter, die Fürstin Giovanna, Euch Folgendes hinterlassen hat: den Palazzo am Corso Vittorio Emanuele in Palermo, die Güter Aquila, Carcara und Ficarazzi, den Palazzo Cutò, Häuser in Sant'Antonio, Sant'Erasmo, Terranova, das Haus in Bagheria, Erträge in Santa Margherita und in Altarello, eine Wassersteuer, ein Mehrfamilienhaus in der Baronie von Tusa, Vermögen in Altavilla, Lucca Sicula, Montelepre, zahllose Immobilien in Monreale, Ravanusa, Casino Cutò und Platamone.«

Als er ihn unbeeindruckt sah, räusperte Don Nofrio sich und fuhr fort: »Brillanten, Möbel, Kunstgegenstände in den Palazzi von Santa Margherita, Bagheria, Venaria, Güter mit einem Schätzwert von 2 379 561 Lire. Doch Ihr, Fürst Alessandro, schlingt sie auf.«

Onkel Alessandro legte ihm den Arm um die Schultern. Küsste ihn auf die Glatze. Das war nicht schwer, denn Don Nofrio war winzig.

Er lachte: »Wie kann es sein, Nofriuzzu, dass in einem laufenden Meter wie dir ein ganzer Rechnungshof Platz hat?«

Don Nofrios Stimmung verfinsterte sich, er hackte auf Memè herum und sah – wie immer – die Pleite voraus.

So standen die Dinge, als der Onkel mit seinem Automobil aufkreuzte. Das Erbe war noch nicht aufgeteilt. Zudem hatten seine Gläubiger es auf die Anteile meiner Mutter abgesehen.

Don Nofrio sagte: »Fürst, Eure Schwester müsst Ihr heraushalten. Wenn Ihr mir vertraut, kümmere ich mich um die Teilung, unter Berücksichtigung des Pflichtteils.«

Und so geschah es.

Don Nofrio hatte einen ersten Teilungsplan ausgearbeitet. Seine Genauigkeit und Ehrlichkeit hatten den Notar sprachlos gemacht. Und nun kam der Onkel, um die letzten Einzelheiten zu besprechen.

Doch als er aus dem Auto stieg, sah er aus, als ginge er auf ein Fest. Der Gehrock aus feinster Baumwolle. Der oberste Westenknopf nonchalant geöffnet. Hosen mit Aufschlag, eine Blume im Knopfloch.

»Bice …«, sagte er zu meiner Mutter, als Kurzform von Beatrice, und küsste sie auf den Hals, wie er es als Kind getan hatte. »Bice, ich habe gehört, in Santa Margherita wird dieses Jahr Theater gespielt. Ich kann die Premiere kaum erwarten.«

Meine Mutter wurde weich.

Onkel Alessandro schien vergessen zu haben, weshalb er gekommen war. Und so konnte ihm trotz der finanziellen Verluste, die er der gesamten Familie aufbürdete, nie jemand böse sein. Sein reuiger Blick brachte alle dazu, ihm eine weitere Chance zu geben.

Meine Mutter rief Don Nofrio. »Nofriuzzu, gebt Alessandro sein Zimmer.«

Don Nofrio gehorchte mürrisch, noch immer halb verschreckt wegen des Automobils.

Onkel Alessandro umarmte ihn ebenfalls, nahm einen tiefen Zug Sonnenlicht und fügte hinzu: »Holt die Schauspieler her. Ich will mit ihnen sprechen.«

Onkel Alessandro hatte das Problem für uns gelöst. Ohne Hexenwerk und ohne das Verbrennen von Weihrauch und Rosmarin hatte er die *Donna di fuora* ins Haus geholt.

Die von Don Nofrio in Kenntnis gesetzte Kompanie fand sich pünktlich ein. »Seine Exzellenz der Fürst Alessandro will mit euch sprechen«, hatte er gesagt.

Daraufhin hatten sie ein Bad im Bottich genommen. Sich die Haare gekämmt. Der Prinzipal hatte sich die Nägel gebürstet. Sie waren schwarz vor Dreck gewesen. Die *Donna di fuora* hatte ihre Mähne zusammengebunden. Die liederlichen Locken fielen ihr nicht mehr fröhlich in die Stirn. Jetzt waren sie zu einem mit Bändern gespickten Zopf geflochten.

Sie präsentierten sich zurechtgemacht und zutiefst ergeben. Eingehüllt in schwachen Seifenduft, der den Gestank der Ziegen übertünchte. Von denen gab es an der Wundertränke viele. Sie grasten hinter den Kulissen.

Onkel Alessandro sagte: »Was bringt ihr auf die Bühne?«

Die *Donna di fuora* ergriff das Wort. Sie sprach leise. Ehrerbietig. »Das ist eine Überraschung, Exzellenz.«

Onkel Alessandro war verblüfft, dass nicht ihr Ehemann antwortete. Doch das gefiel ihm. Frauen faszinierten ihn.

Deshalb schlug er einen schmeichelnden Ton an, als er antwortete: »Ist es, von dieser Überraschung abgesehen, möglich, euch ein weiteres Stück aufzutragen? Die Kosten übernehme ich.«

Don Nofrio wurde blass.

Wenn der Onkel *die Kosten übernehme ich* sagte, bedeutete das nur eines: Er, Don Nofrio, musste sich darum kümmern.

Die *Donna di fuora* ließ einen Seufzer vernehmen. Ein Stöhnen, das mich mit Schwermut erfüllte.

Sie fragte: »Welches Stück verlangt Ihr?«

»Die Kameliendame«, versetzte der Onkel kühn und verführerisch.

Klinik Villa Angela,
Lungotevere delle Armi 21, Rom
27. Juni 1957

Auch heute habe ich von Antonno geträumt.

Im Morgengrauen war ich bereits auf und konnte nicht mehr einschlafen.

Seine Gegenwart ist immer noch so spürbar wie die Nacht.

Ich habe den Traum nicht mehr deutlich vor mir, doch ich bin sicher, dass der Albatros ein Buch las. Verkehrt herum blätterte er die Seiten um, von hinten nach vorn.

Als er bei der ersten Seite anlangte, hat er gelächelt, den Band zugeschlagen und ihn mir in die Hände gelegt.

Es war mein Roman, Der Leopard.

Ich habe keine Ahnung, was diese Vision bedeuten soll.

Vielleicht ist es die Furcht vor der Antwort von Einaudi. Schon seit Monaten warte ich darauf und bin sehr nervös. Die Ablehnung von Mondadori im vergangenen Dezember hat mich mehr verletzt, als ich mir habe anmerken lassen. Giò mahnt mich zur Ruhe, er ist sich meines literarischen Erfolgs gewiss. Doch ich spüre, dass die Zeit sich an allzu glatte Wände klammert, bei jeder Bemühung drohe ich hinabzustürzen.

Giò ist ein Geschenk, das ich Licy verdanke.

Sie hat mich dazu ermuntert, den blutjungen Studenten, die sich bei Bebuzzo versammelten, Literaturstunden zu geben.

Inzwischen waren mindestens zehn Jahre seit dem Tod des Riesen vergangen. Palermo kam wieder auf die Beine, manche Palazzi wurden wiederaufgebaut.

Das häusliche Leben hatte sich gleichsam eingependelt. Meine Routine bestand darin, des Morgens mit meiner verbeulten, un-

förmigen Ledertasche das Haus zu verlassen; dieselben Freunde in denselben Bars zu treffen; die Bände aus der Bibliothek zu lesen, die ich nach der Plünderung mühsam wieder zusammentrug.

Licy war nicht entgangen, dass sich meine Stimmung nur in jenen Momenten aufhellte, in denen ich mit den begabtesten Jungen aus Bebuzzos Zirkel über Literatur sprach.

Dann ließ mich die Unterhaltung aufleben. Riss mich aus meiner Stummheit.

Von ihnen war Francesco Orlando der Brillanteste.

»Muri, wieso bietest du ihm nicht Privatstunden an …«, schlug meine Frau vor, mit Betonung auf dem Wort »Muri«.

»Na schön«, entgegnete ich zögernd und nur, weil sie mich »Muri« genannt hatte, was in unserer Sprache eine Abkürzung von »Amuri« – Liebster – ist.

Doch ich sollte meine Meinung ändern.

Das Unterrichten glich einem Akt der Versöhnung, einem Anfang, der in der Kette von Ereignissen, die mich bis dahin geführt hatten, bereits vorgezeichnet schien. Er schlug eine Bresche und ließ die Narben verheilen. Vor allem barg er einen unsichtbaren Appell: Aus dem Dunkel rief er die Schatten zurück ins Licht.

Plötzlich begriff ich, was Antonno gemeint hatte, als er murmelte, Unterrichten sei nur eine andere Art zu lernen.

Ich fing an, Francesco Privatstunden in englischer Grammatik zu geben. Dreimal pro Woche, von achtzehn Uhr bis zur Abendbrotzeit, ließ ich ihm die gleichen sprachlichen Erkenntnisse zuteilwerden, die mir vor langer Zeit Donna Carmela offenbart hatte. Wenngleich das Englische mehr Virtuosität verlangte als das Italienische. Es gab Wörter, die sich mit einem einzigen Vokal verwandelten, und es machte mir Spaß, ihn sie hersagen zu lassen, wie ich es als Kind getan hatte: pat, pet, pit, pot, put. Oder auch bag, beg, big, bog, bug.

Dann, Schritt für Schritt und als wohnte die Sprache einzig

in den Geschichten, wechselten wir von der Grammatik zur eng-
lischen Literatur, und Orlando wurde vom Schüler zum Ideen-
geber.

Francesco war jung, doch hinter seinem unliebsamen Alter
verbarg sich das Gespür eines reifen Kritikers. Wenn ich sprach,
schraubte er die Kappe seines Füllers ab, um sich Notizen zu
machen, und biss sich auf die Zunge. Doch seine Blicke waren
zu lösende Knoten, Worte, die durch das Fleisch stachen.

Er war ein aufmerksamer Zuhörer, ein Spürhund der Wahr-
heit.

Nie ließ er sich vom Schein trügen. Er sezierte die Dinge, zer-
legte sie. Einmal sagte er mir, er habe lange geschwankt, ob er sich
für Musik oder Literatur entscheiden sollte. Er spielte Klavier und
sang, und dennoch, was war mit dieser Stille, die in ihm wohnte?
Die Literatur brachte Leere und Fülle zusammen, das Ungesagte
und das Gesagte, die Harmonie und die Dissonanz. Auf links ge-
dreht enthüllte sie. Auf rechts gedreht provozierte sie. Was hatte
es damit auf sich, dass er, wie im Sterben, den Schwindel von Zu-
gehörigkeit empfand?

Ich hörte ihm zu, und etwas in mir gab nach. Er ist ein wah-
rer Schriftsteller, dachte ich bei mir. Ein Mann, der das schmerz-
hafte Mal der Dichtung trägt.

Und eines Tages gab ich mir in meinem Arbeitszimmer einen
Ruck.

Zögerlich nahm ich den Leoparden *aus der Schublade, die*
erste Fassung.

Ich hatte sie mit der Hand auf Briefpapier verfasst und recht
und schlecht gebunden. Obwohl ich mich um möglichst wenige
Streichungen bemüht hatte, strotzten die Seiten vor Überarbei-
tungen, drängenden Randnotizen, Fluchten und Kehrtwenden.
Auf das Deckblatt hatte ich nur den Titel ohne meinen Namen
gesetzt, und zwischen den Kapiteln steckten leere Blätter, die ich
erst in den kommenden Monaten füllen sollte.

Doch trotz dieser Unvollkommenheiten hätte ich es soeben fertiggestellt, gestand ich ihm erleichtert.

»Francesco, hätten Sie die Geduld, es zu lesen?«

Francesco las, kommentierte, befand, wir müssten es mit der Maschine abschreiben, und erklärte sich dazu bereit.

Jeden Nachmittag tippte er meine Worte, die Kapitel, in denen Don Fabrizio die Sterne betrachtet, mit Pater Pirrone spricht oder vor Liebe für Tancredi brennt. Während ich ihm diktierte, lebte der Roman von dem gnadenvollen Übergang meiner Stimme zu Francescos Fingern, von meiner Welt zu seiner, von meinem Alter zu seiner Jugend.

In diesem Übergang, der einer testamentarischen Hinterlassenschaft gleichkam, war Francesco Schreiber und Dolmetscher, Notar und ein Priester, der den Sterbenden die letzte Ölung erteilte.

Die Zeit verflog, die Monate vergingen, es war wieder Winter.

Der Studienkreis vergrößerte sich um weitere Schüler, um Antonio und Beatrice Pasqualino, Francesco Agnello und Gioacchino Lanza, meinen Giò.

Während ich die jungen Leute in dem Zimmer mit Meerblick unterrichtete, empfing Licy ihre Patienten in der Bibliothek, wo sie auch Kurse für angehende Psychiater gab.

Das Haus öffnete sich einem bunten, berückenden Kommen und Gehen. Das Leben schien entschlossen, eine späte Revanche zu nehmen.

An der Tür wurden die Gäste vom Hausdiener Giuseppe Giubino empfangen, der jedem ein maßvolles Lächeln schenkte, einen Anflug aufrichtiger menschlicher Zuneigung bei Francesco und Giò jedoch nicht unterdrücken konnte.

Ehe die Schüler eintrafen, bereitete ich Notizen, kleine Skripte und Denkanstöße vor, die sie anregen und zur Auseinandersetzung ermuntern sollten.

Und ohne es zu merken, rüstete sich die Seele für eine unge-
heure Lebensbilanz, für die drängende Notwendigkeit, Worte zu
formen und auszusprechen, mit denen sich besingen ließ, was
mich so weit gebracht hatte. Der Schmerz, aber auch die Liebe.
Der Niedergang, aber auch der Wiederaufstieg. Der Krieg, aber
auch jener Frieden, der aus überlebenden Zeichen, aus dem Ho-
locaust entronnenen Seiten und aus Worten gemacht war, die
fahren zu lassen sich die Toten nicht zu überwinden vermochten.

Es war, wie Antonno gesagt hatte: Ich unterrichtete, doch zu-
gleich lernte ich, die verronnenen Jahre zu zählen, Epitaphe zu
verfassen, den Trümmern einen Namen zu geben.

Den Anfang machten die Schriftstellerinnen. Die heiß geliebte
Virginia Woolf, aber auch Rosamond Lehmann und Elizabeth
Bowen. Unweigerlich ging es dann zu Proust, der im Gegensatz
zur Woolf eine vergangene, nicht im ständigen Werden und
Wachsen begriffene Zeit beschrieb. Dann erörterte ich meine Theo-
rie, die die Schriftsteller nach ihrem mehr oder weniger barocken
Stil in Dicke und Dünne, Hagere und Fleischige unterteilte.

»Rabelais?«, fragte ich herausfordernd.

»Fleischig«, antwortete der treffsichere Francesco Orlando.

»Und Stendhal?«

»Klapperdürr«, sagte Orlando lachend.

»Und Shakespeare?«, setzte ich provokant nach.

Und hier hatte nur Giò die Wahrheit im Ärmel, denn der ge-
liebte Shakespeare war dick, ja, fett geradezu, aber zugleich ha-
ger und essenziell, im Gewöhnlichen poetisch, im Erhabenen
unmissverständlich.

Giò lachte herzlich und zog ein Päckchen meiner Lieblings-
zigaretten Nazionali aus der Westentasche.

Wir zündeten uns eine an und musterten uns schweigend.

Der ölige Schwalk des Nikotins erfüllte das Zimmer.

»Wir zerbrachen uns den Kopf darüber, wie man ihn einfan-
gen könnte. Mit Netzen? Mit Salz? Mit dem Aalkescher?«

15.

Die Nachricht von dem neuen Theaterstück schmeckte Vater nicht. Sie schmeckte dem Pfarrer nicht. Und Don Nofrio schmeckte sie erst recht nicht. Die Aufenthaltserlaubnis auf dem Land der Cutòs lief ab. Noch bis August durften die Schauspieler bleiben. Dann würden sie gehen müssen.

So war es jedes Jahr. Im September setzte das Wetter der Jahreszeit ein Ende. Entsetzliche und wundersame Regengüsse stürzten vom Himmel nieder. Es war Zeit, zu ernten, den Winter vorzubereiten. Für die Vorstellungen musste der Sommer genügen.

Die Programmänderung zwang alle zur Eile. Doch Onkel Alessandro bekam seinen Willen. Wie immer.

Die Schauspieler versprachen, beide Stücke rechtzeitig auf die Bühne zu bringen. Der Onkel lächelte der *Donna di fuora* schmachtäugig zu. Und sollte der Regen einsetzen, kein Problem, bemerkte er mit verführerischer Miene. Dann würde man sie wie schon zu Anfang im Palazzo unterbringen.

Ich konnte mein Glück kaum fassen.

Zu Antonno sagte ich, ich müsse sofort einen weiteren Brief an Cousine Agata Giovanna schreiben, um ihr von den jüngsten Neuigkeiten zu berichten. Er solle mir wie beim letzten Mal helfen.

Der Albatros verschwand abermals. Wieder erwachte ich eines Morgens, ohne ihn zu finden. Doch der Brief war fertig und lag auch diesmal auf dem gemachten Bett, verfasst mit meinen Gedanken. Meinen Gefühlen.

Liebe Agata Giovanna, die Donna di fuora *hat selbst einen Weg gefunden, zu mir zu kommen, ganz ohne Rauch, den man vor Mitternacht entzünden muss. Frag Cousin Casimiro, was das zu bedeuten hat. Er kennt die Geheimnisse der Geister. Dein Cousin, Principuzzu Giuseppe Tomasi.*

Im Rausch der Neuigkeiten entging mir, dass der Albatros immer dünner wurde.

Und dass er wieder keinen Dank wollte.

Cousin Casimiro war der Zweitgeborene der Piccolos. Im Jahr 1903 war er elf, überaus lebhaft und mondsüchtig und in der Deutung des Übernatürlichen bereits beschlagen. Er widmete sich der morgenländischen Philosophie. War dem Spiritismus zugetan. Erging sich in der Betrachtung der Natur. Rief die Ahnen aus dem Jenseits herbei. Die großen Denker. Die Seelen der Haustiere.

Besonders Letztere verfolgten ihn in der Nacht. Er erzählte von dem Hund Stortiddu, der im Leben herzenstreu gewesen war und ihm im Tod ebenso beharrlich diente. Pünktlich um drei Uhr morgens weckte ihn sein verliebtes Winseln.

Was die Wirklichkeit betraf, so war ihm das Verborgene sehr viel lieber als das Offenkundige. Er ahnte, dass hinter den Dingen ein zäheres, ewigeres Leben wohnte, das ihm ins Ohr wisperte. Höbe man den äußeren Schein aus den Angeln, sagte er, könne man geheime Wesen entdecken. Schmetterlinge mit Frauenkörpern. Ungedachte Gedanken. Alles war von allem durchdrungen, und voller Inbrunst suchte er nach dem Ursprung dieses Pulsens. Nach der unbeugsamen Harmonie der Dinge. Nach dem Mysterium des Universums.

Er richtete das Objektiv seines Fotoapparates auf den Lichtstreif des Mondes. Er fotografierte, weil er wusste, dass die Fotoplatte die Flugbahnen der Geister bannen würde. Dann betrachtete er das Negativ und lächelte den sanfteren Gespenstern zu. Mit den arglistigeren wurde er böse. Unwirsch griff er nach dem Pinsel. Begann, verschrobene, verstörte Wesen zu malen. Die Geister des Hundes Alì und der Katze Kati wachten bei ihm. Das Ankleidezimmer füllte sich mit flackernden Lichtern. Mit ruhelosen Seelen.

Heute weiß ich, dass jeder meiner Cousins den Schmerz auf seine Art bekämpfte. Dass Agata Giovannas Pflanzen, Casimiros visionäre Bilder, Lucios Dichtung dazu dienten, ihn auszutreiben. Sich zu retten und sich, der Grausamkeit der Welt zum Trotz, ein mögliches Glück zu erschaffen.

Doch damals war ich sieben Jahre alt. Ich wollte nur, dass die *Donna di fuora* über geheimnisvolle Wege zu mir nach Hause käme.

Der Albatros diente mir treu. Obschon er immer dünner wurde, kannte er sich mit Rettung aus.

Das Automobil des Onkels wurde im Kutschhof geparkt. Flammend rot stand es neben den Einspännern und Landauern. Die Sitze waren mit Wildleder bezogen. Das Lenkrad bestand aus Wurzelholz. Die Räder hatten goldene Speichen. Das Trittbrett ließ sich zu einem Treppchen herunterklappen.

Don Nofrio hatte nichts für Dinge übrig, die sich von selbst bewegten. Seit Menschengedenken brauchte es Ochsen, um einen Karren zu ziehen. Grummelnd tat er seinen Unwillen kund. Er machte den armen Memè zur Schnecke und ließ ihn nach seiner Pfeife tanzen. In jenen Tagen schallte sein Name klagend durch die Räume.

Doch der Onkel war unbeschwert.

Obwohl er in das Arbeitszimmer meines Vaters gerufen wurde, um zu vereinbaren, wie die Aufteilung eigentlich vonstattengehen sollte, hielt er sich gern im Garten der Erinnerungen auf, um eine Blume für sein Knopfloch zu wählen.

Er war besessen von seinem Schnurrbart. Er verwendete eine hölzerne Vorrichtung, die den Bart über Nacht in Form halten sollte. Und er ließ sich Makassar-Öl aus Tunesien liefern, das aus Kokos-, Palmöl und den exotischen Blüten des Ylang-Ylang-Baumes bestand.

Don Nofrio, der sich den Schnurrbart mit derselben Schere stutzte, die der Gärtner zum Heckenschneiden verwendete, wälzte Zahlen im Kopf.

»Das Makassar-Öl kostet Unsummen, Exzellenz. Wenn Ihr einen ordentlichen Schnurrbart wollt, fragt Nino den Gärtner, der kann Euch einen Schnitt verpassen, wenn er den Salbei trimmt.«

Onkel Alessandro lachte. Mit einem Horn, das einen gedehnten, heulenden Klang erzeugte, rief er mich zu sich.

»Komm, *picciridduzzo*. Wer will eine Runde mit Onkels Auto drehen?«

Das ließen Antonno und ich uns nicht zweimal sagen, und wir sprangen hinein, derweil Don Nofrio wieder von seinen Verwünschungen anfing und ein dräuendes Unglück voraussagte.

Als Onkel Alessandro den Wagen startete, erfüllte das Dröhnen des Motors die Luft wie Donner, der Himmel glühte vor Verlangen, die Sonne peitschte auf die Erde nieder.

Während der Fahrt sangen wir aus voller Kehle, die Zeit der Kindheit flog unaufhaltsam dahin, und mit ihr die Landschaft, die unter der Hitze verging.

Antonno hielt die Luft an und stieß sie in einem Schwall wieder aus.

Wenn ich ihn fragte, was er da tue, sagte er, er atme mit den Ohren.

Dann machte der Onkel mir ein Geschenk. Er hielt an. Lächelte. Ließ mich ans Steuer. Antonno saß hinter mir, doch zuerst brachte er mich durcheinander. Wenn ich nach links wollte, sagte er, ich solle nach rechts lenken. Und fuhr ich voran, raunte er mir zu: »*Principizzu*, fahrt rückwärts.«

Doch schließlich entspannte ich mich und fuhr einwandfrei. Wir stiegen aus. Ich war stolz, sogar geparkt hatte ich.

Antonno warf sich mir in die Arme. Seine losen Knochen klapperten mit seinen Schnitzfigürchen um die Wette. Seinem andächtig geöffneten Mund entwichen ergebenste, jeglicher Fraglichkeit bare Worte.

Der Onkel war von der Spritztour völlig erledigt.

Er verschwand in seinem Zimmer. Rief Don Nofrio zu sich.

»Nofriuzzu, *beddu*, komm her.«

Besorgt eilte Don Nofrio herbei. Noch nie hatte er meinen Onkel so verstört gesehen. Er trug Donna Palidda auf, schleunigst einen Saft aus Zitrone, Hopfen und Lavendel zuzubereiten.

Donna Palidda kam. Schwankend stieg sie die Stufen empor. Die Hitze brachte ihre mächtige Gestalt ins Wanken.

Ich fragte mich, was sich die Erwachsenen hinter dieser verrammelten Tür wohl zu sagen hatten. Wieder einmal begegnete ich den erhabenen und grausamen Geheimnissen der Kindheit.

Die Tür blieb verschlossen. Onkel Alessandro sprach gedämpft. Mutter hatte er ebenfalls holen lassen.

Als sie wieder herauskamen, war alles wie immer. Ich wartete auf Cousine Agata Giovannas Brief; Don Nofrio rief nach Memè; der Albatros schnitzte versunken Automobile und nannte sie Wolferchen.

Klinik Villa Angela,
Lungotevere delle Armi 21, Rom
28. Juni 1957

Erst in diesem Jahr habe ich Giò formell adoptiert. Dank ihm
habe ich mich mit der Idee von Vaterschaft versöhnt.

Laut Naturgesetz hätte seine Zeugung für mich nicht erstre-
benswert sein dürfen, alte Männer sind nicht dafür geschaffen,
Väter zu werden, sie sollten sich auf ein vernünftiges und ver-
söhnliches Ableben vorbereiten, auf einen würdigen Abgang.

Doch die Liebe ist wirr, sie wirft den Lauf der Natur über
den Haufen, stellt die Konventionen bloß. Auch weiß sie das
Blut auf seltsame Art zu umschmeicheln, und mitunter gelingt
es ihr, es ihren Regeln zu beugen. Und so empfinde ich diesen
Sohn, der mir kurz vor meinem sechzigsten Lebensjahr zuteil-
wurde – den ich nicht als Neugeborenen gehalten, dem ich we-
der die ersten Wörter noch das Laufen oder das Schreiben bei-
gebracht habe –, wie mein eigen Fleisch und Blut.

Es ist, wie Antonno gesagt hat: Als Vater lernt man, Sohn zu
sein, und heute habe ich größere Nachsicht mit meinen Eltern,
obschon ich meinem Vater als Junge manch unüberwindliche
Distanz, ein verbohrtes Anklammern am Familiengeschlecht,
den verzweifelten und – erst heute werde ich mir dessen gewahr –
überaus schmerzlichen Versuch vorgeworfen habe, an Gewohn-
heiten und Reichtümern festzuhalten, die wir uns nicht mehr
leisten konnten.

Mit Giò habe ich all das getan, was ich gern mit meinem Va-
ter getan hätte. Ich habe mit ihm die Dichtung geteilt. Musik
gehört. Gelesen und diskutiert.

Doch vor allem habe ich mit ihm gelacht. Mein Sohn besitzt

eine überaus feinsinnige Ironie, eine Klugheit, die mich bezau-
bert hat.

Unsere wahren Familienbande sind dem Lachen entsprun-
gen.

Giò war für Licy und mich wie ein Windstoß Leichtigkeit.
Er ist neugierig, einfühlsam, nachdenklich. Er hat ein vorneh-
mes Auftreten, das nicht unbemerkt bleibt, ein freundliches We-
sen, einen scharfen Verstand. Manchmal überkommt mich der
Gedanke, dass wir uns irgendwann auch äußerlich ähnlich wer-
den. Gerade scheint es mir, als hätte er mein Kinn, meine Nase
und vielleicht meine Augen.

Letztes Weihnachten, noch ehe die Adoption vollzogen war,
habe ich beschlossen, ihn zusammen mit Licy in mein Testament
aufzunehmen.

Kaum war mein Adoptionsantrag bestätigt, habe ich meinen
Wunsch am 22. Dezember 1956 vor dem Präsidenten des Ober-
landesgerichtes von Palermo bekräftigt. Ich erklärte, ja, ich will,
dass Gioacchino Lanza dei Conti di Mazzarino, Sohn des Gra-
fen d'Assoro, mein Sohn wird.

Ich habe Licy gebeten, es ihm zu sagen, da ich es bis heute
nicht fertigbringe, mit ihm über Liebe zu sprechen.

Nur durch Schweigen kann ich ausdrücken, was ich emp-
finde.

Vor rund einem Monat, am 25. Mai 1957, erging das Urteil
der ersten Zivilkammer des Oberlandesgerichtes von Palermo
unter dem vorsitzenden Richter Ignazio Messina. Es wurde in
unserer Anwesenheit im Justizpalast verkündet, und mit diesen
wenigen Zeilen wurde besiegelt, dass ich, Licy und Giò eine Fa-
milie sind.

Wir sind nach Hause gegangen, haben eine Flasche Spumante
entkorkt und angestoßen, wie man es bei Taufen macht, ein
Hoch auf Gioacchino, haben wir gesagt, es lebe Gioitto, Sohn
unseres Herzens, Sohn unseres Lächelns.

Ich habe Giò eine Schachtel Visitenkarten mit dem auf ihn übertragenen Adelstitel überreicht: »Gioacchino Lanza Tomasi, Herzog von Palma«.

Licy hat ihm eine goldene Uhr geschenkt.

Erst ein paar Tage später, am 27. Mai, hat Professor Turchetti Giò die Diagnose meiner Krankheit mitgeteilt, ein Karzinom in der rechten Lunge.

Giò hat mich versonnen angesehen. Den ärztlichen Befund in der Hand, hat er mich zum ersten Mal Papà genannt.

»Was mich betraf, so spürte ich seit Jahrzehnten, wie mich die Lebenssäfte, die Lebenskraft, also das Leben selbst und vielleicht auch der Lebenswille allmählich verließen, langsam, aber beständig, so wie sich die Körnchen einer Sanduhr über der engen Öffnung drängen und eins nach dem anderen hindurchrieseln, ohne Eile und ohne Pause.«*

* Aus: *Der Leopard.*

173

16.

Um *Die Kameliendame* auf die Bühne zu bringen, wie der Onkel es verlangt hatte, mussten die fahrenden Schauspieler ihre Gewohnheiten ändern. Gleich zwei Stücke in einer Saison zu inszenieren war eine Herausforderung.

Don Nofrio nahm die Situation in die Hand. Am Morgen – so beschloss er – würden die Proben für das geheime Stück an der Wundertränke stattfinden. Für *Die Kameliendame* würden die Schauspieler dann am Nachmittag in unser Theater ins Haus kommen.

Das war ein Glück. Nachmittags waren Antonno und ich vom Unterricht bei Donna Carmela befreit.

Es folgten turbulente Tage.

Mutter hatte beschlossen, dass die Premiere der *Kameliendame* zur Ankunft ihrer Schwester Giulia Anfang August erfolgen sollte. Die geheime Aufführung sollte hingegen zum Ende des Sommers im Freien stattfinden. An jenen überbordenden Abenden, die ihre Sterne wie göttliche Plagen der Gerechten zur Erde schicken.

Solange sie unverheiratet war, hatte Mutters Schwester Giulia in Santa Margherita gewohnt. Dann hatte sie den Grafen Romualdo Trigona aus dem Fürstenhaus von Sant'Elia geehelicht. Sie hatte zwei Töchter bekommen und war Hofdame der Königin Elena von Savoyen geworden, bei der sie in hoher Gunst stand.

Doch im Sommer kehrte sie nach Hause zurück.

Jedes Jahr war das ein wahres Fest. In den Küchen legte

man sich doppelt ins Zeug, die Damen aus dem Dorf bestickten Taschentücher mit ihren Initialen, der Pfarrer gewandete die Jungfrau in ihren feierlichen Umhang. Don Nofrio machte sich daran, Memè mit unvergesslichen Abendessen zu beauftragen: Pasta mit Schmorfleisch, Eier im Teignest, Scàccia, Nudelauflauf, Orangenkuchen. Und abends kleidete sich Santa Margherita in das Licht der Kerzen, die auf den Schwellen, den Fensterbänken, an den Dachluken, in den Zweigen der Bäume flackerten. Die winzigen Flammen tanzten in der Brise und sandten feine Rauchkringel in die Luft.

Schweigend lauschte Antonno meinen Erzählungen und schnitzte Wölferchen.

Und man fing an, das häusliche Theater herzurichten. Don Nofrio engagierte den Tischler und Künstler Ernesto Barrafranca für die Bühnenbilder. Mutter beriet sich mit Giovannino Cannitello über die Musik. Er war ein Kenner von Chopins Nocturnes. Die Damen von Santa Margherita, die das Haus nur verließen, um zur Messe zu gehen, bestellten Stoffe in Palermo. Sie wollten mit neuer Toilette glänzen. Strahlen. Die *Donna di fuora* wurde von Mutter eingekleidet. Sie schenkte ihr Röcke, Blusen und Mieder aus Chiffon, um die Marguerite Gautier zu geben.

Es ging nicht mehr so gemächlich zu wie an der Wundertränke. Man musste sich beeilen. Die Probenzeiten mit dem Bühnenbau abstimmen. Die gaukelnden Melodien mit den Pausen.

Mutter rief die *Donna di fuora* zur Kostümprobe.

Neugierig krochen Antonno und ich unter das Bett in ihrem Schlafzimmer, um heimlich zuzuschauen. Wir warteten.

Ich weiß nicht, wie lange wir so verharrten. Auf den Boden gekauert. Von unbändigem Kichern geschüttelt. Verschwitzt und glücklich. Doch ich weiß, dass wir irgendwann einschliefen und dass der Schritt meiner Mutter mich weckte. Die Elfenbeinabsätze, die über den Marmor klackten. Sie klangen wie Trommelschläge.

Die Füße der *Donna di fuora* waren anders. Staubig, in die Riemen einer Ledersandale geschnürt. Ohne Strümpfe.

Doch ihre Zehen waren vollkommen. Feingliedrig. Sie schmiegten sich aneinander wie bei den griechischen Statuen, die Onkel Alessandro uns im Buch der sieben Weltwunder gezeigt hatte. Ich knuffte Antonno mit dem Ellenbogen, um ihn zu wecken. Er schreckte hoch, doch jeder meiner Rempler kam für ihn einem Streicheln gleich. Er lächelte mich an.

Von unter dem Bett hörten wir die Stimmen. Mutter sagte: »Ziehen Sie das hier an, es steht Ihnen hervorragend.«

Die *Donna di fuora* bedankte sich mit verhaltenem Murmeln. Hin und wieder hob sie an: »Ist Exzellenz sich sicher? Das ist doch viel zu viel für mich.«

Meine Mutter war sich sicher. Sie band ihr das ärmliche schwarze Kleid auf, das zu Boden glitt. Es landete einen Zentimeter vor Antonnos und meiner Nase. Es roch nach im Wind getrockneter Wäsche. Dann half sie ihr in das Kleid. Schnürte Bänder und Schleifen. Zupfte hier, zog da. Schob die *Donna di fuora* vor den Spiegel. Das schräg an der Wand hängende Rokokomöbel warf ihren anmutsvollen Körper zurück, an den sich das Kleid ohne die kleinste Falte schmiegte.

Mutter sagte: »Na, schauen Sie, wie hübsch Sie sind.«

Unterdessen suchte Don Nofrio nach mir, seit Stunden hatte er nach mir gerufen, ohne eine Antwort zu bekommen. Wir hörten ihn verhalten an Mutters Tür klopfen. Die Auswärtige zog sich hastig wieder an. Meine Mutter öffnete erst, als sie vollständig angekleidet war.

Don Nofrio murmelte: »Verzeiht, Exzellenz, aber ich kann den *picciriddu* nicht finden.«

»Er wird spielen, Nofriuzzu, machen Sie sich keine Sorgen.«

»Aber ich habe überall gesucht, Exzellenz, es sind jetzt drei Stunden. Ich habe Euch nicht eher unterrichtet, um Euch nicht in Sorge zu versetzen.«

Mutter wurde unruhig. Sie sagte, er solle sofort Vater rufen. Sie entschuldigte sich bei der *Donna di fuora* und ließ sie vor dem Schlafzimmerspiegel zurück. Sie fürchtete, ihr Bruder Alessandro wäre wieder mit mir im Automobil unterwegs.

Als alle fort waren, stand die *Donna di fuora* noch immer da, das Bündel Kleider in den Händen. Sie streichelte sie sorgsam. Räumte sie in den Schrank meiner Mutter zurück. Sie wollte sie nicht mitnehmen. Sie gab sie zurück und hängte sie auf die Kleiderbügel. Mit der Leichtigkeit eines Schmetterlings.

Dann, endlich, rührte sie sich. Es schien, als verließe sie das Zimmer. Antonno und mir schlug das Herz zum Zerspringen. Doch dann hielt sie inne. Wir sahen, wie ihre Füße kehrtmachten. Am Bettrand stehen blieben.

»Exzellenz kann jetzt rauskommen«, sagte sie zu mir.

Der Riese hat mich gelehrt, dass es Orte gibt, die unser Mensch-sein prägen, oder vielleicht ist es so, wie Antonno gesagt hat: Wir selbst sind Orte, wir werden zu dem, was wir bewohnen.

So ist der blutige Auswurf, der auf meinen Tumor hindeu-tete, in Capo d'Orlando erfolgt, im Haus der Piccolo-Cousins, an einem meiner Herzensorte.

Tatsächlich zeigten sich die ersten Anzeichen meines Endes dort, wo vertraute Menschen und Dinge waren.

Diese Sache mit den Häusern ist also lebensentscheidend. Und wieder einmal hatte Antonno recht: Nicht nur Menschen ver-derben Orte, sondern Orte auch Menschen.

Ebenso können Orte uns guttun.

Meine Cousins wissen das besser als jeder sonst.

Als sie sich in der zweiten Hälfte der zwanziger Jahre mit ihrer Mutter nach Capo d'Orlando zurückzogen, beschlossen sie, ihr Schicksal in keinem anderen Winkel der Welt zu bestrei-ten.

Der Umzug war plötzlich und überstürzt erfolgt.

Tante Teresa hatte dazu knappe, aber endgültige Worte ge-schrieben: »Ich verlasse Palermo für immer. Ich nehme meine Agata, meinen Casimiro und meinen Luciuzzu mit nach Capo d'Orlando. Dieses Mal verzeihe ich ihm nicht.«

Dann hatte sie gepackt. Sie hatte nur die wichtigsten Dinge mitgenommen. Kleider, aber nur die notwendigsten, denn sie wollte kein mondänes Leben führen. Aber die Bücher schon. Alle. Und das Notenpapier, die Instrumente, das heiß verehrte Ham-

merklavier. Die alten Fotos, die sie als Kind mit ihren geliebten Schwestern zeigte, darunter meine Mutter. Und ein paar Babykleider ihrer Kinder. Die Schühchen, mit denen Casimiro seine ersten Schritte getan hatte. Die Lätzchen, die Lucio mit Zwieback bekleckerte. Die winzigen Perlen, mit denen sie Agata Giovannas Ohren während der Taufe geschmückt hatte.

Ansonsten hatte sie keine weiteren Erinnerungen bewahren wollen, abgesehen von ihrem Stolz, dem Schmerz, der sich in Mut verwandelt hatte.

Ihr Mann, der Baron Giuseppe Piccolo di Calanovella, war mit einer Tänzerin nach Sanremo durchgebrannt.

Es war nicht das erste Mal.

Onkel Giuseppe hatte einen Hang dazu, fremdzugehen, am Spieltisch zu verlieren und sich auf das Vermögen der Tante zu verlassen. In Palermo lebte er auf großem Fuß und schwelgte im mondänen Leben der Florios. Protzte mit edler Garderobe. Frönte einem ausgelassenen Nachtleben.

Doch nachdem sie diesmal sitzen gelassen worden war, traf die Tante eine schwerwiegende und endgültige Entscheidung. Sie trocknete sich die Tränen, beschloss, dass sie es nicht länger ertragen würde, und zog sich für immer mit den Kindern nach Capo d'Orlando zurück. Auch gab sie den reuevollen Bitten des Gatten, seinen Versuchen, zur Familie zurückzukehren, keinen Deut nach.

Als sie dem Haus in der Via Libertà 13 in Palermo den Rücken kehrte, ließ der Knall der ins Schloss fallenden Tür sie zusammenfahren, doch sie drehte sich nicht um.

Fest entschlossen begann sie ihr neues Leben.

In kurzer Zeit bekam die Villa in Capo d'Orlando ein neues Gesicht. Die Tante verwandelte sie in einen Treffpunkt für Literaten, Musiker, Dichter. Sie kamen aus ganz Europa. Lucio schrieb Verse. Casimiro widmete sich seinen esoterischen Studien, der Malerei und der Fotografie. Agata Giovanna ging der Hege ihrer Pflanzen und der Kochkunst nach.

Tag und Nacht herrschte in Capo d'Orlando reges Leben. Des Tags für Tante Teresa, Lucio und Agata.

Des Nachts für Casimiro.

Während die drei sich der Musik, der Lektüre oder dem Gärtnern hingaben, schlief Casimiro am Vormittag und wurde um Mitternacht wach, der besten Zeit, um unsichtbare Wesen zu beobachten, sich in medialen Experimenten oder weißer Magie zu versuchen. Die Dunkelheit hielt nichts im Verborgenen, sondern brachte alles ans Licht. Es war der ideale Moment, um sich für die Scharen von lebenden oder toten Seelen bereit zu machen, die die Sprache des Mondes sprachen.

Jedes Mal wenn ich die Cousins besuchen ging, erklomm ich eine steile, gewundene Straße, über die Iris und Hortensien wallten, bis zu einem großen Vorplatz.

Dort begann mein Herz zu klopfen.

Schon fingen die Gegenstände an, mich wiederzuerkennen, die Stufen wurden unter meinen Schritten weich. Gleich beim Eintreten hieß mich ein sizilianischer Münzschrank aus Ebenholz und Elfenbein willkommen; unweit dahinter begrüßte mich ein großer viereckiger Tisch mit gewundenen Beinen. Darauf lachten die bauchigen Ming-Vasen, die *potiches* aus Cochinchina, die Drachen, Hähne und Hühner von Jacob Petit. Gegenüber auf der linken Seite lauschte ich den schwermütigen Stimmen kostbarer hispano-skulischer Keramiken. Und rechts davon tuschelten die Halbbüsten unserer Vorfahren; die Medaillons von Màlvica; die Haarstickereien der Nonnen.

Mein Zimmer war eines der schönsten, denn es ging auf das Meer hinaus.

Dort habe ich unvergessliche Nachmittage verlebt.

Erhaben und feierlich wie Kathedralen ragten die Äolischen Inseln vor mir auf. Zuweilen drang der bedrohliche Hauch von Vulcano herüber, die wallenden Ausbrüche von Stromboli oder das Flirren des Bimssteins von Lipari.

Doch am geheimnisvollsten sprach Salina die Stolze zu mir,
vor allem als ich beschloss, den Leoparden *zu schreiben, und so*
begann ich, in diesem Zimmer einen einsamen Fürsten leben-
dig werden zu lassen, der im Monat Juli sterben sollte.

Gerade war ich mit Lucio von einer Tagung in San Pellegrino
Terme zurückgekehrt. Montale hatte meinen Cousin dazu ein-
geladen, und wir hatten dort die berühmtesten Schriftsteller der
Gegenwart getroffen.

Das war im Sommer vor drei Jahren, im Juli 1954.

Die Tagung nannte sich »Roman und die Dichtung – gestern
und heute. Begegnung zweier Generationen«. Neun anerkannte
Schriftstellerinnen und Schriftsteller machten sich für ebenso viele
Debütanten stark. Emilio Cecchi stellte Giorgio Bassani vor; Gio-
vanni Comisso präsentierte Goffredo Parise; Alba de Céspedes
Paride Rombi; Guido Piovene Enzo Bettiza; Leonida Repaci
Italo Calvino; Giuseppe Ungaretti Andrea Zanzotto; Diego Va-
leri Guido Lopez; Maria Bellonci Luigi Incoronato und Dario
Cecchi. Und Eugenio Montale meinen Cousin Lucio Piccolo.

Ich weiß nicht, wie es geschah. Ich glaube, all das Reden über
Dichtung gab den entscheidenden Anstoß. Eine Vorahnung von
Leben und zugleich von Tod. Es war, als wäre dies meine letzte
Chance, ein Buch zu schreiben. Ein Buch, das ich womöglich
schon seit langer Zeit in mir trug.

Ich setzte mich ans Fenster. Das Licht stieg auf und verging.
Es legte mein gesamtes Dasein bloß.

Ich war der Spross einer adeligen Familie, hatte so manches
Privileg genossen, den Titel und Namen eines Ahnen geerbt.
Doch was würde von mir und uns bleiben?

Der Frieden würde wohl weiterhin zwischen den Kriegen auf-
blitzen. Einige wenige, angeschlagene Ideale – Gerechtigkeit,
Wahrheit – würden weiterhin als Maskerade für manch gna-
denlosen Raubzug dienen. Das eine oder andere Buch würde
überleben. Der eine oder andere Vers. Ein Möbelstück oder ein

Porträt. Doch alles andere? Wer würde von unserer Schwermut erzählen? Wer würde erklären, dass manche Trägheit, manch dem Stillstand so ähnlicher Müßiggang, manch feige, verräterische Entscheidung unseren Verstand in einem Übermaß an Schönheit ertränkte? Dass wir egoistisch gewesen waren, aber auch gedankenvoll? Dass wir zu sehr an den Zauber unserer Heimat geglaubt hatten, um nicht nur ihr Peiniger, sondern auch ihr Opfer zu werden?

Wie nah doch das Meer war, von dort, von diesem zerklüfteten Vorgebirge aus gesehen. Ich musste die Augen schließen, damit es mich nicht verletzte, damit ich diesem Sommer entkam, der bereits tot war wie eine trügerische Jugend, ohne Zuspruch und ohne Tränen des Mitleids.

Die Inseln offenbarten mir alles. Sie waren von Wasser umgeben, unbußfertig und stolz. Sie glaubten, sie bräuchten nichts und seien sich selbst genug. Doch zugleich bildeten sie einen wohldurchdachten Archipel. Machten Front gegen das Meer, obgleich sie wussten, dass sie würden sterben müssen. Wie wir hakten sie sich bei den Überlebenden unter.

Und plötzlich wusste ich es: Don Fabrizio, Fürst von Salina.

Das würde der Name meines Leoparden sein.

17.

Die *Donna di fuora* wusste also alles. Sie bedachte uns mit ihrem wehmütigen Blick und kam jedem unserer Schritte zuvor. Sie hatte die Rosen zu sich geholt, noch ehe wir sie ihr hatten bringen können. Sie hatte die Karten gelegt. Sie hatte aufgedeckt, dass jener Fluch auf Santa Margherita lastete, von dem Don Nofrio sprach. Sie war in unser Haus gekommen, ohne dass wir sie mit Weihrauch, Lorbeer und Rosmarin hatten herbeirufen müssen.

Cousine Agata Giovanna schrieb zurück. Pünktlich wie immer. Wieder übergab Don Nofrio uns den Brief voller Bedauern, dass ein *picciridduzzu* ihn ohne erwachsene Hilfe zu lesen vermochte. Wieder verdrückten wir uns in die Bibliothek. Öffneten die Fensterläden. Erlaubten dem Licht, die Bücher zum Leben zu erwecken.

Unter den Tisch gekauert, machten wir uns daran, Zeile für Zeile zu entziffern.

Ja, schrieb Agata Giovanna. Wenn die *Donna di fuora* in unser Haus gekommen sei, so bedeute das, dass sie bleiben wolle, auch ohne Zauberei. Ihr Glücklichen habt sie gerufen, ohne sie zu rufen. Das heißt wohl, ihr werdet bald ein Geheimnis erfahren. Und nochmals Küsse, kleiner Cousin. Grüßt Tante Beatrice von mir. Grüßt den Onkel und sagt Don Nofrio, er soll es mir nicht allzu krummnehmen, dass ich euch schreibe. Ich weiß, dass ihm das nicht schmeckt.

Wir lasen zu Ende. Unmerklich senkte sich der Abend herab. Wieder suchte Don Nofrio nach uns. Alle paar Minuten drohte er damit, er würde die Bellina holen.

Onkel Alessandro stöberte uns auf. Er wusste, wo ich war, und verriet mir, wie ich Don Nofrio zum Schweigen bringen konnte.

»Wie denn?«

»Indem du ihm sagst, dass irgendwo im Haus eine Vase, ein Möbelstück oder ein Schemel zu Bruch gegangen ist. Dann bist du ihn für mindestens drei Stunden los.«

Wir lachten. Onkel Alessandro kannte Don Nofrio haargenau. Als er, Mama und die Tanten klein gewesen waren, war er wie ein zweiter Vater für sie gewesen.

Mit den Vätern war es in Sizilien recht verquer. Es war, als gäbe es sie nicht. Auch mein stets anwesender Vater war weit fort und ganz von seinen Angelegenheiten in Beschlag genommen.

Mit der Zeit sollte mir das zur Gewissheit werden.

Sizilien kam sehr gut ohne seine Väter zurecht.

Es war unbestritten das Land der Mütter.

Die Tage begannen dahinzufliegen. Schon bald würden die Geschwister Tasca wieder vereint sein. Meine Mutter Beatrice, Onkel Alessandro, Tante Giulia. Die Aufführung von der *Kameliendame* würde alle nach Santa Margherita zurückbringen. Fehlte nur Tante Teresa mit den drei Piccolo-Cousins. Mutter schrieb ihr. Komm, Teresuzza, ganz Santa Margherita spielt in diesem Sommer Theater, fehlt nur, dass Don Nofrio die Bühne erklimmt. Die Tante antwortete erheitert. Natürlich, sie werde nicht fehlen. Bei dem Gewusel im Haus könne sie sich Don Nofrios Anspannung lebhaft vorstellen.

Das geheime Theaterstück blieb indes geheim.

Ich war aufgeregt. Wenn die Piccolo-Cousins nach Hause kamen, war das ein Fest. Es wurde ein Beschluss gefasst. In der Zeit würde kein Unterricht stattfinden. Zumal Donna Carmela häufig unpässlich war.

Woran Donna Carmela litt, blieb ein Rätsel. An manchen Tagen war sie heiter, an anderen schwermütig. Antonno und ich musterten sie verstohlen und wagten keine Fragen zu stellen. Zwischen unserer Welt und der Welt der Erwachsenen erhob sich eine Bastion des Schweigens.

Doch uns blieb keine Zeit, darüber nachzudenken.

Alle waren mit den Vorbereitungen beschäftigt. Die *Donna di fuora* würde die Marguerite Gautier spielen. Wir hatten keine Ahnung, wer das war. Doch Don Nofrio war außer sich. Solche Sachen seien nichts für Kinderaugen.

Der Kunsteifer meiner Familie war ihm ein arger Verdruss. Er ließ ihn uns nur durchgehen, weil meine Mutter, sein Augenstern, die Entscheidungen traf. Ansonsten verbrachte er die Tage in finsterer Stimmung. »Völlig verrückt«, grummelte er. »Wo soll das enden, Memè? In was für einer Welt leben wir! Zu meiner Zeit gab es kein Theater. Wir sind mit Tritten in den Hintern groß geworden, und das hat keinem geschadet.«

Und dennoch. Es war der Wunsch ihrer Exzellenz Beatrice Tasca di Cutò.

Und der war Gesetz.

In jenem Sommer 1903 hätten die drei Schwager, die Ehemänner der drei Tasca-Schwestern, kaum unterschiedlicher sein können. Dennoch schickten sie sich drein, einander zu ertragen. Da war mein Vater, ein Lampedusa. Und Tante Teresas Mann, ein Piccolo di Calanovella. Und der von Tante Giulia, ein Fürst Trigona di Sant'Elia. Drei adelige Familien, die in jenen Jahren den Großteil des Winters in Palermo verlebten. Und die sich zur Sommerfrische auf ihre jeweiligen Güter zurückzogen. Doch mit dem ersten Regen kehrten alle wieder in die Hauptstadt zurück. Niemand wollte die Premieren am Teatro Massimo verpassen. Die großen Empfänge. Die Termine mit den Pariser Schneidern, den Schöpfern exklusivster Damenmode.

Doch vor allem wollte niemand die Feste der Florios versäumen, die zu den angesehensten Adelsfamilien der Stadt zählten. Schön, unternehmungslustig und steinreich, gaben Franca und Ignazio Florio fürstliche Empfänge in ihrer Villa im Olivuzza-Park und in den Salons der Villa Igiea, dem Hotel, das ihnen gehörte. Oder sie ließen ihre Gäste zur Insel Favignana bringen, wo sie eine Thunfischfanganlage nebst Konservenfabrik hatten bauen lassen. Statt den Fisch einzusalzen, wurde er in Öl eingelegt und in Blechdosen verpackt.

Meine Eltern gingen bei ihnen ein und aus.

Das waren ihre goldenen Jahre. Palermo wurde »Floriopoli« genannt und zog Besucher aus ganz Europa an. Es hatte unglaubliches Zuckerwerk zu bieten wie *trionfi di Gola, buccellati,* Cannoli mit Schafsricotta, Marzipanfrüchte, *cremolata.* Es inszenierte Schauspiele und Melodramen. Bot ein ausschweifendes Nachtleben. Es gab sogar ein Autorennen, die Targa Florio, bei der die bedeutendsten Automobilhersteller antraten. Die Rennstrecke war halsbrecherisch. Sie wand sich durch die Madonie-Gebirgskette und zwang die Piloten zu einem heldenhaften Abenteuer. Doch das war ja das Schöne, pflegte Onkel Alessandro zu sagen. Auf Tuchfühlung mit Sizilien samt all seiner Härten zu gehen, mochten sie griechisch oder phönizisch sein. Samt all seiner Betörungen.

Die arg gebeutelten Sieger fühlten sich, als hätten sie einen Ringkampf mit den Göttern geführt.

Dann gab es noch den jährlichen *Corso dei Fiori*, einen Umzug geschmückter Kutschen, aus denen die Damen sich eine Wurfschlacht mit Blumensträußen lieferten. Der Parco della Favorita verwandelte sich in einen Teppich aus schillernden Blütenblättern, die in der Hitze welkten und die Luft tagelang mit ihrem betäubenden Dunst erfüllten.

Größter Beliebtheit erfreuten sich auch die *Tableaux vivants*, von lebenden Menschen in getreuen Kostümierungen nachgestellte Gemälde. Diese Spiele, die in orientalischen Gewändern, in barocken Roben aus der Zeit des Sonnenkönigs oder in ländlichen Szenen aus dem viktorianischen London schwelgten, waren in Wahrheit regelrechte Eleganz-Wettbewerbe, in denen man sich keinesfalls blamieren durfte.

Doch in Santa Margherita ging es enthaltsam zu. Man führte ein einfaches Leben, Tür an Tür mit den Bauern. Ein einziges Auto wie das von Onkel Alessandro hatte es fertiggebracht, für heilloses Durcheinander zu sorgen, den Pfarrer zu einer Teufelsaustreibung zu bewegen und die Glocken wie in Kriegszeiten Sturm läuten zu lassen.

Deshalb kam eine Veranstaltung mit den fahrenden Schauspielern einer Premiere im Teatro Politeama gleich.

Deshalb gab ich in all dem Durcheinander nicht viel darauf, dass Antonno zusehends abmagerte.

Klinik Villa Angela,
Lungotevere delle Armi 21, Rom
30. Juni 1957

Auch heute keine Nachricht von Einaudi. Obwohl Licy mich anfleht, ich solle mir nicht den Kopf zerbrechen und mir keine Sorgen machen, lässt mir der Verstand keine Ruhe, und ich zähle die Stunden und Tage. Ich weiß, dass mir wenig Zeit bleibt.

Seit drei Monaten – hundert Tage fast – haben sie das Manuskript, das Salvatore Fausto Flaccovio, mein Buchhändler des Vertrauens, an Elio Vittorini geschickt hat.

Flaccovio ist sich der Sache völlig gewiss. Vittorini sei Sizilianer, beschwichtigt er mich, die schwermütigen und sinnlichen Zwischentöne des Textes würden ihm nicht entgehen. Obendrein habe er im Jahr 1950 die Reihe »I gettoni« gegründet, die für mein Buch genau das Richtige wäre.

Einige Monate zuvor hatte ich eine Kopie des maschinengeschriebenen Textes über einen gemeinsamen Freund, den Ingenieur Giorgio Giargia, Benedetto Croces Tochter Elena zukommen lassen. Vorsichtshalber und vielleicht aus Aberglauben habe ich den Autorennamen nicht genannt.

Aber auch von ihr habe ich noch keine Antwort erhalten.

Jedenfalls ist dieser Leopard, der so verzweifelt in mir gebrüllt und mich zu solcher Eile getrieben hat und den ich aus den Tiefen meines Daseins hervorgeholt habe, plötzlich heiser geworden. Nicht einmal ein Gähnen entfährt seinem Rachen.

Dennoch habe ich weitergeschrieben.

Ein paar Erzählungen, Erinnerungen an meine Kindheit, die ich im Verlauf meiner Krankheit in dem Tagebuch von Licy festhalte. Und dann ist da sie, meine Sirene. Außerdem habe ich dem Leoparden *zwei Kapitel hinzugefügt, nämlich die Ferien von Pater Pirrone und den Ball. Zwei Lücken, die sich auftaten, kaum hatte ich den Text an Einaudi geschickt, und die ich – so Gott will – den anderen Kapiteln beifügen werde, sobald ich endlich eine Antwort erhalten habe.*

Licy sagt mir ständig, ich solle mich nicht überanstrengen, diese bange Unruhe ob des Schicksals meiner Kreaturen bereitet ihr Sorge. Sie versucht, mein kämpferischstes Ich wachzurütteln. Sie hüllt mich in den roten Morgenmantel und sagt gespielt kokett: Vergiss nicht, du bist nicht nur ein Lampedusa (ein Geschlecht, dem sie eine gewisse Faulheit unterstellt), sondern auch ein Tasca Cutò. Eine Anspielung darauf, dass die Tascas – von niedrigerem Stand, aber allemal zupackender – stets verstanden haben, ihr Schicksal in die Hand zu nehmen.

Licy hat recht.

Die Familie meiner Mutter ist einem Skandal entsprungen.

Meine Großmutter Giovanna war die legitimierte Tochter einer nachträglich geschlossenen Ehe. Ihre Eltern, Alessandro Tasca Cutò und die Opernsängerin Teresa Merla Clerici, waren ein Liebespaar gewesen. Er konnte sie erst nach dem Tod seiner ersten Frau heiraten, nur wenige Monate vor Großmamas Geburt.

Trotz ihrer unrühmlichen Abstammung war Großmutter Giovanna eine fröhliche, lustige und liebenswerte Person. Sie sprach Französisch mit weichem »r« und palermischem Singsang. In ihrer frühen Jugend ließ sie sich in einem von Monden und Sternchen übersäten Kleid auf einem Pouf ablichten. Ihr wildestes Kind hatte sie nach ihrem leichtsinnigen Vater benannt, der seine steinreiche Ehefrau verlassen und in wilder Ehe mit einer Künstlerin in Paris gelebt hatte: Alessandro.

Seit jeher war Onkel Alessandro der Bonvivant der Familie gewesen.

Er starb 1943, die Wucherer auf den Fersen. Seine Frau, die

*polnische Gräfin Maria Teresa Zakrzewska, genannt »Ama«,
ist darüber an gebrochenem Herzen gestorben.*

*Neben Franca Florio zählte sie zu den schönsten Frauen von
Palermo.*

*Als ich von seinem Tod erfuhr, habe ich eher Bitterkeit denn
Schmerz empfunden.*

*Wie viel vergeudete Leidenschaft. Wie viele von den allzu
überkommenen Gewohnheiten unserer Welt erstickte Ideale.*

*Onkel Alessandro ist ein begnadeter Redner gewesen. Bei sei-
ner ersten Kundgebung auf der Piazza Pretorio, ließ er die adelige Verwandtschaft erbleichen, als er rief: »Aufgepasst, meine
Herrschaften, der Tag der Armut ist gekommen!«*

*Entsetzt wich der Adel zurück. Seine Freunde verleugneten
ihn. Doch er war der geborene Provokateur, er sprang von der
Bühne und zwinkerte meiner Mutter zu, die den Kopf schüttelte.*

Voller Betrübnis.

*Schmierenkomödiantentum, ich weiß. Doch Antonno und
ich waren hingerissen.*

*Der Onkel hätte Schauspieler werden sollen, nicht Politiker.
Und das nicht, weil Schauspielerei weniger seriös wäre als Po-
litik. Sondern weil, ganz im Gegenteil, nur die Kunst den Mut
zum Protest, den Zorn der Revolution, den Drang zur Freiheit
besitzt. Lag in dieser Bitte um die Aufmerksamkeit seiner Stan-
desgenossen nicht ein Funken Wahrheit? Was erahnte der Onkel, welche Weissagung über die unmittelbare Zukunft?*

*Bei seiner Beisetzung beweinte ich nicht ihn, sondern seine
grelle Mischung aus Gut und Böse, sein unfreiwilliges Einvernehmen mit der Vergangenheit, das ihm verwehrte, vollkommen
er selbst zu sein. Von dem, was wir gewesen waren, von unseren
Ausschweifungen, unseren Lastern, wusste er sich nicht zu befreien. Wir waren sein Ballast, seine Fessel, die ihn an seiner
vollen Entfaltung hinderte.*

Als sie ihn beerdigten, war mir, als legten sie nicht nur seinen Körper in das Grab, sondern den einer ganzen Familie: Tanten, die den Schleier genommen hatten; betrogene Gräfinnen; ehebrecherische Männer und verheiratete Männer; bevorzugte Kinder und verstoßene Kinder; an die Primogenitur gebundene Vermögen und beim Roulette verlorene Vermögen ...

*»All dies hätte nicht andauern dürfen, doch es wird immer so bleiben – ›immer‹ nach menschlichem Maß wohlverstanden, für ein oder zwei Jahrhunderte ... danach wird alles anders sein, aber zumeist wohl nur noch schlimmer ... Wir waren die Leoparden, die Löwen; die nach uns kommen, werden Schakale und Hyänen sein, aber sie alle, Leoparden, Schakale und Schafe, sie werden weiterhin glauben, sie seien das Salz der Erde.«**

* Aus: Der Leopard.

18.

Und dann kam Tante Giulia. Die jüngste der vier Schwestern Cutò war bis kurz vor ihrer Hochzeit unter Don Nofrios gestrengem Blick in Santa Margherita aufgewachsen.

Da sie mit Donna Franca befreundet war, ging die wunderschöne, elegante Tante in den Salons der Familie Florio ein und aus.

Doch für Don Nofrio war sie die *piccidridduzza*.

Auch sie fuhr in einem von Reisestaub bedeckten Landauer vor. Schwer bepackt mit Koffern und Geschenken. Ihr Mann bot ihr den Arm. Sie wirkten wie ein glückliches Paar.

Tante Giulia hatte Vater Tabak mitgebracht. Der Mutter einen französischen Fächer. Einen silbernen Kamm für Don Nofrio, um sich den Bart zu richten. Haarspangen für Donna Palidda. Für mich gab es Bilderbücher. Vor allem Märchen. *Tausendundeine Nacht.*

Tante Giulia trug ein Satinmieder mit Posamenten. Die Knoten des Kleides bildeten zahllose zauberhafte Arabesken, die auf dem Stoff Fangen spielten. Dem hochgesteckten Haar entrieselten ein paar widerspenstige Locken. Sie sprach mit leiser Stimme und streichelte mir unablässig über den Kopf. Mein Giuseppe, sagte sie.

Mit dem Zeigefinger fuhr ich die Windungen ihres zauberhaften Kleides nach. Ich fragte, ob diese sanften Bahnen, die sie so schön und wehmütig machten, nicht eigentlich Straßen wären.

Die Tante drückte mich noch inniger. Ihr entfuhr ein Seufzer, der mir schmerzvoll erschien.

Sie sagte, all diese Fäden seien keine Straßen, sondern Wörter. Verknüpften sie sich, seien es gute Wörter, trennten sie sich, seien sie schlecht.

Der Albatros winselte. Ich schaute ihn an. Sein Blick war auf den Sonnenuntergang gerichtet, auf die sinkenden Strahlen dieses Festnachmittages, die – Fäden auch sie – bereits von einer Versehrung kündeten.

Nun war die Familie fast vollständig. Man wartete nur noch auf Tante Teresa mit Agata Giovanna und Casimiro. Lucio war noch zu klein, er würde zu Hause bleiben. Und auch Lina, die Schwester, die in Messina lebte, würde nicht kommen.

Die Mägde und Dienstmädchen hatten alle Hände voll zu tun, um die Betten zu entfiedern, die Zimmer zu belüften und die Kommoden abzustauben. Don Nofrio erregte sich über jede Kleinigkeit. Donna Palidda war wie besessen von lästigen Insekten und Willkommensgebeten. Sie begann den Tag mit den Nonnen im Kloster, um die Morgengebete zu singen. Ungeachtet ihrer monströsen Statur entströmte ihr eine unendlich sanfte Stimme. Der Sang einer Jungfrau.

Im Theater verliefen die Proben in fliegendem Wechsel. Das Proszenium wurde aufgebaut. Man erprobte eine vom Onkel eingeführte Drehvorrichtung, mit der sich die Bühne im Kreis bewegen ließ. Die Akustik wurde geprüft. Die Lichter montiert. Die Ehrenloge für meine Eltern und den Bürgermeister hergerichtet. Der Pfarrer wäre nicht zugegen. Das Stück war zu anrüchig.

Antonno und ich hatten den Drehmechanismus zum Karussell umfunktioniert und ließen uns herumwirbeln. Sobald er stehen blieb, schwirrte die Welt ringsumher weiter. Ein Drehwurm. Als wäre die Seele ein Brummkreisel.

Abends waren wir derartig erschöpft, dass uns der Kopf fast auf den Teller sank. Mutter bemerkte, wie müde ich war und dass ich nicht genug aß.

»Nofriuzzu«, sagte sie. »Dieser *picciriddu* muss abends vor uns essen.«

Und Don Nofrio ging daran, einen Katzentisch ohne den Gott Neptun zurechtzumachen. Er deckte ihn mit kleinen Tellern und kleinem Besteck, einer ockergelben Tischdecke, auf der Donna Palidda uns stets mit einem Bonbon, einem Brotkorb und einem Zinnsoldaten aufwartete.

Doch so verlockend mein Abendessen auch war, mein Teller blieb doch immer voll.

Und auch der Albatros wurde immer magerer.

Nie war das Haus in Santa Margherita lebendiger gewesen. Die Schlafzimmer im Westflügel waren von den beiden Schwestern Tasca nebst Familien belegt. Onkel Alessandro hatte sich den Ostflügel reserviert. Tante Teresa und die Piccolo-Cousins würden am nächsten Tag zu uns stoßen und den Nordflügel beziehen.

All dieses Durcheinander war mir ungewohnt. Meine Welt war stets einsam und mehr von Dingen denn von Menschen bevölkert gewesen. Die Stille war meine wahre Begleiterin, und ebenso die Erwachsenen, deren seltsame Unterhaltungen, von denen ich wenig verstand, mir normal erschienen. Die einzige Ausnahme war Antonno, von dem ich weder wusste, woher er kam, noch, weshalb man ihn mir zur Seite gestellt hatte. Doch er war nicht wie die anderen Kinder. Er war der Albatros, mein treuer Beschützer. Es gab kein noch so bedenkliches Abenteuer, in dem er mich nicht begleitete. Es gab keine Nacht, in der er nicht über mich wachte.

Mein Albatros hatte nichts von den königlichen Tieren, die meine Familie auszeichneten. Er war kein Herrscher der

Winde. Er besaß keine Leopardenkrallen. Eher das zerzauste Gefieder einer hitzegeplagten, von der Dürre ausgezehrten alten Krähe mit glühendem Märtyrerblick.

Welcher Art seine Liebe war, habe ich nie begriffen.

Sie schien die Liebe eines zum Sterben verurteilten Königs zu sein.

Endlich ein Tag ohne Husten. Heute fühle ich mich ein wenig besser. Der Herzschlag pulst regelmäßig. Der Atem geht weniger mühsam. Morgens gelingt es mir, aufzustehen und ein paar Schritte zu gehen. Die Klinik ist von baumbestandenen Straßen umzogen, und beim Gehen stütze ich mich auf Licy, auf ihren Arm, der einen Duft nach Puder und Kölnischwasser verströmt.

Sie legt ein gemächliches Tempo vor und unterhält mich mit Belanglosigkeiten. Sie ist halb Fels, halb grüne Weide, meine fremdländische Ehefrau. Stark und bescheiden, beharrlich und nachgiebig. Sie lacht laut und weint still. Das Gegenteil von Sizilien, das unter Tränen lacht.

Bei unserem heutigen Spaziergang haben wir beschlossen, die Klinik zu verlassen.

Schließlich muss ich mich hier nur einmal am Tag der Kobalttherapie unterziehen. Ich kann also am Nachmittag kommen, es ist nicht nötig, die ganze Zeit hier zu sein. Auf diese Weise werde ich mich weniger krank fühlen, muss nicht den ganzen Tag im Pyjama verbringen, kann Jackett und Weste tragen.

Bei dieser Aussicht muss Licy lächeln. In ihrem roten Morgenrock mag sie mich lieber. Sie sagt, er stehe mir und mache mich jünger.

Zunächst aber muss eine Unterkunft gefunden werden.

Zu Onkel Pietro zu ziehen, erscheint mir nicht angebracht. Inzwischen ist er über achtzig und hat zu viele Gebrechen. Wir würden ihm nur Umstände machen und für Unruhe sorgen. Nach einigem Überlegen haben wir beschlossen, zu meiner Schwägerin, der Baronin Olga Wolff, zu ziehen. Sie wohnt in der Via San Martino della Battaglia 2, an der Ecke zur Piazza Indipendenza, nur wenige Schritte vom Bahnhof Termini entfernt.

Ich bin froh darüber. Die Nähe zu den Gleisen bringt mich Sizilien näher. Wenn das Geräusch eines anrollenden Waggons herüberhallt, kann ich mir vorstellen, er führe in die Heimat.

Die Liebe zur Eisenbahn habe ich von meiner Mutter geerbt. Sie war eine leidenschaftliche Reisende und sagte, der Zug sei der Freund der Fürsten und Dichter, seine Langsamkeit entspreche ihnen beiden. Und beide ächzten, um zu überleben.

Inzwischen kann Licy lachen, wenn ich von Mama rede. Seit einiger Zeit hat sie sich mit ihrem Gespenst versöhnt. Erst mit dem Krieg und dem Tod haben meine beiden Frauen Frieden geschlossen.

Doch was Züge betrifft, ist sie anderer Meinung. Sie sagt das Gleiche, was Tante Giulia zu sagen pflegte. Dass nämlich Gleise keine Straßen sind, sondern Wörter. »Verknüpfen sie sich, sind es gute Wörter, trennen sie sich, sind sie schlecht.«

Auch in dieser Hinsicht werde ich meinem Fürsten von Salina immer ähnlicher, überzeugt, dass die besten Züge solche sind, die eingleisig fahren.

Es ist seltsam, doch dieser Don Fabrizio, der sich als flüchtige Figur anließ, als feinsinniger und schwermütiger Edelmann, dessen Blick sich im Himmel verliert, um der Erde zu entkommen, hat sich in einen bedauernswerten Begleiter verwandelt.

Anfangs sollte ich derjenige sein, der ihn führt, ihm die Gestalt und Erscheinung meines träumerischen, sternkundigen Urgroßvaters verleiht. Doch nach und nach ergriff mich ein schmerzvolles Wiedererkennen, ein kindlicher Drang, ihm ähnlich zu sein.

Wenn ich über ihn schrieb, ertappte ich mich beim Imitieren seiner Gesten.

Lachte er, so lachte ich. Liebte er, so liebte ich. Ernannte er Tancredi zu seinem Adoptivsohn, machte ich mich Giò zum Vater. Ich weiß noch nicht, ob er mich imitierte oder ich ihn, ich weiß nur, dass ich am Ende er wurde und er ich. Besser gesagt, er wurde zu dem, der ich gern gewesen wäre. Beredter als ich, faszinierender, liebenswerter. Souveräner. Unbeschwerter vielleicht.

Andererseits ist Don Fabrizio nicht der Traum eines Erwachsenen, sondern der eines Kindes.

Ich habe den Leoparden *am Ende des Lebens verfasst, doch habe ich ihn keinen Deut anders geschrieben, als ich es in meiner Kindheit getan hätte.*

Im Laufe des Schreibens wurde der Palazzo von Santa Margherita mit seinen geheimnisvollen Traditionen, seinen Gängen und Dachböden wieder in mir lebendig. Und mit ihm erwachte auch mein Riese und besang die Schönheit, um dem Verfall zu trotzen.

Es war unvermeidlich.

Ich beschloss, den Fürsten von Salina in einem strahlenden Monat sterben zu lassen, im Juli, und während ich sein Hinscheiden niederschrieb, dachte ich, dass ich es ihm gleichtun und die guten und schlechten Jahre, die geschenkte und die empfangene Liebe Revue passieren lassen würde.

Ebendas tue ich, und heute, da der Monat Juli beginnt, weiß ich – trotz der flüchtigen Besserung meines Zustandes –, dass der Fürst bereit ist, er hat die rauchende Zigarette auf dem Ascher abgelegt, sich nonchalant in Zylinder und Umhang geworfen und sich eine Blume ans Revers gesteckt.

Er sieht mich an, und ich mache mir nichts vor.

Er erwartet mich.

19

Dann kamen sie. Die Piccolo-Cousins schleppten fast noch mehr Gepäck nach Santa Margherita als die Lampedusas. Casimiro konnte nicht ohne seine Truhe mit dem Zauberzeug und den unsichtbar machenden Umhängen reisen. Außerdem hatte er eine Menge Karten und Pläne bei sich, weil er über einen zukünftigen Friedhof nachdachte, auf dem nicht Menschen, sondern Tiere beigesetzt werden sollten. Agata Giovanna begann, ihr Talent als Köchin zu erproben, das sie mit ihrer Kräuterkunde verquickte. Ohne ihre Lorbeer- und Weihrauchsträucher begab sie sich nirgendwohin. Allerdings nannte sie ihn nicht »Weihrauch«, sondern *Plectranthus coleoides* und sprach von ihm, als hätte die Pflanze ein Gefühlsleben und fürchte sich vor Klatsch. Sobald Casimiro und ich in Eifer gerieten und uns über die Verwandtschaft lustig machten, verlangte sie, uns unverzüglich von den wehmütigen, ehrfurchtsvollen Blättern zu entfernen, die Aaron auf Gottes Geheiß bei Sonnenuntergang verbrannte.

Am Arm ihres Gatten, des Barons Giuseppe Piccolo di Calanovella, stieg Tante Teresa aus dem Landauer. Die raschelnde Seide ihres Rockes wirbelte eine weiße Staubwolke auf. Ihre Reise war ebenfalls lang und beschwerlich gewesen.

All das Durcheinander hatte Antonno erschöpft. Die Anreise der Piccolo-Cousins schien seiner Lebenskraft zuzusetzen.

Das Haus wimmelte vor Menschen. Die Familien brachten ihre Dienerschaft mit, und Don Nofrio hatte Mühe, die kleinen Eifersüchteleien, das hierarchische Gezänk und die von der Eitelkeit der Lieblingsbediensteten befeuerten Scharmützel zu ersticken.

Er verstand diese Cutòs nicht, die er wie Kinder liebte und auf dem Land großgezogen hatte. Dieses Stadtleben hatte sie borniert und verstiegen gemacht.

Seine Giulietta beispielsweise besaß Unmengen von Kleidern, Schmuck, der für das Dorfleben völlig ungeeignet war, Handschuhe in jeder Größe und Farbe, Diamantcolliers, goldene Armbänder. Dabei war sie als Kind die Genügsamste von allen gewesen, hatte sich im Puppenhaus verkrochen und ihre Puppen mit Hingabe geküsst. Sie nannte sie geliebte Töchter. Zog ihnen die abgelegten Kleider der großen Geschwister an.

Don Nofrio schüttelte den Kopf. Ihm war zu Ohren gekommen, dass Giulias Mann, Fürst Romualdo Trigona, einen allzu vertraulichen Umgang mit gewissen Schauspielerinnen aus Eduardo Scarpettas Theatertruppe pflegte. Dass er ohne seine Frau ins Theater ging. Und dass Giulia daheim aufblieb, auf ihn wartete und an seinem erstklassig geschnittenen Smoking schnupperte, der mit dem, den Lord Sutherland 1875 zum ersten Mal getragen hatte, identisch war.

Die Dienstmädchen tratschten und äfften mit neidischer Stimme das Schluchzen von Donna Giulia nach, denn Königin Elena von Savoyen mochte sie noch so sehr lieben, am Ende war sie genauso gehörnt wie alle anderen.

Don Nofrio bedachte sie mit dem vernichtenden Blick des getreuen Dieners der Cutòs und schickte Donna Palidda unverzüglich in die Kapelle des Heiligen Geistes, um ihm seine *picciridduzze* Beatrice, Teresa, Giulia und Lina anzuvertrauen.

Er knurrte: »Ich verlasse mich auf dich, Palidda.«

Donna Palidda schickte sich fügsam drein, bereitete die Süßigkeiten der Heiligen zu und ehrte die Kapelle mit Triduen und Novenen. Doch Don Nofrio fand keine Ruhe, düsterste Vorahnungen plagten ihn. Um den Tasca-Schwestern gebührend zu dienen, ließ er seinen Wecker noch vor Morgengrauen klingeln, bedachte das Haus am Abend mit zwei Extrarunden und sah dem neuen Tag mit schleichender Bangnis entgegen.

Was war dieses Gefühl todgeweihten Glücks? Diese Witterung von Asche, dieser dräuende Niedergang, dieses unaufhaltsame Zurasen auf die Dunkelheit?

Don Nofrio begrüßte die unerbittliche Sonne und ihre boshaften Geißelhiebe, die ihn dazu zwangen, ständig das Hemd zu wechseln.

Er wurde zornig auf sie, denn sie blendete, statt zu warnen, erhellte, statt zu verdunkeln.

Doch es half nichts, man musste sich die Ärmel aufkrempeln. Um dieses unverhoffte Familientreffen zu feiern, zog Don Nofrio sämtliche Register seines Organisationstalents.

Er ermahnte seine Frau Palidda, das gesamte Porzellan durchzusehen, die Messerklingen zu schärfen, die Gabeln und Löffel zu polieren. Bei Nino dem Gärtner gab er Tafelaufsätze aus Obst und Blumen in Auftrag. Was die Dienstmädchen der Tasca-Damen betraf, teilte er sie nach Alter auf und gab jeder eine bestimmte Aufgabe, damit sie einander nicht in die Quere kamen oder sich in die Haare gerieten.

Er steckte alle in die Diensttracht des Hauses und machte sich daran, die ausgefransten Knopflöcher und die Läsuren zu flicken, die die verhassten Motten hinter seinem Rücken hinterlassen hatten. Das ganze Haus wisperte und drohte über ihm zusammenzustürzen, und er hielt ihm unerbittlich stand und forderte die Mauerziegel beherzt heraus, es mit ihm aufzunehmen.

Eigenhändig bohnerte er das Parkett des Ballsaals, ließ das Klavier stimmen, brachte einen angrenzenden Pavillon wieder auf Vordermann und stellte darin Spieltische und Barmöbel auf. Er drängte den armen Memè beiseite, der es nicht schaffte, mehr als zehn Aufgaben gleichzeitig zu erledigen, und das Fleisch des Rindes anbrennen ließ, das eigens zu diesem Anlass geschlachtet worden war.

Mit einer Liste in der Hand, in der er alles vermerkte und notierte, um zu verhindern, dass am Ende dieses Tohuwabohus irgendwelcher Nippes verloren ging, sprang er von Zimmer zu Zimmer. Zugleich ließ er weder mich noch die Piccolo-Kinder aus den Augen, derweil wir uns das Durcheinander zunutze machten, um die Gegend zu erkunden.

So wollte Casimiro die Wunderträne besuchen, um herauszufinden, ob sie von zwei seltenen sizilianischen Koboldarten heimgesucht sei, den *fatuzzi* und den *munacheddi*.

Die *fantuzzi* waren äußerst launische Wesen, die sich mit Vorliebe unter einem stets geschulterten Dachziegel verkrochen. Die *munacheddi* hingegen nahmen die Gestalt eines kleinen Mönches an und vertrieben sich die Zeit damit, den Menschen Geld zu klauen.

Ich war sprachlos. Konnte vielleicht ein Kobold der *Donna di fuora* die Rosen gebracht haben?

»Aber gewiss doch«, entgegnete Casimiro überzeugt und fügte meinen Ängsten die Furcht vor Kobolden hinzu.

Die Unterhaltung wurde von Don Nofrios schneidendem Ruf unterbrochen, der Gott Neptun hatte ohne seine Erlaubnis angefangen zu plätschern, und das konnte nur eines bedeuten, nämlich dass einer von uns heimlich dahintergekommen war, wie man ihn in Gang setzte.

In Casimiros Augen blitzte ein schelmisches Funkeln auf, doch Antonno war verwirrt.

Dass der Gott Neptun nicht auf Don Nofrio hörte, war eine verstörende Neuigkeit.

Bei Tisch wurde Onkel Giuseppe di Calanovella neben seinem Schwager, dem Fürsten von Trigona, platziert. Mein Vater zwischen Giulia und Teresa. Mutter neben Onkel Alessandro. Wir Kinder saßen am anderen Ende.

Die Unterhaltung drehte sich ausschließlich um die bevorstehende Premiere. *Die Kameliendame* war für den kommenden Tag angesetzt. Kurz darauf würde die Geheimaufführung folgen.

Meine Mutter würde ein Taftkleid tragen, dessen trockenes Rascheln sie liebte, es glich dem klangvollen Rieseln von Sand. Tante Giulia war noch unschlüssig. Sie hatte ein Kleid aus Charmeuse, einer reinen, schweren, schmeichelnden Seide. Und ein Schlauchkleid aus Duchesse, einem matten schwarzen Satinstoff. Der weite quadratische Ausschnitt wurde von einer züchtigen Chemisette bedeckt, die sich in plissierten Rüschen um den Hals schmiegte.

»Was hältst du für passender, Bice?«, fragte sie die Schwester.

Teresa war die Strengste. Sie würde das übliche hochgeschlossene Kleid aus weißem Musselin tragen, wie sie es bereits bei ähnlichen Anlässen getan hatte.

»Wie bitte?«, sagte Tante Giulia. »Nimmst du immer dasselbe Kleid, Teresuzza?«

Doch Tante Teresa hielt nichts von Prasserei und hasste Eitelkeit. Sie sagte, um in diesem neuen Jahrhundert, das verschwenderisch und zügellos zu werden drohte, starke Nerven zu bewahren, müsse man sparsam sein.

»Heilige Worte, Donna Teresa, heilige Worte«, murmelte Don Nofrio hinter ihrem Rücken.

Die Herren Gemahle waren gänzlich von den Sorgen um ihre im Niedergang begriffenen Güter in Beschlag genommen, die mehr verschlangen, denn abwarfen; sie lachten über eine Zote, die der Fürst von Trigona nur im Flüsterton zum

Besten gab, damit seine Frau ihn nicht hörte; sie ließen die Gläser aneinanderklirren, von Don Nofrio mit einem kräftigen Wein der Grafschaft Sclafani gefüllt, der dem Gaumen mit einem Abgang von Ingwer schmeichelte.

Uns Kindern hatte man befohlen, still zu sein und zu essen, was auf den Tisch kam, doch Cousin Casimiro hatte ein paar Dinge dabei, die er aus Tante Giulias Koffer stibitzt hatte und die uns in höchstes Staunen versetzten. Ein kleines silbernes Fernrohr; ein Elfenbeindöschen mit *poudre de riz*; ein weiteres Kästchen mit falschen Schönheitsflecken; ein Nagelscherenetui aus schwarzem, mit silbernen Nägelchen beschlagenem Haifischleder; ein Döschen aus blauem Stein, um darin elfenbeinerne Zahnstocher aufzubewahren; ein Kristallfläschchen mit dem Schönheitswasser der Königin von Ungarn; eine silberne Ampulle für Riechmittel gegen Ohnmachten.

Antonno war sprachlos.

All diese Seltsamkeiten, ob Kleider oder Gegenstände, verwirrten ihn. Die Gegenstände ließen ihn nicht an das Leben, sondern an den Tod denken, und Kleider hatten für ihn nur einen Sinn, wenn man sie verkehrt herum anzog. Was die falschen Schönheitsflecke betraf, die Casimiro dem Hund Tom aufklebte, hielt er sie für gefallene, in der Atmosphäre verkohlte Sterne.

Abends in unserem Zimmer, als wir uns nach der Kissenschlacht unter die Laken kuschelten, spürte ich seinen Rücken an meinem, gewellt von den spitzen Knochen, kleine Dünen, die sich mit schmerzvollen Tälern abwechselten.

Via San Martino della Battaglia 2,
Ecke Piazza Indipendenza, Rom
6. Juli 1957

Seit ein paar Tagen bin ich in der Wohnung meiner Schwäge-
rin Olga, genannt Lolette.

Ich fühle mich wohl. Nur am Nachmittag gehe ich zur Ko-
balttherapiesitzung in die Klinik. Den Morgen habe ich zu mei-
ner Verfügung, um mit Licy spazieren zu gehen, wenn ich die
Kraft dazu habe, oder um zu schreiben und zu lesen.

Dieser Teil Roms ist weit weg von den ruhmvollen Straßen des
Römischen Reiches. Hier gibt es keine abgeschlagenen Statuen
Caesars oder Antinoos', keine Figuren wie die auf dem Marsfeld,
die den Augusteischen Frieden bezeugen sollten. Der Tiber fließt
in weiter Ferne. Die Ausflugsboote für Touristen gehören zu einer
anderen Welt.

Es ist ein Wohnviertel, in dem normales Leben herrscht. Die
Menschen treffen sich in den Bars vor dem Fernsehapparat, der
auch mich fasziniert; ab Februar soll es eine Sendung mit dem
Namen Carosello *geben, in der Reklame für Produkte gemacht*
wird. Diese städtische Einfachheit, dieser gänzlich diesseitige
Gang der Dinge haben für mich etwas überaus Beruhigendes.

Die Schwester meiner Frau ist sehr liebevoll, sie bemuttert mich
wie ein greises Kind, wie ein Neugeborenes mit weißem Haar.

Ihre Wohnung quillt über von Fotos und Familienerinnerun-
gen. Sie ist Witwe geblieben, und die Porträtbilder, so sagt sie,
sind ihre Erinnerung.

Unter ihnen trifft mich eines wie ein Schlag ins Gesicht. Es
ist eine Fotografie von Tante Giulia, die vor einigen Jahrzehn-
ten das Titelblatt einer Illustrierten zierte, der Sicile Illustrée.

Die Tante verharrt darauf in einer sehnlichen, bereits schwermütigen Pose; die Aufnahme ähnelt einer Zeichnung, die ich bei mir zu Hause habe, angefertigt von Boldini, dem »Maler der schönen Frauen«, der sie für die Pariser Zeitschrift Le Monde *verewigen wollte.*

Obwohl Tante Giulia für das Foto lächelte, war sie nicht glücklich. Das hatte ich schon als Kind gespürt, als sie uns in Santa Margherita besuchen kam.

Nachdem sie Onkel Romualdo, den Grafen Trigona di Sant'Elia, geheiratet hatte, ertrug sie die Seitensprünge ihres Mannes schweigend und mimte ein perfektes Eheleben. Doch wenn er das Haus verließ, blieb sie auf, um auf ihn zu warten, und rauchte Zigaretten. Der seidene Morgenrock war von mascaraschwarzen Tränen getränkt.

Ihr Leid trieb sie in die Arme des Barons Vincenzo Paternò del Cugno, den sie bei einem Empfang der Florios kennengelernt hatte. Der stattliche, um zwei Jahre jüngere Oberleutnant der Kavallerie, stets auf der Suche nach Geld, um seine Leidenschaft für Glücksspiel und Pferde zu finanzieren, war ein Lebemann und begnadeter Verführer.

Zwischen ihm und Tante Giulia entbrannte die Leidenschaft.

Es war eine qualvolle Verbindung. Über die Kräche und Szenen wegen seiner Eifersucht ging ihre Beziehung, die mit der Zeit ihre Heimlichkeit verlor, etliche Male zu Bruch.

Die Tante scherte sich nicht darum, ihre Gefühle zu verbergen, sie ließ sich von ihrem Liebhaber zu Festen begleiten, trug – lachend und strahlend schön – die Familienjuwelen zur Schau, reiste mit Paternò nach Palermo, ohne sich über die Konsequenzen Gedanken zu machen.

Es wurde getuschelt.

Nicht, dass der Adel von Palermo bigott gewesen wäre, er war sogar recht liberal, doch war man tunlichst darauf bedacht, den Schein zu wahren. Was man der Tante nicht verzieh, war we-

niger die Tatsache, einen Liebhaber zu haben, als vielmehr, ihn nicht geheim zu halten.

Onkel Romualdo beschloss, seine Frau aus dem Haus zu jagen, es folgten Familienzusammenkünfte und Tränen. Auf Drängen der Verwandten nahm er sie wieder bei sich auf. Tante Giulia versprach, die Affäre zu beenden, doch fehlte ihr die Kraft, ihr Wort zu halten, und sie erwog, sich von ihrem Mann zu trennen, um mit ihrem Geliebten zusammenzuleben. Weil sie nicht in der wirtschaftlichen Lage war, ihr Leben selbst zu bestreiten, beschloss sie, ein Gut zu verkaufen und sich damit ihre Freiheit zu sichern.

Derweil hatte Paternò die Armee verlassen und setzte alles daran, Tante Giulia wieder für sich zu gewinnen in der Hoffnung, die Erlöse aus dem Verkauf könnten ihm ein Auskommen sichern, und empfahl ihr sogar einen Beistand für die Scheidung: seinen Schwager, den Anwalt Serrao.

Während Onkel Romualdo versuchte, die Ehe zu retten, schlug sich Tante Giulia mit den finanziellen Dauernöten ihres Geliebten herum.

Hin- und hergerissen zwischen den zweien, entschied sie sich schließlich, beide zu verlassen. Auf Anraten des Anwalts Serrao schränkte sie den Zugriff auf den Erlös des Gutsverkaufs ein, um zu verhindern, dass er Paternò in die Hände fiel.

Als dieser davon erfuhr, drängte er die Tante zu einem letzten Treffen.

Er schickte ihr ein Billett: am 2. März um zwölf Uhr im Hotel Rebecchino in Rom, einem der Orte ihrer Zusammenkünfte.

Zimmer Nummer acht.

Ich sehe Tante Giulia vor mir: Wie unzählige Male zuvor stieg sie zu dem Zimmer hinauf, in der Überzeugung, es wäre das letzte Mal, ehe sie ihr Leben und ihre Freiheit zurückhätte. Bestimmt hat sie sich noch einmal die Nase gepudert; die Frisur zurechtgerückt; ihrem Spiegelbild zugelächelt – eine Frau, die drauf und dran war, sich ihr Selbst zurückzuholen.

Vielleicht bemerkte sie nicht einmal, dass der Mann, den sie geliebt hatte, kaum wandte sie sich zum Gehen, mit einem Jagdmesser auf sie losging.

Sie war gerade dabei, sich die Haarnadeln festzustecken.

Als er sie leblos am Boden sah, zog Vincenzo Paternò die Pistole und schoss sich in den Kopf.

Es war das Jahr 1911. Die Tante war dreiunddreißig Jahre alt.

Trotz des Schweigens, das meine Familie über die Angelegenheit zu breiten versuchte, traf der Leichnam auf einem vor Menschen wimmelnden Bahnhof in Palermo ein. Der gesamte Adel strömte auf die Gleise, um den Sarg zu empfangen. Niemand fehlte. Das Giornale di Sicilia *brachte eine endlose Liste illustrer Namen. Aus der Via Maqueda und der Via Lincoln ergoss sich ein Strom von Menschen zum Bahnhof. Auf den Balkonen drängten sich die Leute, sämtliche Seitenstraßen waren verstopft. Die damaligen Tageszeitungen druckten die Zahlen: fünfzigtausend Menschen. Die Bänkelsänger in Palermo machten daraus Stoff für ihre Geschichten: »Kommt heran, Kinderchen, und lasst euch erzählen, wie die hochwohlgeborene Giulia Tasca Cutò den Tod fand.«*

»… Was war dieses Gefühl todgeweihten Glücks? Diese Witterung von Asche, dieser dräuende Niedergang, dieses unaufhaltsame Zurasen auf die Dunkelheit?«

20.

Der Tag der Premiere kündete glühende Hitze. Das Frühstück wurde im Garten serviert, inmitten der versonnenen Pflanzen, die Agata Giovanna so sehr liebte. Ein süßes Büfett wurde aufgebaut: Anisplätzchen mit Sesam, Mandelsulz, unwiderstehliche sizilianische Mürbchen namens *tetù e teio*. Für die Kinder hatte Donna Palidda Marzipanmännchen gebacken, und Don Nofrio wieselte missmutig umher und besprühte die Lauben mit Insektenbekämpfungsmittel, das die Wespen und Fliegen fernhalten sollte.

Die Schauspielertruppe war bereits eingetroffen. Sie war im Theater, um ein letztes Mal zu proben. Antonno und ich stahlen uns von den Cousins davon, um heimlich zuzusehen. Versteckt hinter den Kulissen, schnappten wir ein paar Fetzen der ersten Szene auf. Die Geschichte begann mit der Innenansicht einer Wohnung, darin eine Frau, die offenbar tot war. Der Erzähler stellte Vermutungen an, sie könnte eine Prostituierte gewesen sein, wegen des luxuriösen Interieurs voller wertvoller Gegenstände, die ihre Freier ihr geschenkt hatten. Die Frau hieß Marguerite Gautier, und ihre Wohnung sollte verkauft werden, um ihre Schulden zu tilgen. Der Prinzipal verkündete: »So viel Wesens man auch um das Leben dieser begehrten Frauen macht, so wenig kümmert ihr Tod.«

Ich blickte Antonno an. Was war eine Prostituierte? Und die *Donna di fuora*, war sie auch eine dieser Frauen, um deren Leben man viel Wesens machte?

Antonno schnitzte fieberhaft vor sich hin. Er spähte zu seinen Schuhen, die am Fuß der Bühne standen. Dem Taschenmesser entwuchs eine perfekte Kamelie mit prallen, lebensvollen Blättern. Doch was eine Prostituierte war, nein, das wusste er nicht. Er vermutete, es sei eine Blume. Deshalb habe er eine geschnitzt, sagte er. Damit ich mich auch in Zukunft an die Bedeutung des Wortes erinnern würde.

Ich blickte ihn verständnislos an. Wieso schenkte er mir eine Blume mit der Aufforderung, mich zu erinnern?

»Antonno, du wirst immer bei mir bleiben, du wirst mich nicht verlassen, du wirst mich daran erinnern, dass eine Prostituierte eine Blume ist.«

Antonno antwortete nicht. Er wiederholte unseren Schwur. In guten wie in schlechten Zeiten.

Doch wie genau dies geschehen sollte, sagte der Albatros nicht.

Cousine Agata Giovanna erklärte uns, dass die Kamelie ein Symbol für das Opfer sei. Wer seiner Frau diese Blume schenkte, gab ihr ein Pfand oder vielmehr ein Versprechen, im Namen der Liebe jedes Opfer auf sich zu nehmen.

Kaum war das Rätsel des Wortes »Prostituierte« gelöst (es war eine Blume), tauchte ein weiteres Geheimnis auf. Was war ein Opfer? Und wieso war es an die Liebe geknüpft?

Niemand im Haus schien wirklich zu wissen, was die Liebe war. Durch die geschlossene Tür von Tante Giulias und Onkel Romualdos Gemächern drangen häufig die hitzigen Stimmen während eines Streits. Immer ging es dabei um Dinge, und Antonno seufzte traurig: »Sie reden nicht über Dinge, sondern über Menschen.«

Gerade sei ein neues Jahrhundert angebrochen, keifte Tante Giulia. Die Einrichtung sei völlig antiquiert, man müsse sie auswechseln. Sie träumte von samtgepolsterten Möbeln in

Grün oder Weinrot, steifen Kanapees, Stühlen mit himmelhohen neogotischen Rückenlehnen, Totenmasken von Beethoven an den Wänden, Lampenschirmen, die das Licht mit Fransen und Perlenschnüren dämpften, gellenden Fernsprechern an der Wand, schwarz und golden gerahmter Bildern inmitten einer Fülle orientalischen Dekors: Kissen, Poufs, Teppiche, Troddel und Quasten, Schnitzwerk und Stickerei, Blumen und Arabesken, Nippsachen und Wasserpfeifen. Auf dem großen Mahagonischreibtisch im ehemännlichen Arbeitszimmer hätte sie sich eine silberne oder lederne Schreibtischgarnitur gewünscht. Und Tintenfässer in Bronze oder Metall, dekoriert mit Blumen und langhaarigen Nixen, die aus dem Wasser auftauchten. Ihren Schreibtisch wünschte sie sich indes sehr viel kleiner, vielleicht aus Rosenholz. Die Schreibfedern sollten aus Elfenbein sein, handgefertigt und mit kleinen stilisierten Blumen verziert. Die würde sie dann neben ihr in schwarzes Maroquin gebundenes und mit Stiefmütterchen geprägtes Tagebuch oder neben das Fotoalbum mit Lederschnitt-Einband legen.

»Aber nein, immer nur die ewigen Konsolen mit den Löwenfüßen, die todeslangweiligen Wandspiegel, aus denen einem die runzligen Vorfahren entgegengähnen. Du kannst mich einfach nicht glücklich machen, Romualdo.«

Onkel Romualdo stürmte türenschlagend hinaus.

Die Tante blieb laut schluchzend auf dem Bett liegen.

Meine Mutter und ihre Schwester Teresa eilten herbei, Don Nofrio, der besorgt den Kopf schüttelte, Donna Palidda mit dem Essig, der bei Schwächeanfällen stets nützlich war.

In der schwellenden Glut des Nachmittags schwebten die Worte Marguerite Gautiers: »Ach, wir stürzten uns in unser Glück, als ahnten wir bereits, dass es nicht von langer Dauer sein werde.«

Endlich war der Moment der Premiere gekommen. Auf dem Vorplatz reihten sich die Kutschen endlos aneinander. Der Bürgermeister Don Pietro Giaccone war da, zusammen mit Pepita, einer Sängerin aus einem Konzertcafé in Palermo, in ein neuartiges Mieder gezwängt, das ihre Büste nach oben drückte; der Cavaliere Mario Rossi, der alte Postmeister mit seiner Gattin; Giorgio Di Giuseppe, der Intellektuelle von Santa Margherita; Giambalvo, der wegen seiner mächtigen Leibesfülle kaum aus der Kutsche kam; einige Gäste waren extra angereist wie die Herzöge von Castel di Mirto und die Barone von Bonagia; und Catania, der Grundschullehrer.

Perlendes Gelächter und galante Bemerkungen erfüllten das Foyer, Seufzer und Gemurmel über skandalöse Vertraulichkeiten, hüstelndes Räuspern wegen einer allzu würzigen Zigarre.

Seit rund zehn Minuten schon hatte sich Mutter bei Vater untergehakt, bereit und in eine schwarze Spitzenstola gehüllt, doch sie konnte sich nicht entschließen hinunterzugehen, weil Giulia auf sich warten ließ, sie und ihr Mann hatten sich seit über drei Stunden in ihrem Zimmer verschanzt. Auch Teresa war nicht zu sehen, sie hatte eine lebhafte Auseinandersetzung mit Onkel Piccolo di Calanovella geführt, der sie sich reizvoller wünschte und der einen oder anderen Revuetänzerin aus dem Gambrinus in Neapel nachweinte, wo eine mit ihm bekannte Tingeltangelsängerin auftrat.

Der Einzige, der fertig war, war Onkel Alessandro, der ein nassforsches Lächeln aufgesetzt hatte und einen Gehrock nach der neuesten Mode trug, gekrönt von einer Kamelie im Knopfloch.

Doch sah man von ihm nicht viel, er hielt sich lieber hinter den Kulissen auf, teilte das Premierenfieber mit den Schauspielern und gab irgendwelchen Aberglauben zum Besten, der angeblich Glück bringen sollte.

Don Nofrio stand kurz vor dem Herzinfarkt.

Hochelegant in einem Frack, den seine Frau mehrmals durchgesehen hatte, hielt er Donna Palidda mit leichenhafter Starre den Arm hin. Die Ahnung eines bevorstehenden Unglücks ließ ihm keine Ruhe.

Wir Kinder waren schon seit dem Nachmittag fertig. Gestriegelt und alle gleich gekleidet – in Matrosenkluft, Agata Giovanna eingeschlossen –, vertrieben wir uns die Zeit mit einem Gegenstand, den wir von Onkel Alessandro bekommen hatten, einem Röhrchen, das man in Seifenwasser tunkte und mit dem sich wunderschöne Seifenblasen machen ließen.

Antonno war völlig aus dem Häuschen und verschluckte die Blasen, statt sie auszupusten.

Unablässig murmelte er, die Schönheit trage man besser innen als außen.

Es wurde spät. Hinter den Kulissen stieg die Aufregung. Obwohl Teresa und Giulia samt Gatten noch immer fehlten, beschloss Mutter, in die Mittelloge hinunterzugehen.

Weil das Stimmengewirr nicht mehr verebben wollte, beugte Mutter sich über die Brüstung und begrüßte das Publikum darunter mit einem Lächeln und einem kurzen Winken. Das war das Zeichen, dass man beginnen sollte. Vater deutete ebenfalls ein sachtes Nicken an. Wie eine seidene Schlinge umschnürte die unter dem Kinn geknotete Krawatte seine Kehle. Wir Kinder saßen mit Don Nofrio und Donna Palidda in den Seitenlogen. Das Licht verlosch. Das Schwatzen verklang. Es herrschte Stille.

Onkel Alessandro kam gerade noch rechtzeitig und setzte sich neben uns. Er roch nach Schminke, und die Kamelie in seinem Knopfloch war verschwunden. Als der Vorhang sich hob, erblickte ich sie im Haar der *Donna di fuora*.

Plötzlich war ich wie benommen. Von den Worten mitgerissen. Es war, als würden sie fliegen und rasten zugleich. Die *Donna di fuora* spielte mit der Natürlichkeit eines geborenen Bühnenmenschen. Sie war Schauspielerin durch und durch, mit Leib und Seele und mit einer Art Kühnheit, die sie augenfällig und unergründlich machte. Ich hatte gehört, schauspielern sei, als würde man eine Maske tragen, aber nein, nein ... Jetzt war mir, als hätte Antonno recht. Theater war keine Maske. Es war die Wahrheit. Wenn überhaupt, so war die Wirklichkeit Fiktion.

Ich sah zu Antonno hinüber. In seinem dahinschwindenden Profil, das zur Bühne starrte, lag eine Art Zärtlichkeit. Seine von übergroßer Schwermut entfiederten Flügel wurden immer matter. Der Albatros genoss die Darbietung und starb zugleich daran.

Ich ließ mich von jedem Akt bezaubern. Dort war das Leben, in der Erzählung, und ließ sich in Gänze betrachten. In all seinem Elend. Seiner Treulosigkeit. Seiner Erhabenheit. Im Frevel. Und was wäre das Leben, wenn nicht jemand es erzählte? Es entglitte uns, und wir hätten sein gütigstes Geheimnis verloren. Plötzlich ging mir auf, dass ich anfing, verkehrt herum zu denken, genau wie Antonno.

Ich flüsterte ihm zu: »Wie kann das alles nur gespielt sein? Mir erscheint es gänzlich wahr.«

Es war ein Erfolg.

In der letzten Szene, als Marguerite Gautier an Schwindsucht starb, überschlug sich mein Herz in der Brust, und mich traf eine Erleuchtung: Das war also der Tod.

Es war seltsam, dass die Kunst es mir eröffnete, während alle anderen es vor mir verbargen. Er war dieses Enden, derweil die anderen weitermachten. Doch das Problem war: für wie lange? Wie lange noch würden die Menschen, die ihre Toten überdauert hatten, weiterleben? Tage, Monate, Jahre? Und wären sie danach nicht ebenfalls von Lebenden umgebene Tote?

Der Applaus toste. Von den obersten Logen flogen Blumen hinab. Der Vorhang schloss und öffnete sich etliche Male, die Truppe verbeugte sich, während ich soeben den Tod entdeckt hatte.

Die *Donna di fuora* knickste vor dem Publikum. Sie zog die Kamelie aus dem Haar, die ihr der Onkel geschenkt hatte, und warf sie mit einem Handkuss in seine Richtung.

Ich spähte zur Loge meiner Eltern.

Sie war leer.

Und auch Tante Giulia und Tante Teresa waren nicht dort. Sie waren gar nicht gekommen.

Via San Martino della Battaglia 2,
Ecke Piazza Indipendenza, Rom
8. Juli 1957

Trotz all der Fürsorge, die mir im Haus meiner Schwägerin zuteilwird, geht es mir seit einigen Tagen immer schlechter. Die Kobalttherapie schlägt aufs Blut. Die Untersuchungen haben eine schwere Anämie ergeben. Offenbar haben sich die roten Blutkörperchen verringert und ebenso die Blutplättchen. Licy wirkt besorgter als sonst, ständig kontrolliert sie meinen Atem, fühlt mir den Puls und sucht nach Anzeichen.

Tatsächlich war gestern der Einsatz der Sauerstoffflasche nötig. Nichts Schmerzhaftes. Die Maske ist leicht, und eine frische, fast tröstliche Luft ist sanft in mich eingedrungen. Ich konnte wieder unbeschwert atmen, mit einer Art Glücksgefühl, doch Licy hat sich nicht beruhigt. Mit Besorgnis liest sie, was ich schreibe. »Wie lange noch würden die Menschen, die ihre Toten überdauert hatten, weiterleben? Tage, Monate, Jahre? Und wären sie danach nicht ebenfalls von Lebenden umgebene Tote?«

Hier bei Lolette schaut häufig Doktor Biagio Urso vorbei, einer der einfühlsamsten und poetischsten Ärzte, denen ich je begegnet bin. Er sagt nicht, er würde mich abhorchen, sondern er würde meinem Herzen lauschen. Der Körper spricht, sagt er mit einem Lächeln, und kann uns auch manch guten Ratschlag erteilen.

Manchmal erinnert er mich an Antonno.

Auch diese Nacht habe ich von ihm geträumt. Andererseits überrascht mich das nicht, denn er hat es mir versprochen: In guten wie in schlechten Zeiten.

Im Traum war er ganz ohne Federn, mit seinen üblichen Narben und dem auf links gedrehten Hemd. Er lachte. Las meinen Roman rückwärts.

Als ich ihn fragte, weshalb er von hinten und nicht von vorn blättere, antwortete er: »Wenn eine Sache endet, fängt sie gerade erst an.«

Ich weiß nicht, was er damit sagen will, doch ich habe gelernt, ihm zu vertrauen. Ich weiß, dass er mich in seinen Widersinnigkeiten, im als Wirklichkeit getarnten Traum, im als Tod verkleideten Leben nicht hintergehen wird.

Außerdem spüre ich schon seit Tagen seine Nähe, und während sich der Körper einer unrühmlichen Niederlage beugt, werden die Sinne immer wacher.

Ich rufe Licy. Wispere: »Muri, ich bin müde, ich höre sämtliche Knochen knirschen …«

Mehr als alles andere fehlt mir der Mut, ich bringe es nicht fertig, die Kalenderseiten umzuschlagen.

Zudem ist dies ein Juli, der einen vor Durst vergehen lässt und vor Finsternis gleißt.

Er ist das Gegenteil des Endes, das – dennoch – mit der Sonne kommt.

Licy redet mir zu: Giò sollte in wenigen Tagen hier sein, sie hat ihn dringend hergerufen und hofft, dass er mir sein übliches Lächeln bringt.

Ich kann es kaum erwarten, meinen Jungen zu umarmen, mit ihm über Literatur und Musik zu sprechen, über Sterndeuterfürsten, die mit aufs Firmament gerichtetem Blick sterben, über Sterne, in denen das Schicksal geschrieben steht.

Was die letzte Ölung betrifft, so habe ich sie bereits ein paarmal verschoben; den Priester zu rufen, erscheint mir, als würde man die Niederlage eingestehen, das Ende als gegeben hinnehmen. Nein, bete ich stumm, noch nicht …

Andererseits würde ich gern beichten …

»Alle gingen hinaus, doch als der Fürst von Salina reden sollte, merkte er, dass er nicht viel zu sagen hatte: Er erinnerte sich an bestimmte Sünden, aber sie kamen ihm so geringfügig vor, dass es sich wirklich nicht lohnte, einen würdigen Priester an einem so schwülen Tag damit zu behelligen. Nicht, dass er sich frei von Schuld fühlte, aber schuldig war sein ganzes Leben.«*

* Aus: *Der Leopard.*

21.

An jenem Abend zählte Don Nofrio sämtliche seiner Unglücksahnungen auf, um festzustellen, wie viele noch eintreten müssten.

»Ah, mein liebes Kind!«, sagte er und dachte an Tante Giulia.

Und: »Teresa, mein schöner Engel«, murmelte er und meinte Tante Piccolo di Calanovella.

Die Piccolos und die Trigonas fuhren noch am selben Abend ab. Das Gepäck wurde hastig auf die Kutschen geladen. Nur Agata Giovanna hatte noch Zeit, mich zu umarmen und mir einen Efeuzweig und eine Mohnblume in die Hand zu drücken, der Erste als Zeichen der Treue, die Zweite als Zeichen des Abschieds.

Plötzlich leerte sich das Haus. Die Trigonas waren überaus angespannt. Giulia war dazu übergegangen, ihrem Mann nach der Einrichtung nun seine ehelichen Laxheiten vorzuwerfen. Doch auch bei den Piccolo di Calanovellas herrschte Krieg. Tante Teresa gab ihrem Mann nicht die Genugtuung ihrer Eifersucht, doch unter dem Puder versteckte sie ihre tränenfeuchten Wangen.

Das Haus versank in Stille. Sogar Vater und Mutter zogen sich gereizt zurück. Sie litt wegen der Ehekrisen der Schwestern, er spielte sie herunter und sagte, so sei es in jeder Ehe: Liebe und Hiebe.

Der Fluch, von dem Don Nofrio sprach, schien der ganzen Familie einen Riss zuzufügen.

Ich war indessen noch ganz ergriffen von meiner neuesten Entdeckung: der Kunst und mit ihr dem Tod. Und gleich darauf dieser allgemeine überstürzte Aufbruch. Scheinbar gesunde Familien, die in die Brüche gingen. Und kranke Menschen wie Marguerite Gautier, die dennoch heilsam waren.

Das ganze Leben und mit ihm die Kindheit erschien plötzlich in einem neuen Licht.

Wo lag die Wahrheit? Im äußeren Schein oder auf seiner Kehrseite? Und auch die Welt, die mich in ihren Bann schlug, das vor Wunderdingen berstende Haus, der Garten der Erinnerungen, die stuckgeschmückten Säle, das verzierte Elfenbein, die Poufs aus Satin, auf denen sich die Röcke der Frauen so herrlich bauschten. Was waren sie geblieben?

Die Welt erschien mir plötzlich wie gezeichnet von einer unumgänglichen Auszehrung, die umso heftiger zuschlug, je ahnungsloser man ihr zusah. Wie konnten die anderen das nicht bemerken? Und was war das Gegenmittel?

Dann wurde es dunkel. Don Nofrio löschte die letzten Lichter, das Haus versank in der Nacht. Nur Venus flirrte vor dem Fenster, an dem ich stand und durch das eine hauchzarte, noch hitzegesättigte Brise drang.

Der Albatros war bereits im Bett. Erschöpft und gänzlich ermattet, mit flatterndem Atem.

Plötzlich zerriss das Geräusch von knirschendem Kies die Stille.

Es war Onkel Alessandro, der singend nach Hause kam.

Er war der Einzige, der nichts bemerkte und in dieser Nacht unbeschwert schlief.

Am nächsten Morgen verkündete Don Nofrio, dass wir den Unterricht mit Donna Carmela wieder aufnehmen würden. Nach dem Frühstück trafen wir sie im blauen Salon, wo sie bereits auf uns wartete. Sie empfing uns mit einem Lächeln. Sie hatte einen gerundeten Bauch und pralle Brüste.

Antonno sagte zu mir: »*Principuzzu*, habt Ihr gesehen, dass sie ein Kind im Bauch hat?«

»Ein Kind? Hat sie es verschluckt?«

»Nein, es ist von selbst reingekrochen.«

»Und wie hat's das angestellt?«

Der Albatros verstummte. Donna Carmela hatte angefangen, eine Geschichte vorzulesen. Sie wollte, dass wir eine Nacherzählung schrieben und unsere Schönschrift übten. Doch ich war in Gedanken woanders. Alles, was aus ihrem Mund kam, schien sie an ihr Kind zu richten. Zudem war die Erinnerung an die Theatervorführung noch zu frisch. Erst am Abend zuvor hatte ich den Tod kennengelernt und jetzt das Leben.

Ich war nicht bei der Sache. Mutter wurde gerufen.

»Dieser *picciriddu* wird krank«, sagte Don Nofrio. »Er isst nicht, folgt nicht dem Unterricht, redet wirr.«

Mutter eilte herbei. Schon nach der Spritztour mit dem Auto hatte Onkel Alessandro sie in Sorge versetzt, als er sie mit in sein Zimmer genommen hatte, um unter vier Augen mit ihr zu reden.

»Bice, hör zu: Giuseppuzzu rückt nicht recht mit der Sprache heraus. Er verhält sich merkwürdig«, hatte er ihr besorgt gestanden.

Und nun fügte Donna Carmela hinzu: »Er sagt, nur Kannibalen fressen Menschen. Vielleicht hat er das aus einem Buch in der Bibliothek.«

Der Arzt aus Palermo wurde herbestellt. Bis zu seinem Eintreffen würden zwei Tage vergehen. In Santa Margherita gab es nur den Barbier, aber hier brauchte es einen Fachmann für Kinderkrankheiten.

Mutter war völlig verzweifelt: Sie wrang das Taschentuch und sagte: »Grundgütiger, nein, nicht noch einmal.«

221

Donna Palidda beschloss, auf Knien zur Mutterkirche zu kriechen, um Gnade zu erbitten. Don Nofrio schloss die Fensterläden. Er sagte, das Haus müsse kühl bleiben. Er trug Memè auf, exquisite, nahrhafte Brühen zu kochen.

Ich war verblüfft. Die Aufregung war mir unbegreiflich, ich fühlte mich bestens. Ich barst lediglich vor Erkenntnissen. Im Geiste ließ ich sämtliche Überraschungen des Sommers Revue passieren und sagte mir, dass ich mindestens zwei Dinge begriffen hatte. Wie man stirbt und wie man geboren wird. Man stirbt unter den Lebenden und wird von den Lebenden geboren. Es war das Leben, das den Tod rief.

Der Albatros nickte. Wir waren beide zu dem gleichen Schluss gekommen: Man wird sterbend geboren. Dann spreizte er leicht die Flügel.

Er wurde immer dünner.

An jenem Abend legte sich Mutter neben mich und las mir noch einmal das Gedicht von dem Albatros vor: »*Souvent, pour s'amuser, les hommes d'équipage / Prennent des albatros, vastes oiseaux des mers, / Qui suivent, indolents compagnons de voyage, / Le navire glissant sur les gouffres amers.*«

Antonno, der im Bett neben dem meinen lag, ließ sich von ihrer Stimme einlullen und schnitzte eines seiner üblichen Tierchen.

Ich war verdutzt. Es war ein kleiner Wolf.

Und als ich ihn wie immer fragte: »Antonno, was machst du da?«

Funkelten seine uralten Augen. Er antwortete: »Wolferchen.«

Es war das erste Mal, dass er ein Ding bei seinem Namen nannte.

Mutters Stimme klang müde. Sie kühlte meine Stirn mit Eiswasser. Fütterte mich mit dem Löffel, blies zweimal darauf.

Ich begriff nicht, weshalb man die ganze Fürsorge nicht

Antonno angedeihen ließ. Er magerte viel stärker ab als ich. Sahen sie seine spitzen Schulterblätter nicht, die wie Flügel im Lufthauch zitterten?

Doch er wiegte sich wie immer vor und zurück. Schnitzte und sagte: »In guten wie in schlechten Zeiten.«

Dann teilte man uns mit, der Arzt aus Palermo sei da. Er untersuchte mich, horchte mich ab, betastete die Lymphdrüsen unter meinem Kinn, ließ mich die Zunge herausstrecken. Maß die Temperatur. Forderte mich auf, mehrmals hintereinander »dreiunddreißig« zu sagen. Und dann: Ausatmen. Einatmen. Doch ich tat das Gegenteil, genau wie Antonno. Ich atmete ein statt aus. Der Arzt war verunsichert, er wusste nicht recht, ob ich mich in einem Zustand geistiger Verwirrung befand. Schließlich sagte er zu Mutter: »Fürstin, lassen Sie uns nach nebenan gehen.«

Ich blieb mit Don Nofrio zurück, der strenger über mich wachte als ein Ritter vom Heiligen Grab.

Doch ich tat so, als schliefe ich ein, und so wurde ich ihn los.

Wir schlüpften unter den Laken hervor. Ich musste Antonno nichts erklären. Er folgte mir dicht auf den Fersen. Das Haus war in Halbdunkel getaucht. Nur in der Ferne war das Klappern des Geschirrs auf dem Abtropfständer zu hören. Memè spülte, und Don Nofrio saß ihm wie immer im Nacken.

Ich versuchte herauszufinden, in welchem Zimmer Mutter den Doktor untergebracht hatte. Die endlosen Flure waren von Türen gesäumt.

Es war Antonno, der zu mir sagte: »*Principuzzu*, dort.«

Tatsächlich hatten sie sich in die Bibliothek zurückgezogen. Sie flüsterten.

Gerade sprach Mutter: »Dottore, ich möchte nicht, dass es genauso geht wie mit meiner kleinen Stefanuccia. Sagen Sie mir die Wahrheit.«

»*Principessa*, seid gewiss, es ist nicht Diphterie. Und als es Stefania traf, Gott hab sie selig, war es tiefster Winter. Ihr hattet gerade entbunden, und vielleicht erinnert Ihr Euch nicht, aber es war kalt, und die Symptome waren andere.«

»Aber das Fieber, Dottore, mitten im August. Und diese verdrehten Reden. Ich bin mit ihm ans Meer gefahren, war mit ihm an der frischen Luft, habe Nofriuzzu Speisen zubereiten lassen, die selbst einem Sterbenden Appetit machen würden. Aber vergeblich, Giuseppuzzo ist in diesem Sommer nicht er selbst.«

»Das Fieber ist nur eine Reaktion auf eine veränderte Gemütslage, *principessa*. Der junge Fürst ist nun einmal sehr sensibel.«

»Aber wenn er etwas herausgefunden hat? Die Sache mit Stefania kann er von niemandem wissen.«

»Weiß denn der junge Fürst nicht von seiner Schwester?«

»Nein, Dottore. Wie hätte man ihm denn sagen sollen, dass seine Schwester starb, als er auf die Welt kam? Stefania ist am 5. Januar gestorben, genau dreizehn Tage nach Giuseppes Geburt.«

»Ich weiß, *principessa*. Aber nehmt es nicht so schwer, Kopf hoch. Der junge Fürst muss sich nur zerstreuen, er ist Einzelkind und hat nicht viel Gesellschaft.«

»Wozu ratet Ihr?«

»Lasst ihn etwas tun, das ihm Freude macht. Gibt es etwas, das er gern tut, das ihn begeistert?«

»Nun ja … eine Sache gäbe es.«

»Dann soll er sie tun, *principessa*. Und Ihr könnt beruhigt schlafen.«

Nie war die Wundertränke schöner gewesen.

Die Bühne war hinter einem duftigen Vorhang verborgen, der wie ein königliches Gewand zu Boden fiel. An den Seiten hingen Büschel von Jasmin und verströmten süßliche Brisen. Wellen der Verdammnis und der Vergebung.

Das geheime Theaterstück stand kurz vor seiner Enthüllung. Die *Donna di fuora* hatte mich besucht, als ich im Bett lag. Antonno und ich hatten kein einziges Wort herausbekommen.

Es war fast so weit. Der letzte Abend dieses unvergesslichen Sommers war gekommen. Morgen würden uns die fahrenden Schauspieler verlassen. Doch vorher würden sie nur für mich auftreten.

Mutter hatte angeordnet, dass das Stück nur einen einzigen Zuschauer hätte. Und die *Donna di fuora* hatte sanftmütig eingewilligt.

»Ihr werdet sehen, der kleine Fürst wird sofort gesund.«

Antonno hatte sich sorgfältig zurechtgemacht. Er hatte es sogar geschafft, die Knöpfe durch die Knopflöcher zu schieben. Rechts- und linksherum nicht zu verwechseln. Ausnahmsweise hatte er die Hosen richtig herum angezogen, und der Kopf schaute aus dem Kragen und nicht aus dem Ärmel.

Nur die Schuhe baumelten an seinem Gürtel, zusammen mit seinen geschnitzten Tieren.

Als er sich neben mich setzte, stellte er sie ordentlich nebeneinander unter den Stuhl.

Allein inmitten einer Nacht, die all ihre Geheimnisse zur Erde sandte, riefen wir im Chor: »Jetzt!«

Und der Vorhang öffnete sich.

Es war *Hamlet*.

Die Musik scholl aus dem hauseigenen Grammophon. Die Lichter wurden von einem Spiegel emporgeworfen, um Atmosphäre zu schaffen. Die Tränke strahlte mit der Kraft einer heiligen Flamme.

Es war ein schmerzvolles Erleben. Manche Monologe der Schauspieler barsten in meiner Brust. Sein, nicht sein. Richtig herum, verkehrt herum: vermengt wie Blut.

Alles begann sich zu drehen. Ophelia und die *Donna di fuora*. Mutter und ihre Tränen an jedem 5. Januar. Der Bauch von Donna Carmela. Kinder, die geboren wurden, Kinder, die starben. Der Anfang, das Ende. Die Bellina und Casimiros Kobolde. Luftwesen und Erdgestalten. Unsere Welt, die sich auflöste. Und wir, die an derselben Schwäche krankten. Tot unter den Lebenden. Oder gleich nach den Toten geboren.

Und der Albatros, der – ich konnte zusehen – immer dünner wurde, und je dünner er wurde, desto mehr ließ er mich mit seinen Augen erkennen, bis auch ich begriffen hatte, dass Wölfe Schafe, der Tod Leben und der Schmerz Liebe waren.

Alles erschein mir sonnenklar. Es gab eine Antwort auf den Tod, und das war die Dichtung. Es gab ein Gegenmittel gegen die Zeit, und das war das Schreiben.

Ich blickte den Albatros an, um seine Zustimmung zu erlangen.

»Nicht wahr, Antonno?«

Doch der Albatros tat etwas, das er nie zuvor getan hatte.

Er nahm die Schuhe unter seinem Stuhl hervor. Öffnete sie umständlich, matt vor Magerkeit. Einen nach dem anderen zog er sie an. Band sie zu.

Mit den Schuhen, die er zum ersten Mal an den Füßen trug, verschwand er, während Hamlet sagte: »Zweifle an der Sonne Klarheit, / Zweifle an der Sterne Licht, / Zweifl, ob lügen kann die Wahrheit, / Nur an meiner Liebe nicht!«

Via San Martino della Battaglia 2,
Ecke Piazza Indipendenza, Rom
18. Juli 1957

Heute ist die Absage von Einaudi gekommen. Ein weißer Umschlag mit dem Verlagsstempel, bei dem mich zunächst ein Funken Hoffnung durchzuckte.

Doch kaum hatte ich ihn geöffnet, war sofort klar, dass es eine Ablehnung war. Elio Vittorini hat dafür überaus feinfühlige Worte gefunden, doch anscheinend ist die Konzeption meines Leoparden zu altmodisch, um in die Reihe »I gettoni« aufgenommen zu werden.

So werde ich denn sterben: ohne die Veröffentlichung meines Romans zu erleben. Ohne dass mein Fürst sich den Lesern mitteilen kann. Und ohne dass sein versonnener, zwischen dem Fleisch und den Sternen verlorener Blick je zu einem Buch werden wird.

Alles in allem schmerzt mich das weniger als gedacht.

Tatsächlich spüre ich die geheimnisvolle Gegenwart des Albatros, der mich tröstet. Sein Wort ist mir sehr viel kostbarer: Gestern Nacht, als er mir wie üblich im Traum erschien, hat er mir gesagt, ich solle mich nicht fürchten.

Wie immer las er von hinten nach vorn, und während er mit seinem Paar Schuhen hantierte, hat er zahnlos gelacht, ein Wolferchen geschnitzt und versprochen, dass die Veröffentlichung kommen wird.

Wann oder wie, weiß ich nicht.

Doch ich weiß, dass Antonno seine Versprechen hält.

Dann hat er seine Flügel geschüttelt und die letzten Federn zu Boden segeln lassen. Fast gänzlich nackt und lächelnd hat er gesagt, dass er sich verabschieden muss.

Ich habe ebenfalls gelächelt, doch ich bin nicht verzagt.

Es ist nicht das erste Mal, dass er mich verlässt, plötzlich verschwindet, so dünn wird, dass er nicht mehr zu sehen ist.

Das ist das Schicksal aller imaginären Freunde.

Doch unter den stillen Gefährten der allzu einsamen Kinder ist er der großzügigste gewesen.

Er hat mich glauben lassen, die Briefe an Cousine Agata Giovanna an meiner statt geschrieben zu haben; er ist mir beim Überbringen der Rosen für die Donna di fuora *zuvorgekommen; er hat mit mir Kissenschlachten im Bett machen wollen; vor allem hat er meine Narben auf sich genommen und mir dafür seinen seitenverkehrten Blick geschenkt.*

Und mit ihm meine literarische Berufung.

Er hat alles getan, damit ich an seine Existenz glaubte.

Das ist ihm so gut gelungen, dass sich meine Gedanken in diesen allerletzten Tagen nicht um die vergeblichen Veröffentlichungsversuche oder um das Schicksal meiner Familie drehen. Um all das, was Tag für Tag zerronnen ist. Nicht einmal an den Roman denke ich mehr, den ich mich in diesen zwei Jahren zu schreiben beeilt habe, als ahnte ich, dass es die letzten wären. Ich habe meinem Fürsten nicht nur die Welt überlassen, der ich entstamme – meine Geschichte –, sondern auch das Wissen um die menschliche Vergänglichkeit, um unser zartestes und prächtigstes Gewand.

Ich denke nur daran, dass Antonno recht hatte, als er sagte, dass man schwach sein muss, um stark zu sein.

Ich schlage das Heft zu, das Licy mir gegeben hat, schraube die Kappe auf den Federhalter, nachdem das letzte Wort geschrieben ist.

»Zweifle an der Sonne Klarheit, / Zweifle an der Sterne Licht, / Zweifl, ob lügen kann die Wahrheit, / Nur an meiner Liebe nicht!«

Ich zweifle nicht.

Mehr noch als die Tatze des Leoparden ist es der Albatros, der mir beisteht in der Nacht.

Epilog
Das Rechte des auf links Gewendeten

Am Morgen des 22. Juli 1957 litt Giuseppe Tomasi di Lampedusa an Atemnot. Am Nachmittag verordnete der behandelnde Arzt eine Sauerstoffinhalation, und die Krise schien überstanden. Am selben Abend, als sich eine der Hausangestellten mit der üblichen freundlichen Floskel verabschiedete: »Wir sehen uns morgen, *signor principe*«, antwortete er: »Ich weiß es nicht.«

Am frühen Morgen des 23. fand seine Schwägerin Lolette ihn tot vor. Entsetzt eilte sie zum Telefon, um Giò und Licy anzurufen, die bei Onkel Pietro della Torretta logierte.

So war er in einer Julinacht gestorben, genau wie der Fürst von Salina, sein Leopard.

Die Trauerfeier fand am Morgen des 25. in der Basilika Sacro Cuore di Gesù a Castro Pretorio statt. Später wurde er auf dem Kapuzinerfriedhof von Palermo beigesetzt, in derselben Grabstätte, die auch seinen Urgroßvater, den Astronomen, aufgenommen hatte.

Wenige Monate nach seinem Tod ließ Elena Croce – Benedetto Croces Tochter – das anonyme Manuskript von *Der Leopard* Giorgio Bassani zukommen, um es für eine von ihm herausgegebene neue Belletristik-Reihe bei Feltrinelli prüfen zu lassen.

Bassani las die ersten Zeilen in der Pförtnerloge des Hauptsitzes des Partito Repubblicano in Rom, wo ihn das Manuskript erreicht hatte. Kaum zu Hause, konnte er nicht mehr aufhören zu lesen, wie verzaubert von dem verdrehten (geradezu »spiegelverkehrten«) Blick des Autors.

Als er zu Tancredis berühmtem Satz gelangte: »Wenn wir wollen, dass alles so bleibt, wie es ist, muss alles sich ändern«, wusste er, dass er ein Meisterwerk in den Händen hielt, und setzte sich umgehend mit Elena Croce in Verbindung, um den Namen des Autors zu erfahren.

Jedoch ohne Erfolg. Das Manuskript hatte sie anonym erreicht.

Elena Croce konnte ihm lediglich den Namen des Bekannten nennen, von dem sie es hatte: Ingenieur Giargia, der sich – als er in Kenntnis gesetzt wurde – erfreut zeigte, dass das Werk Anklang gefunden hatte. Bedauerlicherweise sei der Autor jedoch vor wenigen Monaten gestorben. Aber er habe die Telefonnummer seiner Witwe, Alexandra Wolff, genannt Licy, und die des Sohnes, Gioacchino Lanza Tomasi, genannt Giò.

Am 11. November 1958 verließ die erste Auflage von dreitausend Stück Mailand. Kaum zwei Wochen später rezensierte Carlo Bo den Roman und nannte ihn eine wahre Offenbarung. Zu Weihnachten erfolgte ein Nachdruck, und im Sommer darauf, am 7. Juli 1959 und nach siebzigtausend verkauften Exemplaren, wurde er mit dem Premio Strega ausgezeichnet. Es folgten Übersetzungen in der ganzen Welt und die Verfilmung unter der Regie von Luchino Visconti.

Noch heute ist *Der Leopard* eines der am meisten gelesenen und übersetzten Bücher in der Geschichte der Weltliteratur.

Sämtliche in diesem Buch enthaltenen Voraussagen haben sich mithin bewahrheitet.

Die des Albatros, der vorhergesagt hatte, »wenn eine Sache endet, fängt sie gerade erst an«, denn unmittelbar nach dem Tod seines Autors passierte mit dem Roman genau das.

Die von Don Nofrio Rotolo, getreuer Wächter im Hause Cutò, der besessen war von der Vorstellung, das Schloss seiner Herren könnte zerstört werden. Tatsächlich machte im Jahr 1969 ein verheerendes Erdbeben den heute wiederaufgebauten Adelspalast von Santa Margherita dem Erdboden gleich.

Und die des Fürsten selbst, der den Monat seines Todes exakt vorausahnte.

Ihm blieb lediglich die Zeit, mit einem neuen Buch zu beginnen, das den Titel *Memoiren* trug und in drei Teilen angelegt war: *Kindheit, Jugend, Mannesalter*, eine Art proustsche *recherche*, die vor allem der Rückschau auf die eigene Kindheit dienen sollte. Ein Projekt, von dem das vorliegende Buch inspiriert wurde, beseelt von derselben Vorstellung, dass sich das Schicksal eines jeden Erwachsenen bereits in seinen Kindheitsträumen finden lässt.

Bibliographie

Caterina Cardona, *Lettere a Licy. Un matrimonio epistolare.* Palermo: Sellerio 1987.

Gioacchino Lanza Tomasi, *Giuseppe Tomasi di Lampedusa. Una biografia per immagini.* Palermo: Sellerio 1998.

ders., *I luoghi del Gattopardo.* Palermo: Sellerio 2001.

Salvatore Silvano Nigro, *Il Principe fulvo.* Palermo: Sellerio 2012.

Francesco Orlando, *Ricordo di Lampedusa.* Mailand: All'insegna del Pesce d'Oro 1963: Neuausgabe 1985.

ders., *Da distanze diverse.* Turin: Bollati Boringhieri 1996; Neuausgabe 2001.

Giuseppe Tomasi di Lampedusa, *Il Gattopardo.* Mailand: Feltrinelli 1958; dt. *Der Leopard.* Neu übersetzt von Burkhardt Kroeber. München: Piper 2019.

ders., *I racconti.* Neuausgabe Mailand: Feltrinelli 2015; dt. *Die Sirene. Erzählungen.* Übersetzt von Moshe Kahn. München: Piper 2017.

ders., *Viaggio in Europa. Epistolario.* Hg. von G. Lanza Tomasi, S. S. Nigro. Mailand: Mondadori 2006.

Andrea Vitello, *Giuseppe Tomasi di Lampedusa.* Palermo: Sellerio 2008.

Il manoscritto del Principe. Ein Film von Roberto Andò, 2000.

Anmerkung

Obgleich der vorliegende Roman der Phantasie entspringt, orientiert er sich an der tatsächlichen, durch umfangreiche Recherchen rekonstruierten Lebensgeschichte des Fürsten Giuseppe Tomasi di Lampedusa. Sämtliche Dialoge, die Gedanken des Fürsten und die Figur des Antonno sind erfunden. Die Daten und Ereignisse aus dem Leben des Fürsten sowie der historische Kontext entsprechen jedoch der Wahrheit.

Dank

Ich danke Gioacchino Lanza Tomasi, auch Giò genannt, dem Adoptivsohn des Verfassers von *Der Leopard*, für das freundschaftliche Gespräch, das er mir am 27. Oktober 2018 in Siracusa gewährte.

Ihm verdanke ich die Entdeckung, dass der Fürst von Salina in Wirklichkeit eine Projektion der Kindheitswünsche Giuseppe Tomasis war und dass sich hinter der Beziehung Don Fabrizios und Tancredis die wundervolle, heitere Verbindung zwischen Giò und seinem Adoptivvater verbirgt.

Inhalt

Giosuè Calaciura
Die Kinder des Borgo Vecchio
Roman
Aus dem Italienischen von Verena von Koskull
154 Seiten. Gebunden mit Schutzumschlag
ISBN 978-3-351-03790-1
Auch als E-Book lieferbar

»Voller Farben, Geschmack und schmerzlicher Gefühle.« Internazionale

Irgendwo im Süden, im Herzen der Stadt, wo die Menschen arm sind und das Gesetz der Straße gilt: Hier wachsen Mimmo, Cristofaro und Celeste auf. Sie haben Träume und Hoffnungen, obwohl ihnen der kindliche Blick längst abhanden gekommen ist.
Mimmos Vater, der Fleischer des Viertels, betrügt seine Kunden mit einer präparierten Waage. Cristofaros Vater, ein Trinker, schlägt seinen Sohn jeden Abend. Und Celestes Mutter Carmela, die Prostituierte des Viertels, schickt ihre Tochter auf den Balkon, wenn sie ihre Freier empfängt.
Die drei Kinder haben ein Idol: Totò, Ganove, der besser schießt als jeder andere. Sie wollen so sein wie er, sie wissen nicht, dass auch Totò von einem anderen Leben träumt ...

»Eines der schönsten und grausamsten Bücher des Jahres.« Corriere della Sera

Regelmäßige Informationen erhalten Sie über unseren Newsletter.
Jetzt anmelden unter: www.aufbau-verlag.de/newsletter

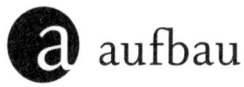